KB036081

군림천하 35

1판 1쇄 발행 2019년 7월 26일
1판 2쇄 발행 2022년 10월 19일

지은이 | **용대운**
발행인 | 신현호
편집장 | 이호준
편집 | 송영규 최종건 정재웅 양동훈 곽원호 조정범 강준석
편집디자인 | 한방울
영업 | 김민원

펴낸곳 | ㈜ 디앤씨미디어
등록 | 2002년 4월 25일 제20-260호
주소 | 서울시 구로구 디지털로 26길 111 JnK디지털타워 503호
전화 | 02-333-2513(대표)
팩시밀리 | 02-333-2514
E-mail | papy_dnc@dncmedia.co.kr
블로그 | blog.naver.com/gnpdl7

ISBN 978-89-267-0676-3 04810
ISBN 978-89-267-1535-2 (SET)

君臨天下

용대운 대하소설

군림천하

4부 천하의 문[天下之門]

35

괴인기인(怪人奇人) 편

PAPYRUS
파피루스

目次

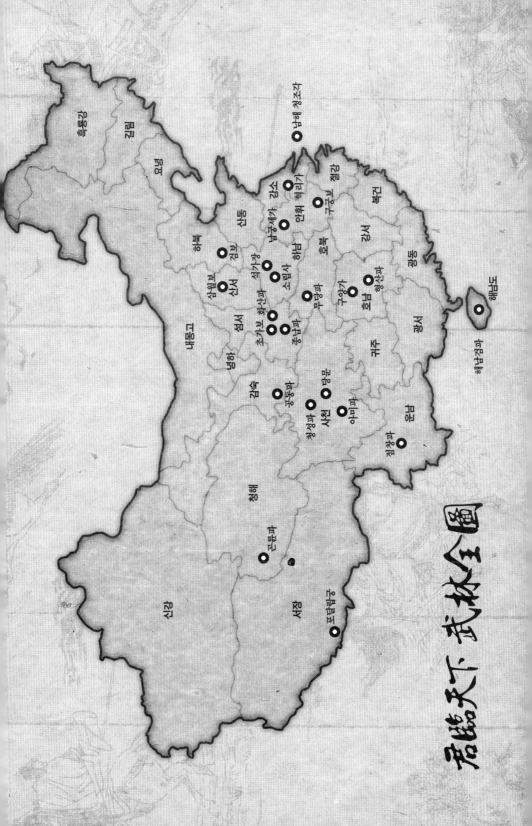

제 357 장
탐색흉수(探索兇手)

제 357 장 탐색흉수(探索兇手)

종남산의 하늘에는 오늘따라 짙은 구름이 낮게 드리워져 있었다. 금시라도 비가 퍼부을 듯 흐릿한 날씨에 기온마저 평상시와 달리 차갑고 서늘해서 음산한 느낌이 들 정도였다.

그래서인지 장례식의 분위기는 그 어느 때보다 우울하고 무거웠다.

장례식을 지켜보는 종남파 고수들의 표정 또한 무겁기는 매한가지였다.

열다섯 명의 수신대원과 두 명의 빈객, 그리고 한 명의 문하제자.

이번 습격으로 희생된 사람들의 수는 열여덟 명에 달했다. 그에 비해 장례식에 참석한 종남파 소속의 제자들은 열한 명뿐이었다. 한 명의 사숙조와 두 명의 사숙, 네 명의 일대제자, 세 명의 이대제자, 그리고 사 년 만에 돌아온 사람 한 명⋯⋯.

장례식장에는 그들 외에도 적지 않은 사람들이 와 있었지만, 종남파에 적(籍)을 둔 자들은 그들뿐이었다.

묵묵히 향을 피우고 지전(紙錢)을 태우는 가운데, 때마침 불어오는 바람에 늘어선 만장(輓章)이 이리저리 휘날리는 모습이 유난히 쓸쓸해 보였다.

소지산은 하늘을 따라 올라가는 지전의 검은 잔재들을 무심한 시선으로 올려다보았다. 오늘따라 유난히 깊게 가라앉은 그의 두 눈에는 무어라 형용하기 어려운 복잡한 빛이 끊임없이 일렁거리고 있었다.

그때 한 줄기 그윽한 내음과 함께 누군가가 그에게로 다가왔다.

"오라버니."

소지산은 고개를 돌리지 않아도 그것이 방취아의 음성임을 알 수 있었다.

방취아의 안색은 유난히 창백했고, 항상 붉은빛이 감돌았던 입술마저 핏기가 별로 없어서 초췌하기 이를 데 없었다. 소지산은 묵묵히 그녀를 돌아보고는 말없이 손을 내밀었다.

방취아는 조용히 그에게 다가가 그의 손을 꼬옥 움켜잡았다. 마주 잡은 손바닥 사이로 소지산의 체온이 느껴지자 방취아는 자신도 모르게 가느다란 한숨을 내쉬었다. 질식할 듯 무겁고 서늘했던 주위의 분위기에서 조금이나마 벗어난 것 같았기 때문이다.

종남산에서의 두 번째 장례식이었다. 사 년 만에 치러지는 장례식이었지만, 분위기는 그때와 조금 달랐다. 사 년 전, 사부의 장례식 때는 불안한 종남파의 미래 때문에 암담함에 몸을 떨면서도,

마음 한구석에는 앞날에 대한 작은 기대감을 가지고 있었다. 그랬기에 장례식의 분위기는 무겁고 장중했으나, 암울하지는 않았다.

지금은 진한 슬픔과 쓸쓸함 속에 말로 형용하기 어려운 짙은 분노가 꿈틀거리고 있었다. 슬픔은 이제는 두 번 다시 볼 수 없는 떠나간 사람들에 대한 그리움 때문이었고, 쓸쓸함은 또다시 본산을 외부의 침략으로 더럽히고 말았다는 수치심 때문이었으며, 분노는 이러한 사태를 야기한 자들에 대한 원한 때문이었다.

그래서 장내의 공기는 무겁게 가라앉아 있는 가운데 무언지 모를 긴장감이 도사리고 있었다. 사소한 불씨라도 닿으면 그대로 터져 버릴 듯한 격렬함이 구석구석에 배어 있었다.

종남파를 습격한 자들의 수는 모두 열여섯 명이나 되었지만, 그들 중 살아남은 자는 아무도 없었다. 대부분이 뒤늦게 달려온 노해광과 소지산의 손에 쓰러졌으며, 마지막까지 버티고 있던 두 명 또한 사태가 절망적이라는 것을 알고는 스스로의 장검으로 자진(自盡)해 버렸던 것이다.

때문에 그들의 배후가 누구인지, 무엇 때문에 종남파를 습격하여 혈겁을 일으켰는지는 영원한 미궁 속으로 빠져 버리게 되었다.

하나 그렇다고 의혹이 사라지는 것은 아니었다. 오히려 그들 중 대부분이 한때 화산파에 입문했다가 파문당한 자들이라는 말이 시중에 돌면서 온갖 흉흉한 소문과 의심의 눈초리가 화산파로 향하고 있었다.

그런 와중에도 화산파는 어떤 대응도 일절 하지 않았다. 오히려 봉문(封門)이라도 한 것처럼 서안과 섬서성 일대에 파견한 제자들을 모두 본산으로 불러들이고 산문을 굳게 걸어 잠그고는 외부인의 출입마저 받아들이지 않고 있었다.

그 때문에 화산파를 향한 의혹의 불길은 더욱 거세게 타올랐으나, 그렇다고 굳게 닫힌 화산파의 문을 함부로 열고 들어갈 수 있는 자는 아무도 없었다.

종남파의 고수들 또한 이번 흉사(凶事)의 배후에 화산파의 검단현이 있다는 것을 믿어 의심치 않았다. 하나 결정적인 증거가 없는 이상 아무리 그들이 회람연에서 승리했다고 해도 화산파를 직접 추궁할 수는 없었다. 장례식의 분위기가 무겁고 침중한 가운데 흉흉한 기운이 감도는 것은 바로 흉수를 알면서도 제대로 복수할 수 없는 작금의 답답한 상황에 대한 울분이 담겨 있기 때문이었다.

그중에서도 눈앞에서 가장 친했던 사형제의 죽음을 직접 목격해야 했던 소지산과 방취아의 지금 심정은 말로 형용할 수 없을 정도로 복잡한 것이었다.

소지산과 방취아의 시선이 약속이라도 한 듯 한 사람의 위패에 고정되었다. 열여덟 개의 위패들 중 가장 구석에 세워진, 평범하기 그지없는 작은 위패.

두기춘 신위(神位).

특별한 별호나 호칭도 없이 달랑 이름 석 자만 적힌 위패는 다른 어느 것보다 볼품없고 초라해 보였다. 그 위패를 보는 두 사람의 표정은 더할 수 없이 착잡하고 침울했다.

스스로 종남파를 떠난 데다 이번 습격의 중심인물 중 하나라는 의구심 때문에 그의 위패를 세우는 것에 의견이 분분했으나, 소지산이 손수 그의 이름을 적은 위패를 만들자 누구도 더 이상은 반대하지 않았다.

소지산은 그 위패에 〈종남파 이십일대 제자〉라는 문구를 넣고 싶었으나, 그것은 장문인인 진산월만이 결정할 수 있는 일이었다. 결국 그가 할 수 있는 것은 두기춘의 위패를 다른 열일곱 명의 희생자 위패들 사이에 세워 두는 것뿐이었다.

지난밤 내내 방취아는 그 위패를 윤이 반질반질 나도록 닦고 또 닦았다. 그래서인지 소지산의 서툴고 투박한 손길로 만들어졌음에도 다른 어떤 위패보다도 더욱 빛나고 고귀해 보였다.

한동안 묵묵히 두기춘의 위패를 바라보고 있던 소지산이 문득 고개를 옆으로 돌렸다. 언제 다가왔는지 한 사람이 그들에게서 멀지 않은 곳에 서서 그들처럼 위패를 바라보고 있었다.

"사숙!"

그 사람은 다름 아닌 노해광이었다. 노해광은 심유한 눈으로 두기춘의 위패를 응시하고 있다가 나직한 음성으로 입을 열었다.

"예전에 본 파를 뛰쳐나가 불과 일 년 만에 화산파의 촉망받는 일대제자가 된 놈이 있다는 말에 호기심이 일어 그에 대해 조사해 본 적이 있었다. 그에 대한 평가는 많이 엇갈렸다. 어떤 사람은 속을 알 수 없는 음흉한 자라고 했고, 어떤 사람은 많은 재주를 가지고 있는 숨은 잠룡(潛龍)이라고 했으며, 또 어떤 사람은 화려함을

좋아하여 밝은 곳만을 쫓아다니는 부나방 같은 존재라고 말하기
도 했지.”

“…….”

“직접 만나 본 그놈은 정말 괜찮은 인재였다. 조금만 더 일찍
알았더라면 무슨 수를 써서라도 내 밑으로 데리고 오고 싶었을 정
도로 말이지. 배신의 원죄(原罪)를 지고 있는 그놈의 말로(末路)가
뻔히 보였지만 그래도 한때 본 파에 몸을 담았다는 인연 때문인지
내 예상이 빗나가지 않을까 하는 한 가닥 기대를 가지고 있었는
데, 결국은 이렇게 되고 말았구나.”

노해광의 시선이 천천히 움직여 소지산의 얼굴로 향했다. 소지
산의 낯빛은 여전히 무거웠고, 두 눈은 여느 때보다 깊게 가라앉
아 있었다.

노해광은 깊은 바다처럼 일렁이는 그의 눈을 가만히 들여다보
며 나직하면서도 분명한 음성으로 말을 이었다.

“일전에 너는 그가 세상에 보기 드문 효자이며, 결코 악한 인물
이 아니라고 했지. 결국 그를 제대로 본 사람은 너 하나뿐이었다.
이제는 누구도 그를 본 파의 배신자이며 후안무치한 자라고 욕하
지 않을 것이다.”

소지산은 묵묵히 그의 말을 듣고 있다가 문득 입을 열어 눈빛
만큼이나 무겁게 가라앉은 음성으로 말했다.

“조금 전에 분향소의 한쪽 담벼락에서 남들의 눈을 피해 소리
없이 울고 있는 한 여인을 보았습니다. 우는 모습이 너무도 처량
하여 사람을 시켜 알아보니 화월루에서 재정을 담당하고 있는 양

소선이라는 여인이라고 하더군요."

이번에는 노해광이 말없이 그의 말에 귀를 기울였다.

"알고 보니 그녀는 기춘과 미래를 약속할 정도로 가까운 사이였던 모양입니다. 정 사제에게 본 파의 위기를 알려 준 것도 그녀였다고 합니다. 기춘이 그녀를 통해 정 사제에게 서신을 전해 준 거지요. 그녀는 설마 그 서신이 정인(情人)의 마지막 유품이 될 줄은 상상도 못 했을 겁니다."

두기춘의 위패를 응시하는 소지산의 눈빛이 더할 수 없이 침중해졌다. 좀처럼 말이 없는 소지산으로서는 정말 드물게 많은 말을 하는 모습이었다.

"그런 그녀에게 그가 좋은 녀석이었으며, 이제 남들에게 손가락질 받지 않게 되었다고 말해 보았자 무슨 소용이 있겠습니까? 그가 과거에 무슨 일을 했고 어떤 평가를 받았는지가 그녀에게 무슨 의미가 있겠습니까?"

"……."

"떠나기 전에 그녀는 몇 번이고 망설이다 어렵사리 저에게 묻더군요. 그는 어느 파의 제자냐고 말입니다. 저는 아무 대답도 할 수가 없었습니다. 화산파에서는 이번 일이 벌어지기 전에 이미 그를 파문했다고 정식으로 선포했고, 본 파에도 그의 자리는 없으니 말입니다. 제가 억지로라도 그의 위패를 저곳에 올려놓은 것은 갈 곳도 없고 머물 곳도 없는 그 녀석에게 마지막 작은 쉼터라도 마련해 주고 싶었기 때문입니다."

그 말을 끝으로 소지산은 입을 굳게 다물었다. 노해광 또한 별다른 말이 없었다.

이제껏 한쪽에서 그들의 말을 조용히 듣고 있던 방취아만이 자신의 두 손을 꼬옥 움켜쥔 채 목구멍 속에서 터져 나오려는 울음을 억누르고 있을 뿐이었다.

아직은 울어서는 안 된다. 적어도 지금은 눈물을 흘릴 때가 아니었다. 지금은 복수의 칼날을 예리하게 다듬은 채 어둠 속에 숨어 있는 진정한 흉수의 목에 칼을 꽂을 기회를 엿보아야 할 때였다.

흉수의 목을 가르고 그의 숨통을 완전히 끊어 놓아야만 위패의 넋을 위로할 수 있으며, 그때 비로소 그를 위해 한 줌의 눈물을 흘릴 수 있을 것이다. 그것이 바로 강호인(江湖人)이 비명에 간 친우를 보내는 방식이었다.

그래서 방취아는 마음속의 슬픔을 내색하지 않고 짐짓 아무렇지도 않은 듯한 음성으로 물었다.

"그자는 어떻게 되었나요?"

음울하게 가라앉아 있던 노해광의 눈에 서늘한 빛이 감돌았다.

"그렇지 않아도 그놈에 대한 이야기를 하러 왔다. 결론적으로 말해서 그놈은 실종되었다."

소지산과 방취아의 시선이 못 박히듯 그에게 고정되었다.

"실종이라니요? 종적을 감췄다는 말입니까?"

"회람연이 끝난 후 그놈은 혼자 힘으로는 제대로 움직일 수도 없을 정도로 심각한 상태였지. 그래서 그놈의 수하들이 그놈의 부상을 치료하기 위해 동원당(東原堂)으로 데려간 것까지는 확인을 했다. 그런데 그 이후 그놈의 행적을 찾을 수가 없다."

동원당은 화산파의 속가제자 출신이 운영하는 의방(醫房)으로, 내외상을 치료하는 데 탁월한 재주를 지닌 의원들이 많다고 알려진 곳이었다.

처음으로 노해광의 눈썹이 알아차리기 힘들 만큼 살짝 찡그려졌다.

"본 파의 일 때문에 동원당에 대한 감시를 소홀히 한 측면이 있기는 하지만, 그렇게 감쪽같이 모습을 감춘 것이 신경 쓰여서 사람들을 풀어 장안 일대를 샅샅이 뒤졌는데 아직까지도 행방을 찾지 못했다."

회람연에서 화산파를 꺾은 후 종남파의 위세는 누구도 부인하지 못할 정도로 절대적인 것이 되었다. 게다가 노해광의 손발과도 같은 흑선방이 적류문과의 처절한 싸움에서 승리하여 서안의 흑도를 완전히 장악한 후로는 적어도 서안 일대에서는 그의 눈과 귀를 피할 일은 존재하지 않는 것이나 마찬가지였다.

그럼에도 스스로의 몸으로는 움직일 수도 없는 중상을 입은 자를 찾아내지 못했다는 것은 기이한 일이 아닐 수 없었다.

방취아가 조심스러운 음성으로 물었다.

"화산파로 돌아간 것은 아닐까요? 화산파에서 비밀리에 고수들을 파견해서 그를 데려갔을 수도 있지 않겠어요?"

노해광은 고개를 저었다.

"화산파에는 가지 않았을 거다. 그놈의 가장 큰 후원자였던 한세일과 단우진이 모두 꺾인 후, 화산파에서는 그동안 눌려 있던 온건파가 힘을 얻으면서 그들 사제의 비호 세력은 없어진 것이나 마찬가지인 상황이 되었다. 만약 그놈이 화산파로 돌아갔다면 어떤 식으로든 내게 소식이 전해졌을 것이다.”

“그렇다면 사숙께서는 그자가 장안 어딘가에 잠적해 있을 거라고 생각하시나요?”

“그놈의 몸 상태로는 아무리 영약을 복용하고 제대로 된 치료를 받았다고 해도 절대로 먼 길을 움직일 수 없다. 그러니 필시 장안 어딘가에 숨어 있을 것이다.”

방취아는 노해광의 세력이 서안에 얼마나 넓고 깊게 퍼져 있는지 어느 정도 알고 있기에 의아한 표정을 숨기지 못했다.

“하지만 사숙께서 찾지 못하셨다면…….”

노해광의 눈빛에 기광이 번뜩였다.

“누군가의 조력을 받고 있다는 말이겠지. 내 눈을 가릴 만큼 강력한 누군가가 말이지.”

방취아는 그제야 깨달은 듯 흠칫 놀랐다.

“사숙께서는 짐작 가는 점이 있으시군요.”

“나는 이미 사람을 풀어 장안 전체에 은밀히 그놈이 본 파의 원수이며, 그를 숨겨 두는 자는 본 파를 적으로 돌리는 것과 같다는 뜻을 분명하게 밝혀 놓았다. 그럼에도 이틀이 지나도록 그놈에 대한 아무런 소식도 들려오지 않은 건 그놈이 본 파를 두려워하지 않을 정도로 대단한 자의 비호를 받고 있음을 의미하는 것이다.”

현재 종남파의 위세와 명망은 서안을 넘어 섬서성과 중원 전체를 뒤흔들고 있는 상황이었다.

그런 종남파를 적으로 돌리는 것을 두려워하지 않을 자가 과연 서안에 존재할까?

방취아는 아무리 머리를 굴려 보았으나, 그런 인물이 있다는 것을 믿을 수 없었다. 그것은 그녀의 자만이나 착각이 아니라 강호의 누구라도 인정하지 않을 수 없는 분명한 현실이었다. 종남파는 어느새 강호인들에게 그러한 존재가 되어 있었다.

그래서 그녀는 묻지 않을 수 없었다.

"사숙께서는 정말 그런 인물이 존재한다고 믿으시나요?"

노해광은 주저하지 않고 고개를 끄덕였다.

"그렇다. 적어도 한 사람은 분명히 존재한다."

그녀는 자신도 모르게 재차 물었다.

"그가 누구인가요?"

노해광은 잠시 허공을 응시했다. 평상시와 달리 침중하기 그지없는 그의 모습에 방취아가 긴장하여 절로 숨을 멈추었을 때, 노해광의 입에서 여느 때보다 무거운 음성이 흘러나왔다.

"소마 신지림."

* * *

체구가 무척 왜소한 사람이었다. 키도 작고 어깨도 좁은 데다, 목도 가는 편이었다. 그럼에도 머리는 남들보다 커서 어딘지 모르게 불안정해 보였다. 흰 머리카락이 듬성듬성 보이는 더벅머리를 대충 뒤로 묶어서 아무렇게나 어깨 위에 늘어뜨렸는데, 그래서인지 가뜩이나 큰 머리통이 더욱 커 보였다.

얼굴에는 잔주름이 가득했으나 혈색이 좋고 피부가 깨끗해서인지 그리 나이 들어 보이지는 않았다. 팔꿈치까지 걷어붙인 소맷자락 아래로 드러난 팔뚝과 손은 여인의 그것처럼 희고 깨끗해서 헝클어진 머리카락이나 주름진 얼굴과는 전혀 어울려 보이지 않았다.

그 사람은 콧노래를 부르며 철 냄비를 능숙한 솜씨로 흔들어 댔다. 그럴 때마다 철 냄비 안에 가득 담긴 채소와 고기들이 이리저리 뒤섞이며 고소한 냄새를 사방으로 풍겨 댔다.

"흐흥…… 흐흐흥…… 흐응!"

무엇이 그리도 신나는지 연신 흥겨운 콧노래를 흥얼거리고 커다란 머리통을 까닥거리며 요리를 하는 그 사람의 모습은 누가 보기에도 우스꽝스럽고 희화적인 것이었다.

좁은 주방은 이내 자욱한 연기와 음식 냄새로 가득 차 버렸다.

하나 그 사람은 아랑곳하지 않고 빠르고 능숙한 손길로 요리를 마치고는 냄비 위의 요리를 접시에 담아 탁자로 가지고 갔다.

"자, 내가 만든 특제 해물볶음 요리일세. 먹고 나면 기운이 부쩍부쩍 솟아오를 걸세."

탁자 앞에는 낯빛이 창백한 중년인이 무심한 표정으로 앉아 있었다.

지금은 이른 아침이었다. 요리는 제법 먹음직스러웠지만, 아침부터 기름기 가득한 요리를 먹고 싶은 사람은 그리 많지 않을 것이다.

중년인 또한 그다지 식욕이 당기지 않는 모습이었다. 하나 그는 아무런 내색도 하지 않고 젓가락을 들어 묵묵히 요리를 먹기 시작했다. 왜소한 체구의 더벅머리 중노인은 입가에 흐뭇한 미소를 지은 채 중년인이 자신의 요리를 먹는 모습을 지켜보고 서 있었다.

요리의 양은 제법 많았지만, 중년인은 꾸역꾸역 요리를 입 안으로 집어넣었다. 중간에 몇 번 쉴 법도 하련만, 접시가 깨끗이 비워질 때까지 중년인은 단 한 번도 손길을 쉬지 않았다.

결국 수북하게 쌓인 요리가 모두 비워진 다음에야 비로소 중년인은 젓가락을 내려놓았다.

"어떤가, 기운이 좀 나는가?"

중년인은 담담한 표정으로 고개를 끄덕였다.

"한결 나아진 것 같소."

그제야 더벅머리 중노인은 히죽 웃으며 그의 앞에 앉았다.

"다행이군. 처음 봤을 때는 금시라도 무덤 속으로 기어 들어갈 것 같은 몰골이어서 걱정을 했는데, 지금은 그래도 숨은 제대로 쉬고 있는 듯하니 말일세."

아닌 게 아니라 중년인의 안색은 백지장을 보는 듯 창백했고, 입술에는 핏기가 거의 없어서 병색이 완연해 보였다. 게다가 상반신 전체를 하얀 붕대로 칭칭 감고 있어 하얀 옷을 입은 것 같았다. 자세히 보면 그 붕대의 여기저기에 붉은색 핏자국이 희미하게 배어 있음을 알 수 있었다. 붕대를 감은 상처에서 새어 나온 핏물의 흔적이었다.

젓가락질을 하는 그 단순한 동작만으로도 상처가 터져 피가 흘러내릴 정도로 중년인은 치명적인 부상을 입은 상태였다. 그럼에도 그는 자세를 꼿꼿이 한 채 흐트러진 모습을 보이지 않고 있었다.

더벅머리 중노인은 창백한 안색에 입을 굳게 다물고 있는 그의 얼굴을 가만히 들여다보고 있다가 다시 엷은 웃음을 흘렸다.

"자네는 제법 뼈마디가 단단하군. 난 그런 사람을 좋아하지. 뼈마디가 약한 녀석은 조금만 건드려도 곧잘 숨이 넘어가는 소리를 해서 영 재미가 없단 말이야."

중년인은 여전히 아무런 말이 없었다.

더벅머리 중노인은 그의 반응에는 전혀 신경도 쓰지 않고 계속 자기가 할 말만을 지껄였다.

"듣자니 자네는 계산이 분명해서 어떤 경우에라도 맺고 끊음이 분명하다고 하더군. 그것도 내가 좋아하는 성격일세. 난 계산이 흐릿한 놈들은 세상에 존재할 가치가 없다고 생각하네. 그래서 그런 놈들을 볼 때마다 갈기갈기 찢어 죽였지."

"……."

"또 자네는 눈치가 빠르고 두뇌가 명석해서 말이 통하는 사람이라고 하더군. 자네는 정말 내가 좋아하는 모든 걸 갖춘 사람이야. 멍청하고 말이 안 통하는 놈들을 상대하는 건 너무 피곤한 일이란 말이야. 나같이 무병장수(無病長壽)를 꿈꾸는 사람에게는 무조건 피해야 할 일이지."

더벅머리 중노인은 천천히 중년인에게로 몸을 기울였다. 약간은 딱딱하게 굳어 있는 중년인의 얼굴을 한동안 들여다보던 더벅머리 중노인이 이윽고 한결 가라앉은 음성으로 입을 열었다.

"이틀 동안 치료도 해 주고 잘 먹여서 자네 숨통은 트여 줬으니, 이제는 자네가 내 궁금증을 풀어 줄 차례일세."

더벅머리 중노인의 머리카락 사이로 보이는 두 눈이 독사의 그
것처럼 섬뜩한 빛으로 번들거렸다.

"물건은 어디 있나?"

중년인의 굳게 다물어진 입꼬리가 순간적으로 가늘게 떨렸다.

더벅머리 중노인은 눈도 깜박이지 않고 중년인의 얼굴을 뚫어
지게 주시했다. 그 칼날같이 예리하고 서슬 퍼런 시선 때문인지
중년인의 가뜩이나 파리했던 얼굴이 더욱 창백하고 핼쑥하게 보
였다.

한동안 아무 말도 없던 중년인이 막 무어라고 입을 열려는 순
간, 더벅머리 중노인이 불쑥 말을 내뱉었다.

"무슨 물건이냐고 묻지 말게. 만약 그럴 생각이었다면 나는 정
말 실망할 거야."

막 움직이려던 중년인의 입이 다시 굳게 다물어졌다.

더벅머리 중노인은 여전히 섬뜩한 눈으로 그를 응시하며 한결
차가워진 음성으로 말했다.

"자네가 적류문의 마강이란 자를 시켜 셋째를 유혹한 것을 알
고 있네. 자네는 마강만 없어지면 꼬리를 자를 수 있다고 생각했
을지 몰라도, 그 정도 술수에 넘어가기에는 그동안 강호에서 구른
세월이 너무 오래되었거든."

"……!"

"마강이란 흑도의 나부랭이가 그런 물건을 가지고 있다는 자체
가 의혹이었지. 그래서 마강의 뒤를 추적하여 어렵지 않게 그 뒤

에 자네가 있음을 알았네. 이제 마강이란 놈도 없어지고 셋째도 죽었으니 자네는 그 일이 유야무야될 줄 알았겠지만, 우리는 한번 잡은 목표는 놓치는 법이 없는 사람들이거든."

더벅머리 중노인의 몸이 더욱 숙여져 중년인의 얼굴에 거의 닿을 듯 가까워졌다.

"이틀 동안 자네 수발을 들며 금방 죽어도 이상하지 않을 자네를 살려 둔 것은 거짓말을 듣고 싶어서가 아닐세. 그러니 한 마디를 하더라도 신중히 생각한 다음 말하도록 하게. 다시 한번 묻지, 물건은 어디에 있나?"

중년인의 낯빛은 여전히 창백했으나, 표정에는 별다른 변화가 없었다. 더벅머리 중노인 또한 그를 응시하는 자세 그대로 석상처럼 굳어 있었다.

그리 넓지 않은 실내에 말로 형용하기 어려운 무거운 침묵이 감돌았다.

잠시 후에 중년인의 입술이 열리며 조용하면서도 침착한 음성이 흘러나왔다.

"시치미를 뗄 생각은 애초부터 없었소. 이번 일이 마무리되면 당연히 물건을 내어 줄 생각이었고, 그 마음은 지금도 변함이 없소."

더벅머리 중노인은 냉소를 날렸다.

"말은 번지르르하게 잘하는군. 그렇다면 당장 물건을 내놓지 않고 무얼 하는 건가?"

더벅머리 중노인의 다그침에도 중년인은 담담한 표정을 유지했다.

"물건은 나에게 없소."

더벅머리 중노인의 눈초리가 살짝 꿈틀거리며, 두 눈에서 감히 마주 보기도 힘들 정도로 섬뜩한 살광이 이글거렸다.

"나를 실망시키는군."

"그런 귀중한 물건을 몸에 지니고 다닐 수 있겠소?"

"그럼 다른 곳에 보관하고 있단 말인가?"

"그렇소."

"그곳이 어디인가?"

더벅머리 중노인이 다급히 물었으나, 중년인은 태연자약하게 대답했다.

"일이 마무리되면 알려 드리겠소."

더벅머리 중노인의 눈살이 살짝 찌푸려졌다.

"그게 무슨 말인가?"

"그 물건은 엄연히 청부의 대가로 주기로 한 것이오. 그런데 귀문(門)의 셋째는 그 청부를 다하지 못했소. 그러니 나로서도 어쩔 수가 없소."

"일이 이렇게 되었는데도 아직도 더 수를 부리려 하는가?"

"강호의 도리를 말하는 것이오. 공(功)이 없으면 상(償)도 없는 게 당연하오. 귀하는 청부를 마쳐야만 그 대가를 받을 수 있소."

중년인의 음성은 그리 크지 않았으나, 그 속에는 한 줄기 결연한 빛이 담겨 있었다.

더벅머리 중노인은 중년인의 한 점 흐트러짐 없는 얼굴을 보고는 내심 쓴웃음을 지었다. 그제야 자신이 너무 성급하게 물건의 행방을 물은 것이 실책이었음을 깨달은 것이다.

원래 중년인은 계획했던 모든 일이 실패로 끝나고 몸마저 커다란 부상을 입어 꺼진 불과도 같은 신세였다. 그런데 더벅머리 중노인이 섣불리 물건에 대해 언급하면서 그에게 일말의 불씨를 제공해 버린 것이다.

이제는 끝이라고 생각했던 절망적인 상황에서 한 줄기 불씨를 발견한 중년인이 순순히 물러날 리 없었다. 무슨 수를 써서라도 그 불씨를 되살리려 할 것이다.

원래 더벅머리 중노인은 사람의 목숨을 끊는 것을 아무렇지도 않게 생각하고, 인간의 몸을 짓이기고 정신까지 파괴하는 끔찍한 고문(拷問)조차도 태연하게 실행하는 무서운 인물이었다.

조금 전만 해도 더벅머리 중노인은 중년인이 물건에 대해 모른 척하거나 허튼수작을 부린다면 기꺼이 고문을 해서라도 그의 입에서 실토를 받아 내려 했고, 그럴 자신도 있었다.

하나 지금은 그것이 불가능한 일임을 깨달았다. 이제는 끝이라고 생각했던 절망적인 순간에 회생의 불씨를 발견한 자에게 고문 따위가 통할 리 없었다. 설사 자신의 목숨이 끊어지는 한이 있더라도 결코 그 기회를 놓치려 하지 않을 것이다.

더벅머리 중노인의 얼굴에 씁쓸한 표정이 스치고 지나갔다. 조금 전만 해도 자신이 절대적으로 유리한 상황에서 상대의 목줄을 잡고 있었는데, 이제는 그 목줄이 많이 헐거워져 버린 것이다.

무슨 일이 있더라도 물건을 회수해야 하는 그의 입장에서는 어쩌면 더욱 고약한 상황에 처한 것일지 몰랐다.

그리고 그런 빈틈을 중년인은 놓치지 않고 예리하게 파고들었다.

"물건을 받고 싶으면 청부를 마무리해 주시오. 그렇지 않으면 차라리 내 목을 베어 주시오. 이런 상황에서는 살아도 산 게 아니니 말이오."

더벅머리 중노인은 다시 한번 중년인에게 허점을 내보인 자신의 실책을 자책했다. 비록 날개가 꺾이고 깃털마저 뽑히긴 했으나, 이자는 결코 만만히 상대해서는 안 되는 인물이라는 것을 잠시 잊어버린 것이다. 기분 같아서는 이자의 몸을 갈가리 찢어 놓아서라도 물건의 행방을 알고 싶었으나, 그것은 한낱 분풀이에 불과할 뿐이라는 것을 그 자신이 누구보다도 잘 알고 있었다.

소문삼살의 둘째이며 강호에서 공포의 살성(煞星)으로 불리는 괴살(怪殺) 도인수(屠忍修)는 쓴 입맛을 다시며 물었다.

"자네가 셋째에게 한 청부가 정확히 무엇인가?"

중년인, 종남파에서 공인한 대적(大敵)이며 출신 문파인 화산파에서도 버림받은 존재가 되어 버린 철혈매화 검단현은 한동안 침묵하다 묵직한 음성으로 입을 열었다.

"이전의 청부는 이미 효력이 다했으니, 새로운 청부를 하겠소."

"그게 무언가?"

검단현의 두 눈에 귀기 어린 살광이 어른거렸다.

"철면호 노해광의 수급을 잘라 주시오."

제 358 장

절세홍안(絕世紅顔)

제 358 장 절세홍안(絶世紅顔)

화사한 공간이었다.

임영옥은 차분한 눈으로 가만히 주위를 둘러보고 있었다.

그리 비싸거나 사치스러운 물품으로 장식되어 있지 않음에도 방 안은 어딘지 모르게 사람의 눈을 번쩍 뜨이게 할 만큼 화려해 보였다. 구석구석에 놓여 있는 작은 탁자나 소품들은 희대의 명품처럼 느껴졌고, 벽에 걸린 장식이나 그림도 하나같이 명인(名人)의 손길이 닿은 듯이 보였다.

그녀가 앉아 있는 곳에서 조금 떨어진 방의 중앙에 천장부터 바닥까지 발이 길게 드리워져 있었는데, 무겁지도 탁하지도 않은 신비로운 광택이 감돌고 있는 것으로 보아 특수한 재질로 이루어진 것이 분명했다.

그 발 때문인지 말로 표현하기 힘든 오묘하고 기이한 분위기가 방 안 전체를 지배하고 있었다. 단순히 화려하다거나 고아하다는 말로는 설명이 안 되는 독특한 기운이었다.

그것은 사람의 마음을 흥분시키거나 불안하게 만드는 것 같기도 했고, 혹은 부럽다거나 동경하는 마음이 들게 하는 것 같기도 했다. 단순히 방 안에 앉아 있을 뿐인데도 편안함보다는 무언지 모를 묘한 설렘과 무거운 중압감이 함께 느껴지는 것 같았다.

임영옥은 그런 분위기가 아마도 방 주인의 성향에서 비롯된 것이 아닐까 하고 생각했다.

여자의 방은 때로는 방 주인의 성품을 대변해 주기도 하는 법이다.

주인 없는 방에 가만히 앉아서 누군가가 들어오기를 하염없이 기다리고 있는 임영옥의 심정은 의외로 담담하기만 했다. 그녀도 자신의 마음이 이토록 고요하리라고는 미처 예상치 못하고 있었다.

처음 그녀가 이 방의 주인을 만나기로 결심하기까지는 수많은 고민과 나름의 비장한 각오가 필요했는데, 막상 방 안으로 들어온 지금은 그런 모든 것들이 부질없게 여겨졌다. 오히려 무거운 짐을 내려놓은 듯 홀가분한 마음마저 들 정도였다.

임영옥은 주위를 둘러보는 것을 멈추고 자신의 그런 마음을 묵묵히 관조했다.

그러던 한순간, 문이 소리도 없이 열리며 서늘한 공기와 함께 한 가닥 그윽한 향기가 밀려 들어왔다. 그리고 어느 사이엔가 발 안쪽에 한 명의 여인이 그린 듯한 자태로 앉아 있었다.

신비로운 빛을 뿌리는 발 때문에 그녀의 모습은 제대로 보이지 않았다. 단지 희미하게 드러난 잔영으로 궁장을 입은 여인이라는 것만 간신히 알 수 있을 뿐이었다.

  발 사이로 한없이 영롱하면서도 차갑게 정제된 듯한 두 개의 눈이 그녀를 조용히 응시하고 있었다.

  그 시선 속에 담긴 빛은 심연처럼 고요했으나, 사람의 마음을 불안하게 하고 공연히 몸을 들썩이게 만드는 묘한 힘이 담겨 있었다.

  임영옥은 자신의 모든 것이 그 시선 아래에서 샅샅이 분해되는 듯한 느낌이 들었다. 그것은 무어라 형용하기 어려운 기이한 감각이었다. 섣불리 움직였다가는 자신의 몸이 한 줌의 먼지로 화해 버릴 것만 같았다. 그렇다고 이대로 계속 가만히 있으면 거대한 무언가에 끝없이 짓눌려 마침내는 존재조차 남기지 못하고 사라져 버릴 듯한 기분이 들었다.

  임영옥은 그 시선에 굳이 대항하려 하지 않았다. 대항하고 싶어도 지금의 그녀에게는 대항할 능력이 없다고 해야 옳을 것이다. 무공을 잃고 체내의 기력도 거의 소진되어 있는 그녀로서는 자세를 흩트리지 않고 앉아 있는 것조차도 쉽지 않은 일이었다.

  그녀의 모든 것을 산산이 부숴 버릴 듯한 시선이 마침내 거두어졌다. 궁장 여인은 여전히 그녀를 보고 있었지만, 조금 전과 같은 기이한 중압감은 더 이상 느껴지지 않았다.

  발 사이로 서늘하고 깨끗한 음성이 흘러나왔다.

  "그런 몸으로 용케도 내 정심안(淨心眼)을 버텨 내는구나."

옥구슬이 굴러가는 듯한 영롱한 음성이었으나, 한편으로는 듣는 이의 심혼을 쥐어 잡는 듯한 무거움이 담겨 있었다.

임영옥은 그저 조용히 고개를 숙일 뿐이었다. 그녀가 특별히 대답을 원해서 한 말이 아님을 알고 있기 때문이었다.

발 안에서 다시 그녀의 음성이 들려왔다.

"나를 만나고 싶다고 했다지?"

임영옥은 차분한 음성으로 대답했다.

"그렇습니다."

"나를 피하는 줄 알았는데 의외로구나."

"그렇게 해서는 아무것도 해결되지 않는다는 걸 깨달았을 뿐입니다."

발 안에서 나직한 웃음소리가 흘러나왔다.

"호호. 그럼 나를 만나면 모든 일이 해결될 수 있다는 말이냐?"

"적어도 한 가지는 해결되겠지요."

"그게 무엇이냐?"

임영옥은 발 안의 여인을 가만히 응시했다. 비록 그녀의 능력으로 특이한 성능이 있는 발 안을 투영할 수는 없지만, 그녀는 발 사이로 내비치는 투명한 시선을 바라보며 조용한 음성으로 입을 열었다.

"장문 사형을 설득하는 일입니다."

발 안에서 잠시 침묵이 흘렀다. 궁장 여인의 시선은 임영옥의 얼굴에 못 박히듯 고정되어 있었으나, 임영옥의 표정은 한 점의 흐트러짐도 없었다.

한참 후에야 다시 예의 서늘한 음성이 들려왔다.

"너는 네가 한 말이 무엇을 의미하는지 알고 있느냐?"

"그렇습니다."

"내가 굳이 그를 설득할 필요가 있다고 생각하느냐? 어차피 그에게는 다른 선택의 길이 존재하지 않는다."

"제가 나서지 않는다면 장문 사형은 결코 그 길을 선택하지 않을 것입니다."

"왜 그렇게 확신하지?"

"장문 사형은 자기가 원하지 않는 길은 절대로 걸으려 하지 않을 겁니다. 타의에 의해 억지로 걸었다가 어떤 결과를 얻게 되는지 너무도 잘 알고 있으니까요."

"흐음."

발 안에서 의미를 알기 힘든 소리가 흘러나왔다. 탄식인지 한숨인지 아니면 감탄하는 소리인지 알 수 없었으나, 발 안의 여인이 무언가 깊은 생각에 잠긴 것은 분명해 보였다.

"그럴지도 모르겠군. 아무래도 그를 가장 잘 아는 사람은 너일 테니 말이야."

이번에는 임영옥이 조용히 침묵을 지켰다.

발 안의 여인은 개의치 않는다는 듯 다시 중얼거리듯 말했다.

"네가 왜 먼저 나서서 그 일을 하겠다고 하는지 선뜻 이해가 되지 않는구나. 그가 수락하는 순간, 너는 더 이상 그의 곁에 머무를 수 없게 된다. 알고 있겠지?"

"그렇습니다."

"너는 그를 떠날 자신이 있느냐? 아니, 그건 무의미한 질문이겠군. 결심을 굳혔을 테니 나를 만나자고 한 것이겠지. 중요한 건 네가 아니라 그의 의사다. 그가 과연 순순히 너를 떠나보낼 수 있을 것 같으냐?"

한순간이나마 임영옥의 낯빛이 조금 더 핼쑥해져 보이는 것은 단순한 착각일까?

임영옥은 한 차례 숨을 고른 다음 전혀 흔들림 없는 음성으로 입을 열었다.

"떠나보내 줄 겁니다."

"어째서?"

"장문 사형으로서도 불가항력일 테니까요."

"불가항력이라. 남녀 사이에 그런 말을 할 수 있는 경우는 오직 하나뿐이지."

임영옥은 그 말에 아무런 대답도 하지 않았다.

발 안의 시선이 그녀의 전신을 한 차례 훑고 지나가더니 이내 임영옥의 얼굴에 고정되었다.

"맹랑한 아이구나. 스스로의 목숨을 걸고 나를 시험하려 하다니."

갑자기 방 안에 쳐 있던 발이 소리도 없이 허공으로 말려 올라갔다.

그와 함께 발 안에 있던 여인의 모습이 비로소 임영옥의 눈앞에 드러났다.

제일 먼저 시선을 잡아끈 것은 하얀색 꽃문양이 가득 수놓아진 화려한 궁장이었다. 사람의 주먹만 한 크기의 꽃문양은 정교하기 이를 데 없었는데, 궁장 전체에 걸쳐 새겨져 있기에 얼핏 보기에는 마치 사람이 아니라 한 송이의 새하얀 꽃이 앉아 있는 것 같았다.

임영옥은 무언가에 홀린 사람처럼 여러 겹의 꽃잎이 섬세하게 새겨진 하얀색 꽃문양을 뚫어지게 보고 있다가 천천히 시선을 올렸다.

잡티 하나 없는 새하얀 얼굴에 붓으로 그린 듯한 눈썹이 시야에 들어왔다. 그 아래 자리한 두 개의 눈은 투명할 정도로 맑은 빛을 뜬 채 그녀의 얼굴에 고정되어 있었다.

오뚝한 코와 선명하리만치 붉은 입술은 서로 완벽한 조화를 이루고 있었고, 턱선은 정교할 정도로 섬세한 곡선을 그리며 목으로 이어져 내리고 있었다.

흔히 미인(美人)를 표현하는 여러 가지 수사들이 있었지만, 지금 임영옥의 뇌리에 떠오르는 것은 오직 한 가지, 진정한 아름다움은 어떠한 말로도 형용할 수 없는 것이구나 하는 생각뿐이었다.

임영옥은 쉽게 마음이 흔들리거나 외모만으로 사람을 평가하는 성격이 아니었으나, 그녀의 얼굴을 보고는 순간적으로 숨이 멎을 것 같은 느낌이 들었다. 그녀가 이럴진대, 하물며 남자라면 어떠하겠는가?

그녀가 아무 말도 하지 않고 자신의 얼굴을 바라보고만 있자 궁장 여인의 입가에 한 줄기 희미한 미소가 떠올랐다가 이내 사라졌다. 의미를 알기 힘든 묘한 미소였다.

"어떠냐? 내 얼굴을 본 소감이?"

임영옥은 나직한 한숨을 내쉬며 솔직하게 말했다.

"제가 이제껏 만난 여인 중 가장 아름답습니다."

극찬을 들었음에도 궁장 여인의 표정은 변함이 없었다.

"너도 입에 발린 소리를 할 줄 아는구나. 내가 왜 너에게 직접 얼굴을 보여 줄 생각을 했는지 아느냐?"

"모르겠습니다."

"이제 너와의 일을 매듭지을 때가 되었다고 판단했기 때문이다."

듣기에 따라서는 무거운 의미를 지은 말이었으나, 임영옥은 처음과 똑같이 차분한 모습을 유지했다.

"일종의 작별 인사 같은 것이란 말씀이군요."

궁장 여인의 시선이 임영옥의 얼굴에 못 박히듯 고정되었다.

"그렇다."

임영옥이 별다른 대꾸 없이 묵묵히 앉아 있자 그녀가 다시 입을 열었다.

"너는 두렵지 않느냐?"

"두렵습니다."

"무엇이 두려운 것이냐?"

"일이 어긋나서 계획한 모든 것이 깨어질까 두렵습니다."

궁장 여인의 눈에 한 줄기 냉엄한 빛이 번뜩였다. 사람의 모골을 송연하게 하는 무서운 눈빛이었다.

"내가 일을 그르칠 것이란 말이냐?"

"제가 없이 일을 진행하면 그렇게 될 겁니다."

"자신감이 대단하구나."

"자신감이 아닙니다. 다만 알고 있을 뿐입니다."

"무엇을 말이냐?"

임영옥의 입에서 담담한 음성이 흘러나왔다.

"저 없이는 장문 사형이 절대로 설득되지 않는다는 걸 말입니다."

궁장 여인은 임영옥의 혈색이 거의 느껴지지 않는 창백한 얼굴을 뚫어지게 보고 있다가 갑자기 냉랭한 웃음을 터뜨렸다.

"호호. 그에 대한 믿음이 확고하구나. 남녀 사이의 일이라면 네 말이 맞을 지도 모르지. 하지만 강호의 일이라면 다르다. 불가항력이란 힘이 부족한 자가 내뱉는 변명일 뿐이지."

"선배님은 장문 사형을 강제할 수 있다고 자신하시는군요."

궁장 여인의 음성은 여느 때보다 단호했다.

"자신이 아니다. 이건 확신이지. 그가 모든 진실을 알게 된다면 거절할 리가 없다."

임영옥은 궁장 여인의 더할 나위 없이 아름다운 얼굴을 가만히 바라보고 있다가 조용히 물었다.

"그럼 무얼 망설이십니까?"

궁장 여인의 그린 듯 고운 눈썹이 살짝 치켜 올라갔다.

"망설이다니?"

"후환을 남기는 걸 누구보다 싫어하시는 분이 제게 손을 써야 할지 말아야 할지 지금도 망설이고 있지 않습니까?"

"왜 그렇게 생각하느냐?"

"저 없이도 장문 사형을 설득할 자신이 있었다면 아마 저를 만나지 않았을 겁니다. 저와의 만남을 승낙한 것은 혹시나 하는 마음 때문이겠지요."

"……."

"그럼에도 선뜻 저의 제안을 받아들이지 않는 것 또한 저를 만난 장문 사형이 더욱더 흔들릴 것이 걱정되기 때문일 겁니다."

궁장 여인의 눈빛에 예의 서릿발 같은 안광이 피어올랐다. 임영옥은 전신이 날카로운 칼날에 짓이겨지는 듯한 통증이 일었으나 아무런 내색도 하지 않은 채 처음의 자세 그대로 앉아 있었다. 그녀의 가뜩이나 파리한 안색이 더욱더 핏기를 잃고 창백하게 변하는 것 외에 겉으로 드러난 그녀의 모습은 조금의 변함도 없었다.

궁장 여인의 속눈썹이 천천히 깜박거린 후에야 비로소 그녀의 몸을 무겁게 위협하던 무시무시한 기운이 사라졌다.

궁장 여인은 한동안 아무 말이 없었다. 임영옥 또한 침묵을 지키자 장내는 기이한 정적에 휩싸여 버렸다.

서로 마주 앉은 두 여인은 모두 천하의 절색이었으나 그 외의 모든 것은 판이하게 달랐다. 성격은 물론, 신분과 나이 등 어떤 면에서도 유사점을 찾기 힘들었다. 그럼에도 서로 마주 본 채 침묵을 지키고 있는 두 사람의 모습은 어딘지 모르게 닮아 보였다.

그것은 아마도 그들이 똑같은 한 사람을 마음에 두고 있기 때문일 것이다. 살아온 환경과 주위의 여건이 완전히 다름에도 오직 하나의 동질성 때문에 그녀들은 비슷한 존재처럼 보이는 것이다.

먼저 침묵을 깬 것은 궁장 여인이었다.

"당돌한 아이구나. 내 인내심을 위협할 만큼. 보기보다 순하지 않다는 건 알고 있었지만, 감히 내 마음을 흔들 정도로 강단이 있는 줄은 미처 몰랐구나. 그것은 아마도……."

그녀가 슬쩍 오른손을 앞으로 내밀었다.

그러자 일 장이나 떨어져 있던 임영옥의 몸이 주르르 달려왔다. 궁장 여인은 임영옥의 맥문을 잡아 보고는 다시 그녀의 단전 부위에 손을 대었다.

궁장 여인의 손이 자신의 몸을 이곳저곳 만지는 동안 임영옥은 아무런 반항도 하지 않았다.

이내 궁장 여인은 다시 오른손을 가볍게 휘둘렀다. 그러자 임영옥의 몸은 마치 무형의 손에 이끌린 것처럼 처음의 위치로 되돌아갔다.

임영옥은 살짝 헝클어진 옷매무새를 다시 가다듬고는 담담한 눈으로 궁장 여인을 바라보았다.

"이제 안심이 되십니까?"

궁장 여인의 아미가 살짝 찌푸려졌다가 다시 펴졌다.

"이번에는 네 말이 맞았다고 해 두지."

"제 제안을 받아들이시겠습니까?"

궁장 여인은 냉랭한 음성으로 말했다.

"제안이 아니다. 네가 나에게 하는 부탁이지."

임영옥은 한 치도 머뭇거리지 않고 말을 바꾸었다.

"제 부탁을 들어주시겠습니까?"

궁장 여인은 잠시 임영옥의 얼굴을 응시하고 있다가 거의 알아차리기 힘들 정도로 살짝 고개를 끄덕였다.

"그래. 죽어 가는 자의 마지막 부탁이라면 한 번쯤 들어줄 만하겠지."

임영옥은 한동안 궁장 여인의 이 세상 사람 같지 않은 아름다운 얼굴을 바라보았다. 그러다 그녀의 목을 타고 흐르는 몸을 감싼 궁장으로 시선을 떨구었다. 그 궁장 사이사이에 수놓아진 눈부시도록 새하얀 모란꽃을 묵묵히 응시하던 임영옥은 이윽고 궁장 여인을 향해 고개를 조아리며 그 어느 때보다 절제된 목소리로 말했다.

"배려에 감사드립니다."

임영옥이 방을 떠날 때까지 궁장 여인은 그 자리에 가만히 앉아 있었다. 때때로 허공을 응시하는 그녀의 눈빛에는 짐작하기 힘든 여러 가지 감정들이 회오리치고 있었다.

"생각이 많은 모양이군."

문득 들려온 소리에 고개를 돌린 그녀의 눈앞에 어느 사이엔가 한 명의 노인이 앉아 있었다.

방금 전에 임영옥이 있던 자리를 차지한 그 노인은 새하얀 백발에 주름살이 가득했으나, 눈빛만큼은 젊은이의 그것처럼 생동감이 넘쳐흐르고 있었다.

노인이 아무런 기척도 없이 나타났음에도 궁장 여인은 조금도 놀라거나 당황하지 않았다. 오히려 노인을 슬쩍 바라보는 그녀의 눈에서는 평상시의 그녀에게서 좀처럼 볼 수 없었던 영롱한 빛이 반짝이고 있었다.

"당신 생각은 어때요?"

백발 노인은 빙긋 웃었다.

"이미 다 결정해 놓고 내 의견은 왜 묻는 거요?"

"내가 제대로 결정한 건지 아직도 확신이 서지 않아서 그래요."

그녀를 조금이라도 아는 사람이라면 그녀의 이 말에 크게 놀라지 않을 수 없을 것이다. 그녀는 자신의 모든 행동과 말에 절대적인 확신을 가지고 있을 뿐 아니라, 설사 그렇지 않다 하더라도 그런 의중을 절대로 밖으로 드러내는 성격이 아니기 때문이었다.

그런 그녀라도 오직 단 한 사람 앞에서는 자신의 본모습을 숨기지 않고 드러낼 수 있었다.

백발 노인이 바로 그 사람이었다.

"자신이 없다는 거요? 당신답지 않은 일이로군."

"예전에는 분명한 자신이 있었어요. 그가 어떤 마음을 먹든 그를 조종할 수 있다고 믿었지요."

"그런데 지금은 그렇지 않다는 말이오?"

언뜻 궁장 여인의 코끝이 쫑긋거려졌고, 아랫입술이 살짝 깨물어졌다. 그녀는 이내 원래의 모습으로 돌아왔으나, 백발 노인은 그녀의 그런 표정이 무언가 일이 마음대로 풀리지 않거나 성에 차지 않을 때 무의식적으로 나타나는 것임을 쉽게 알아보았다.

"언제부터인지 그의 속마음을 짐작하는 일이 쉽지 않아졌어요. 처음에는 단순히 몇 년간 그가 겪은 일들이 범상치 않기에 생긴 것인 줄 알았는데, 최근의 만남에서 더 이상 그의 의중을 파악하기는 힘들 것 같다는 생각이 들었어요."

"확실히 대단하긴 하지. 나도 그를 볼 때마다 가슴이 두근거려지더군."

"우리가 너무 신중했던 걸까요?"

백발 노인은 고개를 저었다.

"그렇지 않지. 예전의 그는 단지 가능성뿐이었소. 당신도 알다시피 그 한 가지만 보고 그에게 일을 맡기기에는 사안이 너무 중대하지 않았소?"

"사안의 중대성만큼이나 시간적인 여유도 중요했는데, 너무 차일피일 미룬 게 아닌가 싶어요. 그 때문에 지금은 일이 잘못되었을 때 다른 방법을 시도해 볼 여지조차 없어지고 말았죠."

"어차피 이번 일은 뒤가 없는 것이오. 이번 한 번으로 그자를 무너뜨리지 못한다면 두 번의 기회는 없다는 걸 당신도 알지 않소?"

"너무 잘 알아서 탈이지요."

"이번에 봉황금시가 그자의 손에 넘어가면서 그자는 삼 초의 검법을 모두 갖게 되었소. 시간이 흐를수록 그자를 상대로 승기를 잡기란 점점 더 어려워질 거요."

궁장 여인의 입가에 쓴웃음이 떠올랐다.

"그들이 봉황금시를 그토록 쉽게 포기해 버릴 줄은 미처 몰랐어요. 그들이 그걸 가지고 있는 한 그자와의 충돌이 계속될 것이고, 그의 실력으로 보아 그자가 직접 나타나지 않는다면 빼앗길

일은 없으리라고 생각했었는데 별다른 곡절 없이 봉황금시가 그자의 손에 들어가고 말았으니……. 처음 그 소식을 들었을 때는 너무 어이가 없어서 전신의 맥이 모두 풀릴 지경이었어요."

"대신에 그들은 칠음진기를 얻었지."

궁장 여인의 두 눈에 섬뜩할 정도로 날카로운 광망이 번뜩이고 지나갔다.

"강일비, 그 녀석이 그런 짓을 할 줄은 몰랐어요. 하지만 강일비가 알고 있는 것은 칠음진기의 반쪽 구결뿐이에요."

"그리고 강일비는 주저하지 않고 그걸 가지고 그자에게로 달려갔소."

궁장 여인의 시선이 슬쩍 백발 노인에게로 향했다.

"강일비에게 다른 속셈이 있으리라고 생각하나요?"

"그의 속마음을 누가 알겠소? 한 가지 분명한 건 강일비에게는 나름대로의 이유가 있을 것이라는 거요. 그게 무엇이든 그자에게 가져가지 않으면 안 되는 절대적인 이유 말이오."

궁장 여인은 잠시 골똘히 생각에 잠겨 있다가 이내 다시 입가에 한 줄기 미소를 지었다. 사람의 심혼을 얼려 버릴 듯한 차갑고 냉엄한 미소였다.

"강일비의 속셈이 무엇이었든 그는 반드시 그 일에 대한 대가를 치르게 될 거예요."

백발 노인은 담담하게 웃었다.

"그거야 그 스스로가 책임져야 할 운명이겠지. 그보다 정녕 두 사람을 다시 만나게 할 작정이오?"

"그럴 생각이에요."

백발 노인은 고개를 갸웃거렸다.

"나는 그들이 다시 만나는 걸 당신이 원하지 않을 거라고 생각했었는데……."

"원래는 그럴 마음이었어요. 솔직히 조금 전에 그 아이를 만나러 오기 전만 해도 더 이상 일을 복잡하게 만들지 않고 정리하려 했어요. 하지만 막상 그 아이의 말을 듣고 보니 일리가 있더군요. 최악의 경우라도 이번 일에 지장을 초래하지는 않을 거예요."

"최악의 경우란 그를 설득하는 데 실패하는 걸 뜻하오?"

궁장 여인은 고개를 가로저었다.

"그 정도를 최악이라고 할 수는 없죠."

"갑자기 불안해지는군. 당신이 예상하는 최악의 경우란 어떤 걸 말하는 거요?"

"다시 만난 두 사람이 서로 손을 잡고 종남으로 돌아가는 거예요. 그러고는 두 번 다시 강호에 나오지 않는 거죠."

백발 노인의 주름진 눈이 크게 뜨였다.

"그게 가능하리라 보오?"

처음으로 궁장 여인의 그린 듯 고운 봉목에 한 줄기 어두운 그림자가 떠올랐다.

"그들의 성정으로 보아 불가능한 일만은 아니에요. 그리고 그럴 경우, 마땅히 그를 제어할 다른 방법이 없어요."

백발 노인은 너털웃음을 터뜨렸다.

"허헛! 그는 일문(一門)의 장문인으로서 문파를 부흥시킬 막중

한 책임을 지고 있소. 그의 성격상 일신의 안위를 위해 그 책임을 저버리지는 못할 거요."

"나도 그렇게 생각했어요. 하지만 두 사람을 볼수록 어쩌면 그들 사이가 우리가 예상한 것보다 훨씬 더 각별할지도 모른다는 느낌이 들었어요."

"어느 정도로 말이오?"

"그 어떤 대단한 것도 세월의 힘을 이길 수는 없어요. 그런데 그들은 사 년이라는 오랜 시간 동안 헤어져 있었으면서도 서로에 대한 마음이 조금도 흔들리지 않았어요. 적어도 그녀에 대한 그의 감정이 그동안의 세월로 어느 정도는 무뎌졌을 거라 생각했는데, 그렇지 않더군요."

"……!"

"그래서 그들이 더 이상 만나지 못하도록 하는 것이 최선이라고 믿었어요."

"그런데 왜 그들을 다시 만나게 하려는 거요?"

"그녀의 몸 상태를 확인했기 때문이죠."

백발 노인은 묵직하게 고개를 끄덕였다.

"확실히 그녀의 상태가 심상치 않아 보이더군."

"그 정도가 아니에요. 그녀는 이미 심지가 다 닳은 호롱불 같은 신세가 되었어요. 무슨 수를 쓰더라도 다시 되돌릴 수 없을 거예요."

"칠음진기를 완성해도 말이오?"

"그래요. 체내의 진력이 완전히 고갈되어 태음신맥의 음기가 그 자리를 대신한 이상, 대라신선이 와도 그녀를 살려 놓을 수는 없어요."

백발 노인은 나직하게 혀를 찼다.

"쯧. 안타까운 일이로군. 보기 드문 재녀(才女)였는데 말이오."

"어쨌든 그녀가 그런 몸이 되었으니 그가 선택할 수 있는 길은 많지 않아요."

백발 노인은 가만히 생각에 잠겨 있다가 천천히 입을 열었다.

"당신이 왜 그런 상황을 최악으로 상정했는지 알겠군. 내가 본 그의 성정이라면 확실히 더 이상의 강호행을 포기하고 그녀와 함께 문파로 돌아가 칩거해 버릴 가능성이 없지는 않을 거요. 물론 처음에는 그녀의 몸을 고치려 노력하겠지만, 백약이 무효함을 알게 된 순간 그가 그런 선택을 할 가능성은 충분히 있소."

"하지만 나는 그렇지 않을 거라는 데 더 비중을 두고 있어요."

"왜 그렇소?"

"그녀는 스스로의 목숨을 내걸면서까지 종남파의 제자들을 지키려 했어요. 그건 그만큼 그녀에게 문파의 부흥이 절실했기 때문이에요. 그런 그녀의 마지막 소망을 그가 무너뜨릴 수 있을까요?"

그녀의 두 눈은 여느 때보다 영활하게 빛나고 있었고, 음성에는 단호하리만치 분명한 의지가 담겨 있었다.

"그는 절대로 문파의 부흥을 염원하는 그녀의 기대를 저버릴 수 없어요. 그녀의 심지가 다 닳고 숨결이 가늘어질수록 그는 그녀의 소망을 들어주기 위해 더욱 전력을 기울일 거예요. 그녀가 죽음의 문턱에 가까이 갈수록 그의 선택은 분명해질 수밖에 없어요."

"그러다 그녀의 숨이 끊어진다면?"

"그때는 그녀의 시신을 가슴에 묻고 오히려 더욱 맹렬히 정진하겠지요."

백발 노인은 가벼운 한숨을 내쉬었다.

"흐음. 이제야 당신이 왜 최악의 경우라도 일이 뜻대로 진행될 거라고 말했는지 이해하겠소. 그가 그녀와 함께 종남산으로 돌아간다고 해도 머지않아 그녀가 죽게 된다면, 반드시 강호로 다시 뛰쳐나올 것이라고 생각하는 거로군. 그녀의 숙원을 풀어 주기 위해서라도 말이오."

"내가 아는 그라면 반드시 그럴 거예요."

"하지만 사람의 마음이란 어떻게 변할지 누구도 장담할 수 없으니 아직 확신이 서지 않는다고 했던 것이고."

"그래요."

"그녀가 그를 설득할 수 있으면 제일 좋지만, 그렇지 않더라도 결국 그녀의 죽음으로 그를 움직이게 할 수 있으니 당신은 그저 앉아서 기다리기만 하면 되는 거로군."

"아무리 생각해도 내가 먼저 그를 찾아간다는 건 모양새가 좋지 않더군요."

백발 노인은 소리 내어 웃었다.

"하하! 당신다운 말이오."

"어때요? 이제 내게 확신을 줄 수 있겠어요?"

"내 생각을 묻는 거라면, 당신의 의견이 지극히 타당하다고 답해 주고 싶소."

"그 정도 말로는 아직 확신이 서지 않는군요."

"그렇다면 한 가지 방법이 있소."

"그게 무언가요?"

"그로 하여금 합류하지 않을 수 없게끔 만들면 되는 거요."

"그러니까 그 방법이 무언지 말해 보세요."

백발 노인은 그녀의 얼굴을 보며 아무렇지도 않은 듯 담담한 음성으로 말했다.

"그에게 줄 수 있는 보수 하나를 거시오. 이를테면 그는 너무도 간절히 원하지만 당신에게는 그다지 필요가 없는 것이면 좋지 않겠소?"

백발 노인의 음성에서 무언가를 느낀 듯 궁장 여인의 표정이 살짝 굳어졌다.

"당신이 말하는 건 설마⋯⋯."

"칠음진기의 후반부 요결이면 어떻소?"

궁장 여인의 시선이 칼날처럼 날카로운 빛을 띤 채 백발 노인의 주름이 가득한 얼굴에 화살처럼 날아와 꽂혔다. 하나 백발 노인은 태연자약한 얼굴로 입가에 슬쩍 미소까지 머금고 있었다.

"어차피 당신에게는 이제 있어도 그만, 없어도 그만인 무공요결 아니오? 하지만 그에게는 반드시 얻어야만 하는 너무도 절실한 것일 거요."

"⋯⋯."

"당신 입으로 말했다시피 어차피 그 요결을 얻어 보았자 그녀의 생명을 구할 수는 없소. 하지만 그는 한 가닥 희망의 끈을 놓지 않기 위해서라도 반드시 그 요결을 얻으려 할 거요. 이 정도라면 이번 일에 확신을 가져도 되지 않겠소?"

궁장 여인은 침묵을 지킨 채 무언가 골똘히 생각에 잠긴 모습이었다.

백발 노인도 더 이상은 입을 열지 않고 그녀를 가만히 지켜보기만 했다.

한동안 미동도 않은 채 골몰해 있던 궁장 여인은 한숨인지 탄식인지 모를 소리를 내뱉었다.

"흠. 나로서는 정말 내키지 않는 일이에요."

백발 노인은 그녀의 마음을 짐작한다는 듯 말없이 고개를 끄덕거렸다.

궁장 여인은 그런 그의 모습이 얄미운지 슬쩍 그를 노려보고는 이내 특유의 깔끔하고 냉정한 음성으로 말했다.

"하지만 일을 확실히 하기 위해서 약간의 껄끄러움 정도는 감수해야겠지요. 그렇게 하도록 하지요."

백발 노인은 그녀가 그런 대답을 할 줄 알았다는 듯 다시 빙긋 미소 지었다.

"현명한 판단이오."

용건이 끝났다는 듯 백발 노인은 천천히 자리에서 일어났다. 어떠한 기척도 없었는데 그의 몸은 나타날 때와 마찬가지로 홀연히 사라져 버렸다.

그야말로 신출귀몰한 움직임이었다.

궁장 여인은 그때까지도 처음의 자세 그대로 앉아 있었다.

천상의 아름다움을 간직한 그녀였으나, 문득 그녀의 입에서 흘러나오는 나직한 음성 속에는 뼛골이 시릴 듯 서늘한 차가움이 감돌고 있었다.

　"당신은 작은 변수라도 만들어 나를 골탕 먹이려 하겠지만, 일단 그가 내 품속에 들어오면 어떠한 변수도 소용없게 될 거예요. 나는 결코 내 품에 들어온 남자를 놓쳐 본 적이 없으니 말이에요."

제 359 장
오장풍운(吳莊風雲)

제359장 오장풍운(吳莊風雲)

오윤(吳允)은 아침 일찍 눈을 뜨자마자 한숨부터 내쉬었다.

'오늘은 정말 만만치 않은 하루가 되겠구나.'

음산한 날이었다. 새벽부터 불어오는 바람 소리가 심상치 않더니 해가 뜨기도 전에 세찬 비가 내리면서 어두운 날이 계속되고 있었다.

빗줄기는 묘시(卯時)가 지나면서 가늘어졌지만, 짙은 먹구름이 낮게 드리운 하늘은 여전히 우중충해서 금시라도 다시 한바탕 세찬 폭우를 쏟아부을 것만 같았다. 해가 떴음에도 주위는 여전히 어두워서 촛불이라도 켜지 않으면 앞을 제대로 보지 못할 정도였다.

오윤은 컴컴한 어둠 속에서 일어날 생각을 하지 않고 한동안 침상 위에 가만히 누워 있었다.

휘이이잉……

창밖으로 불어오는 바람 소리가 마치 귀곡성(鬼哭聲)처럼 들렸다. 그것은 오늘 하루가 얼마나 험난할지를 미리 예고해 주는 전주곡 같았다.

오윤은 천천히 자리에서 일어났다. 주위는 여전히 어두웠지만 오윤은 망설이는 기색 없이 옷을 차려입고는 방문을 열고 밖으로 나갔다.

습기를 잔뜩 머금은 축축한 공기가 피부에 닿자 자신도 모르게 소름이 돋아 나왔다. 그 서늘한 공기가 마치 진득한 살기를 머금은 누군가의 눈빛 같았던 것이다.

오윤은 성큼 대청으로 걸음을 옮겼다. 대청 한쪽에서 서성이고 있던 한 사람이 그를 보고는 재빠르게 다가와 머리를 조아렸다.

"일어나셨습니까?"

오윤은 그를 일별하고는 이내 대청의 중앙에 있는 커다란 의자에 가서 앉았다.

"자네도 일찍 나왔군. 이리로 와서 앉게."

그 사람은 오윤의 앞으로 와서 공손한 자세로 자리에 앉았다.

제법 수려한 인상의 중년인이었다. 잘 손질된 머리는 깔끔하게 빗어 뒤로 넘겼고, 의복 또한 정갈하기 이를 데 없었다. 눈가에 잔주름이 자글자글하기는 하지만, 전체적으로 호감이 가는 인상이었다.

오윤은 그 사람을 물끄러미 바라보다가 문득 그의 귀밑머리가 하얗게 센 것을 보고는 가는 한숨을 내뱉었다.

"자네도 어느덧 나이를 먹었군. 자네가 나를 처음 만난 것이 몇 년이나 되었지?"

"십오 년쯤 되었을 겁니다."

"처음 자네를 보았을 때가 자네가 막 서른에 접어들었을 때였으니, 이제 자네도 어느덧 사십 대 중반이 되었군. 벌써 세월이 그렇게나 많이 흘렀군그래."

"장주께선 아직도 정정하십니다."

오윤은 너털웃음을 터뜨렸다.

"허헛! 내일모레면 육순을 바라보는 나에게 정정하다니. 아부도 지나치면 농(弄)이 된다네."

"그렇지 않습니다. 제 눈에는 지금의 장주께서 처음 뵌 그날과 별반 달라 보이지 않습니다. 여전히 풍채가 당당하시고 기력이 넘쳐 보이십니다."

"이 사람, 나이를 먹더니 입만 번지르르해졌군."

잠시 두 사람은 서로를 마주 본 채 조용히 미소 지었다.

오윤이 형수가 훤히 내려다보이는 남쪽 구릉 위에 오가장을 지은 것은 관직에서 물러난 이듬해의 일이었다. 그때만 해도 그의 위세가 대단해서 형수는 물론이고 인근의 고관대작들이 하루가 멀다하게 오가장을 들락거리며 그의 환심을 사려고 노력했었다. 하나 세월이 점차 흐르면서 오가장을 찾는 고관들의 발길이 뜸해지기 시작하더니 몇 년 전부터는 특별한 일이 없으면 찾아오는 사람도 별로 없는 조용하고 한적한 장원이 되고 말았다.

눈앞에 앉은 사람은 손옥석(孫玉石)이란 인물로, 오래전 오윤이 산서성 태원(太原)의 관리로 있을 때 우연한 기회에 알게 된 사이였다.

당시 손옥석은 살인 사건에 연루되어 어려움에 처해 있었는데, 오윤은 명쾌한 판결로 그에게 씌워진 누명을 벗기고 진범을 찾아내고 그를 풀어 주었고 한다. 그때의 도움을 잊지 못한 손옥석은 오윤이 관리를 그만두고 이곳에 오가장을 짓게 되자 손발을 걷어붙이고 그의 정착을 도와주었다.

그래서인지 지금 두 사람은 친혈육보다 더욱 친밀한 사이가 되어 있었다.

휘이이이……!

때마침 세찬 바람이 대청 밖을 스치고 지나가는지 창문이 요란하게 흔들렸다.

"날씨부터 참으로 험악하군. 오늘은 여러모로 몸조심을 해야 할 듯싶네."

"예, 각별하게 주의를 기울이겠……."

막 대답을 하던 손옥석의 눈빛이 순간적으로 굳어졌다. 바람 사이로 희미하게 누군가의 고함 소리와 병장기 부딪치는 소리가 들려왔던 것이다.

오윤은 이내 손옥석의 표정 변화를 알아차리고 씁쓸한 웃음을 지었다.

"아무래도 오늘 일진은 참으로 사나울 듯하네. 왠지 몹시 긴 하루가 될 것 같은 예감이 드는군."

손옥석은 황급히 자리에서 일어났다.

"잠시 나가 보고 오겠습니다."

그는 오윤의 대답도 듣지 않고 이내 신형을 날려 대청을 빠져 나갔다.

오윤은 막 대청을 벗어나는 손옥석의 뒷모습을 보고 있다가 허공으로 시선을 돌렸다.

차차차창!

귀청을 찢을 듯한 요란한 마찰음이 들려온 것은 얼마의 시간이 지난 후였다.

오윤은 벌떡 일어나 주위를 두리번거렸다.

세찬 바람 소리를 뚫고 병장기 부딪치는 소리가 더욱 크게 들려왔다. 간간이 누군가의 처절한 비명과 고함 소리가 뒤섞이니 장내의 공기마저 무섭게 뒤흔들리는 듯했다.

오윤은 참지 못하고 그 자리를 서성거렸다. 그때 갑자기 대청의 문이 커다란 굉음과 함께 폭발하듯 부서지고 말았다.

콰앙!

산산조각 난 파편들과 휘몰아쳐 오는 세찬 경풍이 삽시간에 대청 안을 난장판으로 만들어 버렸다.

오윤이 흠칫 놀라 바라보니 제법 커다랗게 자리하고 있던 문이 통째로 사라져 밖의 광경이 훤하게 시야에 들어왔다. 밝아 오는 여명 사이로 강풍에 뒤섞인 비바람이 사방을 휩쓸고 지나가는 모습이 선명하게 보였다.

그 비바람을 맞으며 두 사람이 대청 안으로 들어서고 있었다.

우측의 인물은 비쩍 마른 체구에 유난히 긴 하관을 지닌 중노인이었고, 좌측의 인물은 인자한 표정의 노승이었다. 그들의 뒤를 따라 다시 세 명의 죽립인이 들어와서 그들 뒤에 어깨를 나란히 한 채 우뚝 멈춰 섰다.

오윤은 앞선 두 사람을 번갈아 보다가 좌측의 노승에게 시선이 닿자 당혹감을 감추지 못했다.

"귀하는 혹시 보운사의 주지인 명정 대사 아니시오?"

노승은 온화한 웃음을 머금으며 합장을 했다.

"오랜만에 뵙습니다, 오 시주. 그동안 잘 지내셨습니까?"

"대사께서 어찌 기별도 없이 본 장을 찾아오시었소?"

그의 물음 속에는 의아함과 함께 준엄한 추궁의 빛이 담겨 있었다.

명정 대사의 얼굴에 떠올라 있는 미소가 조금 더 짙어졌다. 정말 인자하고 부드러운 미소였으나, 어딘지 모르게 이빨을 드러내며 웃고 있는 사나운 맹수를 연상하게 했다.

"오 시주께서 귀빈을 모시고 있다고 해서 존안이라도 뵐 수 있을까 하여 염치 불고하고 방문했습니다. 그분을 뵐 생각에 마음이 급해서 이른 아침에 허겁지겁 달려왔으니, 다소의 결례가 있었더라도 오 시주께서 널리 해량해 주시기 바랍니다."

오윤으로서는 묻지 않을 수 없었다.

"본 장에서 귀빈을 모시고 있다니…… 대체 그 귀빈이 누구란 말이오?"

명정 대사는 짐짓 눈을 크게 떴다.

"오 시주께서는 귀빈을 모시고 계시면서도 정작 그 귀빈이 누구인지 모른단 말씀이십니까? 허, 정말 믿어지지 않는 일이로군요."

자신을 은근히 비아냥거리는 명정 대사의 말에 오윤의 얼굴이 냉엄하게 굳어졌다.

"내가 대사에게 놀림을 받을 정도로 처신을 잘못했다고는 생각지 않소. 할 말이 있으면 속 시원히 하도록 하시오."

마치 명판관으로 태원 일대에서 혁혁한 명성을 날리던 예전의 그를 보는 듯한 위엄 어린 모습이었다.

명정 대사 또한 그 모습이 다소 의외였던지 입가에 드리웠던 미소를 지우며 정색을 했다.

"빈승이 쓸데없는 말로 오 시주의 심기를 어지럽힌 모양이군요. 사과드리겠습니다."

그때 옆에서 지금까지 두 사람의 모습을 지켜보고 있던 우측의 중노인이 불쑥 앞으로 나섰다.

"시답잖은 말들은 이제 그만하는 게 어떻소? 이런 농담이나 주고받으려고 아침부터 비를 맞으며 길을 떠나온 것이 아니니 말이오."

명정 대사가 그를 보며 빙긋 웃었다.

"자네는 다 좋은데 너무 성급한 게 탈일세. 사람이란 모름지기 운치를 알아야 하거늘……"

중노인의 눈초리가 세차게 꿈틀거렸다.

"이런 아무짝에도 쓸모없는 농담이나 지껄이는 게 운치란 말이오?"

"어허! 우중한담(雨中閑談)은 예로부터 명망 있는 인사들의 덕목이었다는 걸 모르는 겐가? 오랜만에 만난 두 사람이 내리는 빗

소리를 들으며 고담준론(高談峻論)을 주고받는 걸 쓸모없다고 하다니, 아무래도 자네는 좀 더 수양을 쌓는 게 좋을 것 같네."

중노인은 순간적으로 울컥하여 한마디 내뱉으려다 입을 다물었다. 자신을 보며 웃고 있는 명정 대사의 두 눈에 괴이한 기운이 이글거리고 있음을 알아차린 것이다.

중노인은 살짝 눈살을 찌푸리며 고개를 돌려 버렸다.

명정 대사가 다시 오윤에게 시선을 돌렸을 때는 그의 눈에 떠올라 있던 괴이한 기운은 씻은 듯이 사라져 있었다.

"제 일행의 말에 너무 괘념치 마십시오."

오윤은 두 사람의 수작을 뻔히 보고 있으면서도 그냥 묵묵히 고개만 끄덕이고 있었다.

명정 대사는 다시 오윤의 얼굴로 시선을 고정시켰다.

"다시 한번 말씀드리겠습니다. 오 시주께서 모시고 있는 귀빈을 뵙도록 해 주시지요. 오 시주께도 나쁜 일만은 아닐 겁니다."

오윤은 헛웃음을 지었다.

"허헛! 지금 대사께서 나를 위협하려는 거요?"

"위협이라니 당치 않은 말입니다. 빈승은 그저 오 시주께서 정성을 다해 가꾼 이 아름다운 정원이 더럽혀지는 것을 막고자 할 뿐입니다."

오윤은 완전히 부서져서 밖이 훤하게 드러나 보이는 대청의 입구를 힐끔 쳐다보고는 냉랭한 음성으로 말했다.

"이미 본 장은 더럽혀질 대로 더럽혀졌소. 여기서 무얼 더 얼마나 더럽히겠다는 거요?"

명정 대사의 온화한 얼굴에 부드러운 미소가 떠올랐다.

"그래도 아직 건물은 남아 있지 않습니까? 부서진 문이야 오 시주께서 정정하시다면 어렵지 않게 복원할 수 있을 겁니다."

오윤은 한동안 날카로운 눈으로 명정 대사를 쏘아보더니 이내 한숨을 내쉬었다.

"형수 일대에서 덕망이 높기로 유명한 대사가 웃는 얼굴로 사람을 위협하는 후안무치한 사람일 줄은 미처 몰랐군. 내가 모시고 있다는 그 귀빈의 이름이나 들어 봅시다. 누군지 알아야 대사에게 보여 주든 말든 할 게 아니오?"

명정 대사는 입가의 미소를 그치지 않으며 태연하게 말을 받았다.

"이임생(李任生)이라는 사람입니다."

"이임생? 얼마 전부터 본 장의 후원에 기거하고 있는 이 문사 (文士)를 말하는 거요?"

오윤이 깜짝 놀라 되묻자 명정 대사의 미소가 더욱 짙어졌다.

"그렇습니다."

"이 문사는 몸이 허약하여 요양차 이곳에 머무르고 있소. 내 오랜 친우인 손 노제의 부탁으로 그를 받아들이긴 했지만, 지금까지 후원에 머무르며 바깥으로는 거의 모습을 드러내지 않아 얼굴도 제대로 본 적이 없소. 그런데 대사가 어찌 그를 알고 있단 말이오?"

명정 대사는 줄곧 오윤의 얼굴에 시선을 고정시키며 차분한 음성을 내뱉었다.

"사실 이임생은 그의 본명이 아닙니다."

"본명이 아니라니?"

"그는 이정문이란 이름의 무림인입니다. 강호에서는 흔히 산수재라는 별호로 널리 알려져 있지요."

오윤은 흠칫 놀랐다.

"이 문사가 천하제일문(天下第一文)으로 알려진 바로 그 이정문이란 말이오?"

"그렇습니다. 그리고 그를 오 시주에게 소개한 손옥석은 이정문의 수하인 이십팔숙 중 한 사람입니다. 그 또한 본명은 추동생으로, 파운수라는 별호로 활동하고 있는 무림인이기도 하지요."

오윤은 거듭된 명정 대사의 폭로에 적지 않은 충격을 받은 듯한 모습이었다.

"손 노제도 무림인이란 말이오?"

"빈승은 평소 산수재의 명성을 흠모하여 그를 꼭 만나 보고 싶었습니다. 그런데 그가 가까운 오 시주의 장원에 머물러 있다는 걸 알게 되었으니 어찌 달려오지 않을 수 있겠습니까? 오 시주께서는 부디 빈승의 정성을 감안하여 그를 만나게 해 주시길 바랍니다."

오윤은 몇 차례나 허공을 응시하며 탄식을 하더니 조금 전보다는 한풀 꺾인 음성으로 입을 열었다.

"대사의 말은 쉽게 믿기 어렵지만, 이런 상황에서까지 대사가 나에게 거짓을 말할 리는 없다고 생각해서 믿도록 하겠소. 이 문사는 후원의 별실에 머물러 있으니 그곳으로 가면 그를 볼 수 있을 거요."

"그를 불러 줄 수는 없는 일입니까?"

오윤의 얼굴에 씁쓸한 빛이 감돌았다.

"대청이 이 지경이 되었는데도 아무도 나와 보는 사람이 없소. 이게 무얼 뜻하는 것이겠소? 이미 장원은 대사 일행이 점거했을 테고, 본 장의 식솔들은 모두 구속되거나 변을 당했을 거요. 이 문사를 부르고 싶어도 불러 줄 사람이 없으니 대사가 스스로 가는 수밖에 없소."

언뜻 명정 대사의 눈가에 야릇한 광망이 번뜩였다.

"오 시주의 말씀은 일견 타당하지만 빈승으로서는 따를 수가 없군요."

"왜 그렇소?"

"오가장의 후원에는 기이한 절진(絕陣)이 펼쳐져 있어 한번 발을 잘못 디디면 끝없는 미로 속을 헤매다 탈진하고 만다는 말이 있더군요. 빈승은 아직 그 절진을 뚫고 들어갈 실력이 되지 못합니다."

오윤의 얼굴이 지금까지와는 달리 차갑게 굳어졌다.

"그걸 어떻게 알았소?"

"그뿐인 줄 아십니까? 오 시주께서 과거에 태원의 명판관으로 명성을 날렸지만, 한편으로는 강호의 신비 세력인 성숙해의 일원으로 암중에 대단한 활약을 한 것도 알고 있습니다."

"……!"

"십이비성 중 금우좌(金牛座)를 맡고 계시던가요? 별호는 아마도 금우신군(金牛神君)?"

그 말에 오히려 옆에서 묵묵히 그들의 말을 듣고 있던 중노인이 깜짝 놀라고 말았다.

"십이비성?"

십이비성은 강호제일의 정보 조직이라는 성숙해의 핵심으로, 그 인원들은 철저한 비밀에 싸여 누구도 정확한 신분을 알지 못했다.

형수의 한쪽 구석에 있는 작은 장원의 주인이 천하에 이름 높은 십이비성의 일인이라고는 누구도 짐작하지 못할 것이다. 하물며 오가장의 주인인 오윤은 과거에 명판관으로 조야(朝野)에 적지 않은 명성을 날리던 인물이었다. 무림인들이 관(官)을 가급적 멀리한다는 사실을 생각한다면 고관이었던 오윤이 십이비성 중 일인이라는 것은 쉽게 믿어지지 않는 일이었다.

그제야 중노인은 왜 명정 대사가 오윤에게 바로 손을 쓰지 않고 쓸데없는 담론을 주고받았는지 이해할 수 있을 것 같았다.

명정 대사는 예의 괴이한 미소를 머금으며 오윤의 굳은 얼굴을 바라보았다.

"오 시주가 무언가 내력을 지니고 있다는 건 진즉부터 알고 있었지만, 설마 그런 신분을 숨기고 있을 줄은 미처 예상치 못하고 있었습니다. 이번 일이 아니었다면 빈승은 언제까지고 오 시주의 정확한 신분을 알지 못했을 겁니다."

오윤의 얼굴에 쓴웃음이 떠올랐다.

"그동안 완벽히 신분을 세탁했다고 생각했는데, 대체 어떻게 알게 된 거요?"

"이 공자는 두뇌가 비상하고 잔꾀가 많아서 천하에서 가장 상대하기 까다롭다고 알려진 인물입니다. 그런 이 공자가 머무르고 있는 곳이 평범한 곳일 리가 없지요. 자연히 오 시주에 대해서도 의문이 일 수밖에 없었습니다. 그런데 오 시주의 정체에 대해 고민하던 중에 문득 빈승의 뇌리에 오래전부터 형수 일대에서 은밀하게 떠돌던 소문 하나가 떠올랐습니다."

"그게 무엇이오?"

"오가장의 후원에는 기이한 기관진식이 설치되어 있어서 아무나 들어갔다는 큰 봉변을 당한다는 것이었지요. 크게 알려진 것도 아니었고, 잠시 사람들의 입에 오르내리다 사라져서 뜬소문으로 여겨졌지만, 빈승은 이번 일과 연관시켜서 그것이 사실일지도 모른다는 생각이 들었습니다. 그렇다면 이 공자와 관련된 사람들 중 기관진식에 달통한 인물이 누가 있을까 하고 잠시 고민해 보았지요. 그리고 빈승은 이내 한 사람을 떠올릴 수 있었습니다."

"……!"

"십이비성 중에서도 가장 종적이 신비로워서 좀처럼 모습을 드러낸 적이 없다는 신비의 고수일 뿐 아니라 검보쌍기 중의 척천수사 공야망과 함께 당금 무림 최고의 기관진식의 달인으로 손꼽히는 자, 바로 금우좌의 주인인 금우신군입니다."

오윤은 허탈한 표정으로 허공을 올려다보더니 이윽고 무거운 탄식을 토해 냈다.

"허어! 예전에 후원을 지을 때 공사를 맡던 인부들 중 몇 명이 진식에 빠져 낭패를 볼 뻔한 걸 구하는 과정에서 잠시 소란이 있기는 했었소. 당시에는 잘 대처하여 그에 대한 소문이 나려는 걸 완벽하게 막았다고 생각했는데, 그걸 기억하고 내 숨겨진 신분마저 추측해 내다니 대사의 탁월한 안목과 혜안에 실로 감탄하지 않을 수 없구려."

"강호에 드높은 명성을 가진 금우신군의 칭찬에 빈승은 몸 둘 바를 모르겠습니다."

명정 대사는 밝게 웃고 있지만, 그의 음성에는 은근한 비아냥의 뜻이 담겨 있었다.

이를 아는지 모르는지 오윤은 여전히 씁쓸한 얼굴로 고개를 설레설레 흔들었다.

"대사의 안목이나 식견으로 보아 중원 무림의 고인(高人)이 분명한데 그걸 눈치채지 못했으니 내 자신이 한심해서 견딜 수가 없구려."

"중원 무림의 고인이라니 당치 않습니다."

오윤의 눈빛이 한 차례 날카롭게 번뜩였다.

"그럼 중원이 아닌 서장의 고인이시구려. 미안하지만 대사의 높은 이름을 알려 줄 수 있겠소?"

오윤의 넘겨짚는 말에도 명정 대사는 평정심을 잃지 않았다.

"허허. 오 시주야말로 심기가 대단하십니다. 간단한 몇 마디 말로 빈승의 정체를 알아내려 하시다니. 빈승의 속가명은 탁세호라 합니다."

명정 대사가 더 이상의 심기 싸움은 원치 않는다는 듯 순순히 자신의 이름을 밝히자, 오윤의 눈이 크게 뜨였다.

"이제 보니 흑갈방의 태상호법이며 서장십이기 중 한 분이신 혼천마군이셨구려. 미처 몰라뵈어 죄송하오."

오윤이 정중하게 포권을 하자 명정 대사는 가볍게 답례를 했다.

"별말씀을."

오윤의 눈이 한쪽에 서 있는 중노인에게로 향했다.

"그럼 저분도 서장의 고수이시오?"

중노인이 퉁명스러운 음성을 내뱉었다.

"내가 바로 비일염이오."

오윤은 다시 탄성을 터뜨렸다.

"십육사 중의 무영천자가 당신이구려. 고명한 이름은 익히 들었소."

비일염은 탁세호를 대할 때와는 조금 다른 듯한 오윤의 반응이 못마땅한지 입을 굳게 다문 채 아무 대꾸도 하지 않았다.

오윤은 비일염의 뒤에 시립하듯 서 있는 세 명의 죽립인을 바라보다가 그들에게서 별다른 기세를 느낄 수 없자 이내 다시 탁세호에게 시선을 돌리며 한숨을 내쉬었다.

"나름대로 형수의 구석구석을 소상하게 파악하고 있다고 생각했었는데, 서장의 고인들이 지척에 있음에도 알아차리지 못했으니 참으로 창피막심한 노릇이오."

정체를 드러낸 탁세호가 여유 있는 미소를 지었다. 그의 말투 또한 어느새 바뀌어 있었다.

"신군의 명성이 워낙 드높아서 내가 먼저 알아차린 것일 뿐이니 너무 스스로를 자책할 필요는 없소."

"보아하니 후원을 제외한 본 장의 모든 곳은 이미 탁 대협의 수하들 손에 완전히 점거된 듯한데, 이런 상황에서 그깟 강호의 명성이 무슨 소용이 있겠소? 이제 나는 꼼짝없이 탁 대협의 처분만을 기다리는 신세가 되고 말았구려."

"말은 그렇게 해도 은근히 후원의 이정문이 무슨 수를 써 오리라고 기대하고 있음을 알고 있소. 하나 너무 걱정 마시오. 후원은 철통같이 잘 보호되어 누구도 들어오거나 나갈 수 없을 거요. 그러니 이제 신군에게 남은 일은 오직 한 가지뿐이오."

"후원도 완전히 봉쇄했다면서 아직도 내게 남은 용무가 있다니 놀랍구려. 그 일이 무엇인지 알 수 있겠소?"

탁세호의 얼굴에 떠올라 있는 미소가 더욱 짙어졌다.

"어렵지 않은 일이오. 후원의 진식을 해체하고 이정문으로 하여금 제 발로 나오도록 하면 되는 거요."

오윤은 어처구니가 없다는 표정이 되었다.

"지금 나보고 스스로 이 공자를 당신들 손에 넘기라는 말이오?"

"그게 마음에 들지 않는다면 다른 방법도 있소."

"그게 무엇이오?"

"기관진식이 아무리 뛰어나도 사람이 만든 이상 허점이 있기 마련이오. 특히 안에 있는 사람을 살리는 것은 힘들지 몰라도, 그 안의 사람을 없애기 위해서는 아주 간단한 방법이 있소. 굳이 힘들게 기관진식을 제거할 필요도 없는 일이오."

그의 말에 무언가를 느낀 듯 오윤의 얼굴이 순간적으로 창백하게 굳어졌다.

탁세호의 시선이 오윤의 굳어진 얼굴에 화살처럼 날아와 고정되었다.

"짐작한 모양이구려. 마침 비도 그쳐서 화공(火攻)을 쓰기에 아주 적당할 듯싶소. 물기 있는 나무는 연기가 많이 난다는데, 후원에 꽁꽁 모습을 숨기고 있는 이정문이 거센 불길과 짙은 연기들을 감당할 수 있을지 의문이구려."

"지금 멀쩡한 사람이 있는 곳에 일부러 불을 지르겠다는 거요?"

오윤이 날카롭게 소리쳤으나, 탁세호의 얼굴에 떠올라 있는 온화한 미소는 지워지지 않았다.

"이정문이 스스로 걸어 나온다면 굳이 애꿎은 장작을 허비하고 수하들을 고생시킬 필요가 없지 않겠소? 그게 아니라면 신군이 직접 데리고 나와도 좋소. 선택은 전적으로 당신에게 달린 일이니 말이오."

오윤의 얼굴에 갈등의 빛이 떠올랐다.

자신이 공들여 설치한 후원을 자기 손으로 파괴한다는 것은 마음에 들지 않았으나, 탁세호의 말대로 그들이 화공을 펼친다면 아무리 후원에 설치한 기관진식이 뛰어나다 해도 감당할 수 없다는 건 불문가지의 일이었다. 적어도 그 안에 있는 사람은 절대로 버틸 수 없을 것이다.

이대로 후원이 불바다로 변하는 꼴을 보고 있어야 할 것인가, 아니면 적들의 손에 이정문을 넘겨줄 것인가? 어느 것이든 어렵고 고통스러운 길이었으나, 오윤이 선택할 수 있는 길은 그리 많지 않았다.

이윽고 오윤은 땅이 꺼져라 무거운 한숨을 토해 냈다.

"후우! 탁 대협은 참으로 사람을 곤란하게 하는구려. 탁 대협이 이렇듯 나를 핍박하니 나로서는 원치 않는 선택을 할 수밖에 없게 되었소."

"허허. 핍박이라니 당치 않소. 나는 그저 신군이 시류를 잘 파악하여 현명한 선택을 하길 바랄 뿐이오."

"그러니 모쪼록 탁 대협께서는 나를 탓하지 말아 주길 바라오."

"그건……."

무심코 오윤의 말에 대답하려던 탁세호가 무언가 이상함을 느끼고 입을 다물었다.

오윤의 오른손이 자신이 앉아 있는 의자의 한 부분을 살짝 눌렀다.

그으응!

그러자 대청이 미약하게 흔들리더니 돌연 부서진 대청의 입구에 새로운 문이 나타나 빠르게 닫히기 시작했다. 탁세호를 비롯한 중인들이 흠칫 놀라 돌아보았을 때는 이미 대청의 입구는 검게 칠해진 문으로 굳게 닫힌 후였다.

쿵!

대청 전체가 뒤흔들리는 듯한 요란한 소리와 함께 대청의 입구가 철저히 틀어막혔다.

다시 정면으로 시선을 돌린 탁세호의 입에서 무거운 침음성이 흘러나왔다.

"으음!"

중인들의 시선이 문으로 향한 그 짧은 사이에 방금 전만 해도 의자에 앉아 있던 오윤의 모습이 어딘가로 사라져 버린 것이다.

비일염이 단숨에 신형을 날리며 오윤이 앉아 있던 의자를 향해 손을 휘둘렀다.

콰앙!

의자가 박살이 남과 동시에 그 밑으로 시커먼 구멍이 입을 벌렸다.

"제길! 암도를 만들어 놨구나."

비일염이 이를 갈며 당장이라도 그 구멍 속으로 뛰어들 듯하자 탁세호가 황급히 그를 제지했다.

"잠깐 멈추게."

비일염이 날카로운 눈으로 그를 돌아보며 싸늘한 음성을 내뱉었다.

"왜 자꾸 일을 꾸물꾸물 지체하려는 거요? 탁 형이 너무 여유를 부리는 바람에 그놈이 수작을 부릴 기회를 준 거 아니오?"

탁세호는 여전히 침착함을 잃지 않은 모습이었다.

"금우신군에게 이런 한 수라도 없었으면 강호에 퍼진 명성이 거짓이란 말이겠지. 너무 조급해하지 말게. 어차피 그가 갈 곳은 뻔하니 말일세."

"뻔하다니? 후원으로 갔단 말이오?"

"그의 목적은 우리 손에서 이정문을 무사히 구출하는 걸세. 암도를 따라가 봤자 함정이나 각종 기관으로 도배가 되어 있을 게 분명한데, 굳이 그쪽으로 갈 이유가 없지 않은가?"

"그럼 어서 후원으로 갑시다."

비일염은 탁세호의 대답도 듣지 않고 대청의 입구로 날아갔다.

콰앙!

금시라도 문을 박살 내고 밖으로 달려 나갈 듯한 기세로 굳게 닫힌 문을 향해 세찬 일장을 날린 비일염이 인상을 찡그리며 한 걸음 물러났다.

"제길. 쇠로 만든 문이구나!"

검은색 문의 한 부분에 색칠이 벗겨지며 드러난 것은 두꺼운 철문이었다. 철문 한가운데 손바닥 문양이 선명히 찍힌 것으로 보아 조금 전 비일염의 장력이 얼마나 무서운 위력을 지녔는지 여실히 알 수 있었다.

그럼에도 철문은 끄떡도 하지 않고 완강하게 그 자리에 버티고 서 있었다.

"비켜 보게."

탁세호가 비일염의 앞으로 성큼 나섰다. 비일염은 무언가 못마땅한 표정이었으나, 아무 말 하지 않고 순순히 자리를 비켜 주었다.

탁세호는 문의 이곳저곳을 눈으로 쓰윽 훑더니 이내 양손을 가볍게 흔들었다.

파팡팡팡!

대여섯 가닥의 장력이 연거푸 터져 나오자, 철문의 사방 귀퉁이가 허물어지기 시작했다.

"엇?"

비일염이 경호성을 터뜨리는 사이에도 탁세호는 쉬지 않고 장력을 날렸고, 이내 철문을 감싼 문틀 주위가 너덜너덜해졌다.

탁세호는 손을 멈추고 잠시 철문을 살펴보더니 이윽고 가벼운 일장을 날렸다.

쿠쿵!

우렁찬 굉음과 함께 좀처럼 꿈쩍도 않을 것 같던 무거운 철문이 문틀과 함께 육중한 소리를 내며 넘어가 버렸다.

자욱한 먼지가 수북하게 올라오는 가운데 탁세호가 비일염의 어깨를 툭 치며 앞으로 성큼 걸어 나갔다.

"혹시 이런 일이 있을지 몰라 조금 전 문을 부술 때 문틀 주위도 파손시켜 두었네. 이제 느긋하게 따라가면 금우신군이 우리를 이정문에게로 인도해 줄 걸세."

비일염은 먼지가 들어오는 줄도 모르고 입을 딱 벌리고 있다가 황급히 탁세호의 뒤를 따라 몸을 움직였다. 그 뒤를 세 명의 죽립인이 묵묵히 뒤따르고 있었다.

*　　*　　*

오가장은 유난히 나무들이 많은 장원이었다.

제법 넓은 장원의 구석구석에 크고 작은 나무들이 숲을 이루고 있었고, 파란 기와가 씌워진 높은 담벼락이 그 주위를 호위하듯 에워싸고 있었다.

본채의 뒤편에 있는 작은 월동문을 지나면 숲 사이로 오솔길이 그림같이 펼쳐지는데, 휘어져 가는 소로의 끝에 울창한 수림이 있고 그 사이로 몇 채의 전각이 살짝 숨어 있듯이 자리하고 있었다.

언뜻 보기에는 아름답고 한적하기 그지없는 전형적인 장원의 모습이었다.

단지 특이한 것이 있다면 작은 수림 일대의 여기저기에 산더미 같은 장작이 쌓여 있다는 것이었다. 장작더미 주위에는 한 무리의 장한들이 흉흉한 기세로 늘어서 있고, 기름을 가득 담은 통들이 사방에 널려 있어 당장이라도 무언가 흉험한 일이 벌어질 듯한 분위기였다.

장한들 중 흑의를 입고 체구가 건장한 중년인이 수림 안을 유심히 살펴보더니 고개를 갸웃거렸다.

"이쯤이면 우리가 곧 불을 지를 거라는 걸 알고 있을 텐데 안에서 아무런 기척이 없으니 이상하군. 설마 스스로 타 죽는 걸 바라는 건 아닐 테고, 진짜 이정문이 저 안에 있는 게 맞긴 하는 건가?"

황의를 입은 삼십 대 장한이 퉁명스러운 어조로 그의 말을 받았다.

"어제저녁에 이정문이 저 안에 들어간 것을 내 눈으로 직접 보았소. 그 후로 지금까지 다시 나온 적이 없으니 그가 저 안에 있는 건 분명한 사실이오."

흑의 중년인은 슬쩍 그를 쳐다보더니 이내 무심한 음성을 내뱉었다.

"자네 코가 예민하다고 총순찰이 그렇게 극찬을 했으니 코는 믿을 만하겠지. 눈도 그렇길 바라겠네."

황의 장한의 얼굴이 붉어지며 눈자위에 성난 기색이 떠올랐다.

금시라도 날카롭게 쏘아붙일 줄 알았는데, 의외로 그는 아무 대꾸도 하지 않고 입술을 질끈 깨물더니 이내 고개를 돌려 버렸다.

황의 장한은 청해삼수의 우두머리인 탐랑 고력기였다. 고력기는 청해성 일대에서는 누구도 무시하지 못할 실력가였고 성격 또한 결코 호락호락한 자가 아니었으나, 지금은 그저 솟구치는 화를 억눌러 참을 수밖에 없었다.

그도 그럴 것이 그를 비아냥거렸던 흑의 중년인은 혈전사마 노씨 형제 중 맏이인 혈염호(血染虎) 노극량(路克樑)으로, 대막에서는 거의 사신과도 같은 취급을 받는 무서운 인물이었다. 혈전사마 노씨 형제는 개개인의 무공도 뛰어날 뿐 아니라 그들이 합치면 서장십육사의 누구와 싸워도 충분히 자웅을 겨룰 수 있을 거라고 평가받는 고수들이었다.

고력기의 입장에서는 명성으로 보나 무공으로 보나 도저히 상대가 되지 않는다는 걸 너무도 잘 알고 있었다. 그동안은 총순찰인 비일염의 보이지 않는 지원을 무기 삼아 대등하게 행세해 왔으나, 비일염이 자리에 없는 지금은 그저 참는 것밖에는 다른 방법이 없었다.

오히려 눈치가 빠른 고력기는 노극량이 자신을 단단히 벼르고 있다는 걸 짐작하고 있기에, 그가 어떤 시비를 걸어올지 몰라 속으로 전전긍긍하고 있는 상황이었다.

아니나 다를까? 고력기가 혹시나 하여 슬쩍 돌아보니 노극량이 섬뜩한 눈으로 그를 빤히 쳐다보고 있었다. 가뜩이나 험악하게 생긴 노극량이 두 눈 가득 살광을 뿌리고 있으니 담이 약한 사람은 보기만 해도 모골이 송연해지고 말았을 것이다.

고력기 또한 가슴 한편이 써늘해져 이내 고개를 돌렸다. 때마침 멀리서 예리한 휘파람 소리가 들려오자 고력기는 절로 안도의 한숨이 흘러나올 것만 같았다.

휘-이익! 휘익!

길고 짧은 두 가닥으로 된 휘파람 소리였다.

고력기는 주위를 돌아보며 손을 까닥였다.

"시작하세."

여기저기에 방심한 듯 아무렇게나 서 있던 장한들이 일사불란한 움직임을 보였다. 그들은 장작더미 중 적당한 나무를 하나씩 집어 들더니 헝겊을 칭칭 감은 다음 기름통에 넣었다가 빼내었다.

고력기는 재빨리 화섭자를 꺼내 나무에 불을 붙이고는 장작더미를 향해 던졌다.

이내 여기저기서 불길이 피어올랐다. 비가 그친 지 얼마 되지 않아 젖은 장작들이 적지 않았지만 군데군데 기름을 뿌려서인지 불길은 맹렬히 타오르기 시작하더니 주위를 시뻘겋게 물들이며 삽시간에 사방으로 번져 갔다.

몇 채의 건물과 작은 수림으로 둘러싸인 후원 일대는 순식간에 화염에 휩싸이고 말았다.

"생각보다 잘 타오르는군."

입가에 진득한 미소를 지은 채 그 광경을 보고 있는 고력기의 옆으로 한 사람이 다가왔다.

"결국 저 안에 이정문이 진짜로 있는지는 확인도 제대로 안 하고 불부터 지르고 말았군."

노극량의 음성은 그리 크지 않았음에도 왠지 듣는 이로 하여금 섬뜩한 느낌을 받게 했다. 그것은 마치 사나운 맹수가 으르렁거리는 듯하여 혈염호라는 별호가 어떻게 붙여진 것인지 충분히 짐작할 수 있게 해 주었다.

고력기는 살짝 눈썹을 찌푸렸다.

"위에서 지시하신 일이오. 준비하고 있다가 신호를 보내면 화공을 펼치라고 말이오."

"글쎄. 내가 직접 받은 명령이 아니라서 말이야. 상식적으로 생각해도 이정문이 후원에 있는 게 확실해진 다음에 일을 벌이는 게 당연하지 않겠나?"

"내 말을 뭐로 듣는 거요? 아까도 말했지 않소? 이정문이 어제 후원으로 들어가는 걸 내 눈으로 똑똑히 보았다고."

노극량의 얼굴에 예의 무시무시한 미소가 떠올랐다.

"자네가 말하면 나는 무조건 믿어야 하는 건가? 자네가 그렇게 나에게 중요한 사람인 줄은 미처 몰랐는걸."

고력기의 안색이 딱딱하게 굳어졌다.

"지금 나에게 시비를 거는 거요?"

노극량은 이를 드러내며 활짝 웃었다.

"내가 일부러 시비를 걸 만큼 자네가 대단한 인물이란 말인가? 이것 참, 스스로에 대한 과대평가가 너무 심하군."

이제는 노극량의 의도가 무엇인지 누구라도 쉽게 알 수 있었다.

고력기 또한 상황이 이렇게 된 마당에 무작정 참고 있을 수만은 없었다. 여기서 더 물러서게 된다면 청해삼수는 영원히 혈전사마의 눈치나 보며 숨을 죽이고 사는 비천한 신세를 면치 못하게 될 것이다.

어느새 다가왔는지 고력기의 뒤편으로 청해삼수의 다른 두 사람인 장홍패와 탑소극이 나란히 섰다. 그들의 얼굴에는 하나같이 결연한 빛이 감돌고 있었다. 더 이상은 물러서지 않겠다는 나름의 각오가 엿보이는 모습들이었다.

고력기도 마음을 굳혔는지 조금 전과는 달리 불쾌한 표정을 숨기지 않고 드러냈다.

"혈전사마가 비록 대막에서 행세깨나 한다고 하지만, 우리도 청해성에서는 제왕처럼 지내던 사람들이오. 누가 누구를 과대평가한다고 하는지 모르겠지만, 대사(大事)를 앞두고 쓸데없는 분란을 일으키는 행위는 하지 않는 것이 좋겠소."

"흐흐. 청해 일대에 쓰레기 같은 세 마리 짐승들이 있어 사람들이 피해 다닌다는 말은 들은 기억이 있지. 그 짐승들이 총순찰에게 꼬리를 쳐서 귀여움 받고 있다고 나한테 눈까지 부릅뜨고 덤벼들 줄은 몰랐는걸."

고력기는 더 이상 참지 못하고 붉게 상기된 얼굴로 버럭 소리를 질렀다.

"노극량! 뚫린 입이라고 함부로 지껄이는구나. 이번 일을 망친다면 총순찰께서 너희 형제를 가만히 내버려 두실 것 같으냐?"

"그놈의 총순찰이란 말에 귀에 딱지가 앉겠군. 비일염이라 해도 우리 형제를 어찌할 수 있을 것 같으냐? 방주의 부탁만 아니었다면 비일염을 우리 머리 위에 올리는 일 따위는 없었을 것이다.”

노극량이 이렇게까지 말할 줄은 몰랐는지 고력기의 안색이 창백하게 굳어졌다.

'이놈이 단단히 벼르고 있었던 모양이구나.'

고력기는 화가 나기도 하고 마음 한편으로는 두려운 생각도 들어서 표정이 여러 차례 변했다. 그로서는 노극량을 감당할 자신도 없었지만, 무엇보다 그 충돌의 여파로 일을 그르치게 될 것이 염려스러웠다.

자칫하면 낭패는 낭패대로 당하고 일은 일대로 망쳐서 비일염의 신임을 잃게 될지도 모르는 일이었다.

고력기는 한 번만 더 달래 보자는 마음에서 평상시와는 달리 진지한 음성으로 말했다.

“우리가 서로 다툰다면 일이 엉망으로 꼬일지 모르오. 정말 이대로 일을 망쳐 버릴 셈이오?”

금시라도 달려들 듯 전신으로 살기를 내뿜던 노극량이 의외로 순순히 기세를 거두었다.

“다투긴 누가 다툰다고 그러나? 난 그저 자네가 분수를 알고 행동하기를 바랐을 뿐이네.”

노극량이 한 발 뒤로 물러나자 고력기는 내심 다행이다 싶어 표정이 한결 부드러워졌다.

“생각해 보니 그동안 노 대협에게 무례를 저지른 점이 없지 않아 있던 것 같소. 앞으로는 처신에 좀 더 신중을 기하도록 하겠소.”

“그렇게 해 주면 나로서는 고마운 일이지.”

금시라도 터질 듯했던 두 사람 사이의 팽팽한 공기가 가라앉을 듯하자 잔뜩 긴장해 있던 주위의 장한들도 안도하는 모습이었다.

　바로 그 순간, 노극량의 오른손이 고력기의 가슴을 뚫고 들어갔다.

　푹!

　"어어?"

　고력기는 노극량의 손이 자신의 가슴을 관통해 등 뒤로 삐져나올 때까지도 영문을 모르고 어리둥절한 표정이었다. 하나 이내 그의 입에서 고통에 가득 찬 비명이 터져 나왔다.

　"크아아악!"

　고력기의 뒤에 서 있던 장홍패와 탑소극이 갑작스러운 비명에 놀라 눈을 크게 뜨는 순간, 고력기의 몸을 뚫고 나온 노극량의 오른손에서 날카로운 지풍이 발출되었다.

　파팟!

　"커억!"

　장홍패가 미간이 뚫린 채로 피를 뿌리며 쓰러지자 그제야 사정을 알아차린 탑소극이 노호성을 내지르며 그에게 달려들었다.

　"노극량! 네놈이 감히……!"

　노극량은 오른손에 꿰뚫린 채 늘어져 있는 고력기의 시신을 그에게 던졌다. 탑소극이 급히 고력기의 시신을 피하는 사이 어느새 코앞으로 다가온 노극량의 피 묻은 오른손이 그의 목덜미를 움켜잡았다.

　실로 너무도 빠르고 순식간에 벌어진 일인지라 탑소극이 무언가 시뻘건 것이 눈앞을 어른거린다고 느낀 순간에 그의 목덜미는 노극량의 손아귀에 그대로 잡혀 버리고 말았다.

"끄으……!"

탑소극은 발버둥을 치며 사력을 다해 노극량의 손에서 벗어나려 했으나, 그의 목을 움켜쥔 노극량의 손은 마치 강철 기둥처럼 꿈쩍도 하지 않았다.

노극량은 선혈이 가득 묻은 오른손으로 탑소극의 목을 움켜쥔 채 자신의 코앞으로 끌어당겼다. 살광이 이글거리는 노극량의 핏발 선 눈동자를 보자 탑소극은 목이 부러지는 듯한 통증에도 불구하고 전신이 빙굴로 빠진 듯한 오싹함을 느끼고 몸을 떨어야 했다.

노극량은 혈광이 이글거리는 눈으로 탑소극을 쏘아본 채 살기 어린 미소를 지었다.

"이제 왜 네놈들이 한낱 짐승에 불과한지 알겠지? 나에게 네놈들은 하루살이보다 못한 비루한 존재들일 뿐이다!"

노극량의 오른손이 바짝 움켜졌다.

뿌드득!

뼈가 부러지는 음향과 함께 탑소극은 제대로 된 신음도 내지르지 못하고 전신에 경련을 일으키다 그대로 축 늘어지고 말았다.

노극량은 탑소극의 시신을 바닥에 내던지고는 무서운 눈으로 주위를 둘러보았다.

장내에는 한바탕 혈극(血劇)이 벌어지고 있었다. 노극량이 고력기를 쓰러뜨린 그 순간에 장한들 중 세 사람이 옆에 있던 다른 장한들을 향해서 무자비한 살수를 펼쳤던 것이다.

그들 세 사람은 다름 아닌 혈전사마 노씨 형제들이었다. 노씨 형제의 무공은 그야말로 압도적인 것이어서 장내의 누구도 그들 손에서 이 초 이상 버틴 사람이 없었다.

"크아악!"

순식간에 남아 있던 모든 장한들이 그들의 손에 처참한 비명을 내지르며 싸늘한 시신이 되고 말았다.

마지막 장한이 숨을 거두자 세 명의 노씨 형제들은 모두 노극량의 주위에 모여들었다.

노극량은 그들을 향해 짤막한 음성을 내뱉었다.

"확인해라."

노씨 형제는 사방으로 흩어져 바닥에 쓰러진 장한들의 시신을 하나하나 직접 뒤적거리며 숨이 붙어 있는지 살펴보았다.

"살아 있는 자는 없습니다."

둘째인 혈선붕(血旋鵬) 노극진(路克塵)의 말에 노극량은 천천히 한곳으로 걸음을 옮겨 시선을 아래로 떨어뜨렸다. 얼굴이 흉악하게 일그러진 채 두 눈을 뜨고 입을 크게 벌리고 있는 고력기의 처참한 시신을 내려다본 노극량은 이내 음산한 웃음을 흘렸다.

"흐흐. 이놈은 죽을 때까지도 자기가 왜 죽는지 이유도 모르고 죽었군. 쓰레기에 어울리는 죽음이야."

노극진은 화광이 충천하고 있는 후원 쪽을 슬쩍 쳐다보더니 조심스러운 음성으로 입을 열었다.

"불길이 무척 거셉니다. 이정문이 과연 살아 나올 수 있을까요?"

후원을 둘러싼 불길은 점점 더 커져서 지금은 후원 전체가 불길에 완전히 휩싸인 듯이 보였다. 울창한 수림은 물론이고 수림 사이로 어렴풋이 모습을 드러냈던 전각들도 모두 잿더미로 변해 버렸다. 그 무시무시한 화염 속에서 피와 살로 이루어진 사람의 몸뚱이가 버텨 낼 가능성은 전혀 없다고 해도 과언이 아니었다.

노극량은 한동안 아무 말도 하지 않고 솟구쳐 오르는 불길을 쳐다보고 있다가 조금 전과는 다른 묵직한 음성을 내뱉었다.

"이런 정도로 이정문을 잡을 수 있다면 그의 목은 진즉에 벌판을 구르고 있을 것이다. 고력기가 큰소리를 쳤지만, 이정문이 실제로 저 안에 있는지도 의문이다."

"고력기가 잘못 보았다고 생각하십니까?"

"보기는 제대로 봤겠지. 그리고 저 안에 들어가서 나오지 않은 것도 사실일 게다. 아무리 변변찮은 놈이라도 그런 걸 착각할 리는 없겠지. 하지만 그놈이 본 자가 진짜 이정문이라는 증거는 어디에도 없다."

"그렇다면……."

노극량은 기광이 이글거리는 눈으로 불타오르는 후원을 응시하더니 이윽고 몸을 돌렸다.

"어차피 우리는 당주(黨主)의 지시만 따르면 된다. 이정문이 제아무리 뛰어난 자라고 해도 당주의 손아귀를 벗어나지는 못할 테니 말이다."

제 360 장
암도진창(暗渡陳倉)

제360 장 암도진창(暗渡陳倉)

비일염 일행이 후원에 당도했을 때는 이미 불길이 정점을 지나 조금씩 잦아들고 있을 때였다.

후원은 완전히 잿더미로 변해 처음의 모습을 알아보기 어려웠고, 매캐한 연기와 타오르는 불꽃 때문에 일대의 공기는 지옥처럼 뜨거웠다.

비일염은 주변에 쓰러져 있는 시신들을 보고는 당혹감을 감추지 못했다.

"이게 어찌 된 일이지?"

빠르게 시신을 살피던 비일염은 시신들 중 고력기를 비롯한 청해삼수가 있는 것을 확인하고는 표정이 심각하게 굳어졌다. 청해삼수는 비록 아주 뛰어난 실력을 지닌 고수들은 아니었으나, 그의 말에 절대적으로 복종하여 손발 노릇을 충실히 해 준 인물들이었다. 특히 첫째인 고력기는 남들보다 눈치가 빠르고 두뇌가 비상하여 비일염의 두터운 신임을 받고 있었다.

그런 청해삼수가 비참한 몰골로 차가운 시신이 되어 널브러져 있으니 비일염으로서는 순간적으로 머리가 혼란스러울 수밖에 없었다.

그의 뒤를 따라왔던 탁세호가 고력기의 시신을 이리저리 둘러보더니 혼잣말처럼 나직하게 중얼거렸다.

"가까운 사이에게 당했군."

비일염의 눈빛이 날카롭게 변했다.

"그게 무슨 말이오?"

"직접 보면 알 걸세."

탁세호의 말대로 고력기의 시신을 살펴본 비일염은 이내 어처구니없다는 듯 거친 음성을 내뱉었다.

"상대의 수공(手功)이 가슴을 뚫고 들어올 때까지 공격당하는 줄도 모르고 있었군. 이런 한심한 놈! 명색이 강호에서 고수라고 행세하던 놈이 이런 꼴을 당하다니……!"

장홍패와 탑소극의 시신을 마저 확인한 탁세호가 무언가 생각에 잠겨 있다가 불쑥 물었다.

"이자들 말고 자네에게 속한 자들이 있지 않나?"

비일염은 더 생각할 것도 없다는 듯 이를 부드득 갈았다.

"혈전사마 노씨 형제요. 그자들 시신만 이곳에 없소."

"그럼 이것은 노극량의 혈정수(血鼎手)에 당한 흔적이로군."

"노극량이 고력기와 사이가 좋지 않다는 건 알고 있었지만, 이렇게 살수를 써서 살해할 줄은 미처 몰랐소."

"고력기 외에 다른 자들을 쓰러뜨린 흔적으로 보아 노극량뿐
아니라 다른 세 사람도 모두 솜씨를 부린 게 분명하네."

비일염은 분기탱천하면서도 한편으로는 의아함을 감추지 못하
는 모습이었다.

"비록 노극량이 살심이 강하고 사소한 원한도 잊지 못하는 성
격이긴 하지만, 오늘같이 중요한 날에 화를 참지 못하고 같은 편
을 살해하다니 정말 믿기지 않는 일이오."

"단순히 화 때문에 그런 것 같지는 않군."

"왜 그렇게 생각하는 거요?"

탁세호의 시선이 바닥의 여기저기에 널려 있는 시신들을 훑고
지나갔다.

"시신들의 상태를 보니 살수를 쓸 때 추호의 주저함도 보이지
않았네. 뿐만 아니라 누구도 도망칠 수 없게끔 가장 멀리 있는 자
부터 공격을 해서 쓰러뜨렸지. 그래서 단 한 명도 이곳을 벗어나
지 못하고 그들 손에 당하고 만 걸세."

비일염도 누구 못지않게 두뇌가 뛰어난 인물인 만큼 탁세호의
말에 담긴 뜻을 어렵지 않게 알아차렸다.

"탁 형의 말은 이것이 즉흥적인 살인이 아니라 철저하게 계획
된 것이란 말이오?"

"그렇게 보이는군."

"노씨 형제가 왜 그런 짓을 한단 말이오? 그들은 오래전부터
방주의 사문과 친분이 있는 사이여서 방주의 신임이 두터운 것으

로 알고 있는데⋯⋯."

"확실히 노씨 형제는 천애치수 단목초 어른 때부터 알고 지내던 인물들이긴 하지. 하지만 엄밀히 말하면 위 방주보다는 방주의 사형이었던 감종간과 더 가까운 사이였네."

비일염의 눈빛이 흉흉하게 변했다.

"감종간? 그 비열한 배역자 말이오?"

감종간은 천애치수 단목초의 대제자로, 흑갈방주인 위태심의 사형이었다. 그는 단목초가 가장 신임하는 제자였음에도 결국 이정문의 협박에 넘어가 이정문이 사부인 단목초를 제거하는 데 도움을 주고 말았다. 자연히 그에 대한 서장 무림인들의 인식이 좋을 리 없었다.

"배역자와 친분이 있는 자들을 어찌 믿고 방주께서 받아들였단 말이오?"

"그들이 먼저 머리를 숙이고 들어왔으니 방주 입장에서도 안 받아들일 수는 없었지. 대신 그들에게 중책을 맡기는 일은 피했던 걸세."

그제야 비일염은 자신에 비해서도 별로 뒤지지 않는 명성을 지닌 노씨 형제가 왜 자신의 밑으로 오게 되었는지 숨은 내막을 알 수 있었다.

비일염은 그래도 이해가 되지 않는다는 듯 눈살을 찡그렸다.

"감종간은 이미 실종된 지 사 년이 넘어 존재조차 희미해진 인물이오. 노씨 형제가 그의 지시를 받고 이런 일을 벌였다는 건 너무 과한 추측 아니오?"

"그렇긴 하지. 나는 다만 노씨 형제가 사전에 무언가 획책하는 게 있지 않았다면 오늘 같은 날에 이런 일을 벌이지는 않았을 거라는 생각이 드는군."

"획책이라. 짐작 가는 일은 없소?"

탁세호의 눈빛이 그 어느 때보다 깊게 가라앉았다.

"오늘 우리가 무슨 일 때문에 이곳에 왔는지 잊지 말게."

비일염의 눈이 크게 뜨였다.

"설마 그들이 이정문을 구출하려고 한단 말이오?"

"이정문을 구하려는지 아니면 직접 처단하려는지는 모르지만, 그들의 목적이 이정문에게 있음은 분명해 보이네. 그렇지 않으면 굳이 오늘 이런 일을 벌이지는 않았을 걸세."

비일염은 문득 생각이 난 듯 재빨리 주위를 두리번거렸다.

불길은 이미 거의 꺼져 가고 있었지만, 아직도 여기저기 남아 있는 불씨와 화끈한 열기 때문에 후원 일대는 가까이 접근할 수가 없었다.

"저런 상태라면 설사 암실(暗室)이나 암도가 있다 해도 무사하지는 못할 것 같군. 정말 이정문이 저 안에 있을 거라고 생각하오?"

탁세호의 시선도 잿더미로 변한 후원으로 향했다.

"지금까지는 그렇게 믿고 있었는데, 막상 눈앞의 상황을 보니 믿음이 흔들리는군."

탁세호는 서장 무림에서도 다섯 손가락 안에 꼽히는 절정고수일 뿐 아니라 풍부한 강호 경험과 놀라운 심계로 많은 사람들을 두려움에 떨게 해 온 무서운 인물이었다.

그런 탁세호조차도 마음 한구석에 껄끄러움을 느낄 만큼 이정문은 서장 무림인들에게 증오와 두려움의 대상이었다. 그를 천참만륙이라도 하고 싶지만 혹시라도 그의 함정이나 귀계에 빠지게 될까 봐 그를 상대하는 것을 어려워하고 피해 왔던 것이다.

그런데 막상 이정문이 변변한 저항조차 하지 못하고 화공에 당해 죽었다고 생각하니 쉽게 믿기지 않는 것이 솔직한 심정이었다.

비일염은 예리한 눈으로 후원의 이곳저곳을 살펴보았다.

"금우신군이 이쪽으로 움직였다면 어떤 식으로든 흔적을 찾을수 있을 거요. 그리고 만에 하나 그가 다른 곳으로 도망쳤다면 이정문은 바로 그곳에 있을 거요. 어떤 식으로든 금우신군의 행방만 찾아내면 이정문을 발견할 수 있다고 보는데, 내 생각이 어떻소?"

탁세호는 주저하지 않고 고개를 끄덕였다.

"타당한 생각일세."

"그렇다면 역시 대청에 있던 암도를 따라가는 것이 더 낫지 않았겠소?"

"그건 너무 위험천만한 일일세. 금우신군이 우리가 따라가기 좋게 순순히 암도를 뚫어 두었을 리가 없지 않나?"

비일염은 아무리 생각해도 더 이상은 좋은 방법이 떠오르지 않는지 인상을 찌푸리고 있다가 내키지 않은 눈빛으로 탁세호를 쳐다보았다.

"탁 형의 생각은 어떻소?"

"금우신군이 아무리 기관진식의 달인이라고 해도 대청과 같은 암도를 여기저기 뚫어 놓았을 리는 없네. 그건 너무 대공사(大工事)가 될 테니 말일세."

비일염은 무심코 고개를 끄덕였다.

"확실히 그렇게 되면 공사가 너무 커져서 소문이 나지 않았을 리 없을 거요."

"그렇다면 아무래도 후원의 중요성으로 보아 암도는 후원 쪽으로 뚫려 있을 가능성이 농후하네."

"탁 형의 말은 그럴듯하지만, 저 불구덩이 속을 뚫고 들어가 직접 확인해 볼 수 없으니 안타까운 일이 아닐 수 없구려."

비일염이 당신도 별수 없지 않느냐는 듯 살짝 비아냥이 섞인 음성으로 대꾸했으나, 탁세호는 담담한 표정으로 그의 말을 받았다.

"어렵긴 하지만 확인해 볼 방법이 아예 없는 건 아닐세."

"그게 무엇이오?"

탁세호는 천천히 신형을 움직여 불이 꺼져 가는 후원 쪽으로 걸음을 옮겼다.

몇 걸음 걷기도 전에 후끈한 열기 때문에 더 이상의 접근이 불가능해지자 탁세호는 몸을 멈추고 한 차례 주위를 둘러보았다.

그가 서 있는 곳은 후원의 초입에서 약간 우측으로, 다른 곳보다 약간 지대가 높아서 평상시라면 후원의 정경을 내려다보기 좋은 곳이었다.

탁세호가 그 자리에 우뚝 선 채 미동도 않고 있자 비일염이 의아한 표정으로 물었다.

"탁 형, 그곳에서 대체 무얼……."

그의 말이 끝나기도 전에 탁세호는 오른발을 번쩍 들더니 세차게 지면으로 내리찍었다.

쿠웅!

굉량한 음향과 함께 근처의 땅이 송두리째 뒤흔들리며 자욱한 먼지가 피어올랐다. 땅이 흔들리는 위력이 얼마나 컸는지 멀쩡하게 서 있던 월동문의 담벼락이 절반 가까이나 무너져 내렸다. 실로 놀랍기 이를 데 없는 심후한 공력이 아닐 수 없었다.

비일염은 탁세호의 돌연한 행동에 놀라 움찔하다가 무언가를 느낀 듯 표정이 확 변했다.

"탁 형은 혹시……."

탁세호는 여전히 그 자리에 선 채 주위를 한 차례 둘러보았다.

"이 정도 불이라면 일대의 지반이 약해져 있을 뿐 아니라 암도 속의 공기 또한 잔뜩 팽창되어 있을 거네. 그러니 외부에서 적당한 자극을 가하기만 하면……."

그의 말이 끝나기도 전에 그에게서 십여 장 떨어진 곳에서 자욱한 연기와 함께 지면이 움푹 꺼져 들어갔다.

쿠르릉……

탁세호의 두 눈에서 횃불 같은 신광이 피어올랐다.

"땅속에 숨어 있는 암도라 할지라도 모습을 드러내지 않을 수 없을 걸세."

비일염은 벌린 입을 다물지 못하고 있다가 황급히 지반이 무너진 곳으로 신형을 날렸다.

그가 양손을 허공에 세차게 저어 대자, 꺼진 지면 사이로 흘러 나오던 연기가 사라지며 무너진 지면 아래의 모습이 자세히 드러났다.

"아!"

비일염의 입에서 짤막한 탄성이 흘러나왔다.

움푹 꺼진 지반 아래에 반쯤 부서진 암도가 모습을 드러낸 것이다. 암도에서 흘러나오는 후끈한 공기와 자욱한 연기가 암도 속의 상황이 얼마나 지독했는지를 여실히 알 수 있게 해 주었다.

"과연 탁 형의 혜안은 놀라지 않을 수 없구려."

은근히 탁세호에게 경쟁심을 가지고 있던 비일염도 지금 이 순간만큼은 탁세호의 지혜를 인정하지 않을 수 없었다.

탁세호는 우쭐하는 기색도 없이 무심한 표정으로 성큼 앞으로 신형을 움직였다.

"암도를 따라가 보세."

비일염은 재빨리 탁세호보다 먼저 암도가 무너진 곳으로 가더니 근처의 땅에서 맹렬하게 발을 굴렀다.

쿠웅!

마치 탁세호에게 자신의 무공을 자랑하듯 세찬 발구름 끝에 다시 암도의 한쪽을 무너뜨리자 비일염은 득의양양한 미소를 머금었다.

"흐흐. 이제야 비로소 이정문의 목줄을 제대로 잡을 수 있게 되었구나."

비일염은 마치 자신의 공이라도 된 듯 기세등등한 표정으로 계속

발구름을 하여 암도를 무너뜨리고 앞으로 전진해 갔다. 무영천자라는 외호대로 신법에 관한 한은 독보적인 경지에 올라 있는 비일염은 내공 또한 상당한 수준인 듯 내딛는 발걸음에 거침이 없었다.

이내 그들은 무너진 암도를 따라 후원 안쪽으로 들어갔다.

이미 불길은 모두 꺼져서 후원은 시커먼 잿더미와 매캐한 연기로 뒤덮여 있었으나, 그들은 암도를 따라 채 열기가 식지 않은 후원으로 깊숙이 전진했다.

다행인지 암도는 후원의 외곽을 따라 우측으로 향하고 있었다.

언뜻 탁세호가 고개를 들어 보니 암도가 향하는 곳에는 완전히 타 버려 흔적만 간신히 남은 전각 한 채가 자리하고 있었다. 지붕과 기둥은 물론이고 문짝도 모두 소실된 전각은 벽의 일부만이 앙상하게 남아 조금 전의 화재가 얼마나 무서운 것이었는지를 여실히 보여 주고 있었다.

쿠웅!

비일염이 다시 세차게 발을 구르자 암도는 물론이고 벽만 조금 남았던 전각이 송두리째 무너져 내렸다.

"저기다!"

비일염은 그 무너진 잔해 한쪽에 살짝 드러난 거무튀튀한 철문을 보고는 쾌재를 부르며 그쪽으로 신형을 날렸다.

탁세호 또한 주저하지 않고 그를 따라갔다.

두 사람은 누가 먼저라고 할 것도 없이 거의 동시에 양손을 휘둘렀다.

파아아……

그들이 연거푸 손을 쓰자 무너진 잔해들이 사방으로 비산되며 철문의 모습이 확연하게 드러났다. 굳게 닫힌 철문은 아직도 열기가 채 식지 않았는지 뜨거운 김이 모락모락 피어오르고 있었다.

비일염은 탁세호보다 한발 앞서서 철문으로 다가가 예리한 눈으로 철문 주위를 자세히 살피기 시작했다. 이내 그의 눈이 살짝 찌푸려졌다.

언뜻 보기에도 철문은 석벽을 파고들 듯이 세워진 것이어서 대청에서처럼 문틀을 부수는 방법으로는 열 수가 없을 것 같았다. 문틀은커녕 석벽과 철문 사이가 연결점을 찾을 수 없을 정도로 바짝 붙어 있어 석벽 전체를 부수지 않는 한 철문을 쓰러뜨리기란 불가능해 보였다.

비일염은 대청에서의 일도 있어서 이번에는 스스로의 위신을 세울 겸해서 먼저 나선 것인데, 당장 해 볼 수 있는 게 아무것도 없어서 모양새가 우습게 되어 버렸다.

불쑥 화가 치민 비일염은 철문을 향해 강력한 일장을 날렸다.

쿵!

요란한 굉음이 나고 돌먼지가 피어오르기는 했으나, 철문은 꿈쩍도 하지 않았다.

비일염은 손바닥이 부서지는 듯한 통증에 이를 부드득 갈았다.

'제길. 철문 두께가 적어도 한 자는 넘는 것 같구나.'

비일염의 시선이 자신도 모르게 탁세호에게로 돌아갔다. 때마침 탁세호가 성큼 앞으로 다가오자, 비일염은 '탁 형도 별수 없을 거요.'라는 말이 목구멍 밖으로 나오려는 것을 억지로 눌러 참으며 탁세호의 다음 행동을 가만히 지켜보고 있었다.

탁세호는 조금 전에 비일염의 장력이 닿은 부분을 유심히 보고 있다가 슬쩍 손을 대어 보고는 이내 손을 거두어들였다.

"정말 대단한 열기로군. 이 정도 열기라면 이 안에 누가 있든 살아남을 수 없을 걸세."

비일염의 눈초리가 꿈틀거렸다.

"그래서 무작정 열기가 식을 때까지 기다리고 있으란 말이오?"

"우리가 화공을 펼칠 거라는 걸 뻔히 알고 있음에도 금우신군이 이곳으로 달려왔다는 게 이상하지 않은가?"

"하지만 대청에 뚫려 있는 암도가 이곳으로 이어지는 건 탁 형도 직접 눈으로 보지 않았소?"

탁세호의 두 눈이 여느 때보다 영활하게 빛나고 있었다.

"금우신군이 이 안으로 들어갔다는 건 나도 인정하지만, 그가 굳이 제 발로 저승길을 택한 게 이해가 되지 않는다는 말일세. 뿐만 아니라 그 대단한 이정문이 저 방에 스스로 갇혀 아무 저항도 하지 못하고 죽음을 맞이한다는 건 더더욱 납득이 가지 않는 일일세."

탁세호의 말을 듣고 보니 비일염도 확실히 석연치 않은 느낌이 들었다.

"그렇다면 탁 형의 생각은 뭐요?"

"저 석실에 다른 출입구가 있는 게 아닐까 하네."

"그걸 확인할 방법이 없지 않소?"

"그래서 저 철문을 빨리 열어야겠네."

비일염은 어이없다는 표정을 지었다.

"어떻게 말이오? 아무리 봐도 철문 두께가 한 자는 될 것 같은데……."

탁세호가 손으로 철문의 한 부분을 가리켰다.

"자네가 장력을 날렸던 부위를 자세히 보게."

비일염이 바짝 다가가 시력을 돋구어 보니 철문의 한 부분이 아주 살짝 벌어져 있었다. 너무 미세하여 이렇게 가까이 다가가서 살펴보기 전에는 찾기 힘들 정도였다.

비일염이 고개를 갸웃거렸다. 아무리 자신이 전력을 기울였다고 해도 이렇게 두꺼운 철문을 부수거나 찌그러뜨릴 위력은 되지 못한다는 걸 누구보다도 잘 알고 있었던 것이다.

탁세호의 다음 말이 그의 머릿속에 든 의문을 해결해 주었다.

"아무래도 열기 때문에 철문 안쪽의 자물쇠 부분이 녹거나 헐거워진 모양일세."

비일염은 정신이 번쩍 들어 탁세호를 바라보았다.

"그렇다면……."

"비켜 보게."

비일염이 재빨리 몸을 비키자 어느새 오른손을 쳐든 탁세호가 전신에 맹렬한 기세를 일으키며 오른손을 앞으로 세차게 내뻗었다.

비일염은 순간적으로 탁세호의 오른손에 희끗한 청광이 번뜩이는 것을 보고 그가 자신의 독문무공인 대청마력(大靑魔力)을 끌어올린 것임을 알아차렸다.

콰아앙!

조금 전 비일염이 장력을 날렸을 때와는 비교도 할 수 없는 엄청난 소리와 함께 철문과 석벽이 송두리째 뒤흔들렸다. 철문 한쪽이 움푹 파인 것을 발견한 비일염은 속으로 침음성을 흘리지 않을 수 없었다.

'이 탁가의 내공은 정말 심후하구나. 내가(內家) 공력만으로는 능히 서천노사와 자웅을 겨룰 만하다고 하더니 그 말이 거짓이 아니었구나.'

무심코 철문에 선명하게 새겨진 손자국을 보고 있던 비일염의 눈이 크게 뜨였다.

손자국 옆 부분이 찢어지며 틈 사이가 벌어져 있는 것을 발견한 것이다.

급히 다가가서 그 부분을 살핀 비일염은 탁세호가 새겨 놓은 장인이 철문의 손잡이 부분을 정확히 가격한 것을 확인하고는 다시 한번 그의 정교한 솜씨에 놀라움을 금치 못했다.

손잡이 부분은 전혀 돌출되어 있지 않아 겉으로 보아서는 여타 부분과 전혀 차이가 없어 보였으나, 철문 뒤편의 자물쇠 부분이 열기로 반쯤 녹은 데다 탁세호의 가공할 장력이 정확하게 그 부분을 강타하여 문틈이 벌어지고 만 것이다.

비일염은 움푹 파여 들어간 부분에 손을 대고 힘껏 밀어 보았다.

끄그긍!

둔중한 소리와 함께 굳건하게 잠겨 있던 철문이 조금씩 열리기 시작했다.

비일염은 두 눈을 부릅뜬 채 전신의 공력을 끌어올렸다.

쿠웅!

마침내 육중한 소리를 내며 철문이 활짝 열렸다. 그와 함께 뜨거운 열기를 담은 공기가 화악 밀려 나왔다.

비일염은 열린 철문 반대쪽의 자물쇠 부분이 거의 파괴된 채 간신히 붙어 있는 것을 발견하고는 새삼 탁세호의 안목과 실력에 감탄하지 않을 수 없었다.

문이 열린 석실 안은 짙은 어둠에 휩싸여 있었다. 비일염은 잠시 뜨거운 공기가 가라앉기를 기다린 다음 탁세호를 돌아보며 짤막하게 말했다.

"먼저 들어가겠소."

비일염은 성큼 어둠 속으로 걸음을 내디뎠다.

석실 안은 아직도 열기로 인해 숨을 쉬기 힘들 만큼 후끈했고, 칠흑같이 짙은 어둠에 휩싸여 있었다. 열린 문 사이로 흘러 들어오는 조광(照光)만 없었다면 그야말로 한 치 앞도 제대로 볼 수 없었을 것이다.

비일염은 잠시 입구에 우뚝 선 채 주위를 두리번거렸다.

실내는 생각보다 상당히 넓은 편이었다. 창문도 없고 별다른 장식물도 달려 있지 않은 석실 안은 중앙에 수북한 잿더미만이 쌓여 있을 뿐, 아무것도 없어 횡한 느낌마저 주었다.

그 잿더미의 흔적으로 보아 원래는 탁자와 의자들이 놓여 있던 게 분명했다. 그런데 지금은 새카맣게 탄 잔해만 남아 있으니 조금 전의 화재 당시에 이 석실 안이 얼마나 뜨거웠을지를 어렵지 않게 짐작할 수 있었다.

혹시나 했던 대로 금우신군은 물론이고 다른 누구의 시신도 보이지 않았다.

날카로운 눈으로 주위를 둘러보던 비일염의 눈에 탁자 너머 석실의 반대편에 나 있는 작은 문이 들어왔다. 비일염은 단숨에 석실 안을 가로질러 문으로 다가가 활짝 열었다. 퀴퀴하고 후덥지근한 석실의 탁한 공기와는 다른, 서늘하고 눅눅한 공기가 느껴졌다.

비일염이 무심코 숨을 들이마시는 순간, 등 뒤에서 탁세호의 외침이 들려왔다.

"조심하게!"

비일염은 반사적으로 몸을 옆으로 비틀었다. 그것이 그의 목숨을 살렸다.

파앗!

열려 있는 문밖에서 쏘아져 온 비수 하나가 그의 목덜미 옆을 아슬아슬하게 스치고 지나갔다. 비일염은 자신이 조금만 멈칫했어도 그 비수에 그대로 목덜미를 관통당했으리라는 것을 알고 머리끝이 쭈뼛해졌다.

하나 그도 평생을 강호에서 살아온 인물이었다. 놀라움을 느끼는 것과는 별개로 그의 몸은 어느새 벽을 박차고 문밖으로 비스듬히 날아갔다. 그 동작이 어찌나 매끄럽고 유연했던지 한 마리 비조가 허공을 유영하는 것 같았다. 그야말로 무영천자라는 외호가 부끄럽지 않은 신묘한 동작이었다.

다시 하나의 비수가 날아왔으나, 미끄러지듯 허공을 움직이는 비일염의 몸을 격중시키지는 못했다.

비일염은 거의 사오 장을 날아간 다음에야 비로소 바닥에 내려 앉았다.

석실 밖은 제법 넓은 통로였다. 십여 장이나 길게 이어진 통로의 끝은 직각으로 구부러져 있었는데, 막 하나의 신형이 그 구부러진 통로로 사라지고 있었다.

"도망칠 수 있을 것 같으냐?"

비일염은 냉소를 날리며 눈부신 속도로 통로를 향해 몸을 날렸다.

단숨에 직각으로 꺾어진 통로를 막 지나려던 비일염이 황급히 몸을 멈춰 세웠다.

파악!

비수 하나가 예리한 광망을 번뜩이며 그의 코앞을 지나갔다.

비일염은 이를 부드득 갈아붙이며 신형을 날렸다. 벽을 박차고 허공으로 비상한 비일염이 다시 천장으로 솟구쳤다가 꺾어진 통로를 돌았을 때 그가 발견한 것은 다시 길게 이어진 통로와 막 통로의 저편으로 사라지는 인물의 뒷모습뿐이었다.

"이런 제길!"

비일염은 재차 몸을 날려 그 인물의 뒤꽁무니를 잡으려 했다. 하나 이리저리 꺾어지는 통로와 교묘하게 날아드는 비수 때문에 좀처럼 인영의 뒤를 따라잡을 수가 없었다.

허공에서 춤추듯 몸을 움직이며 다섯 번째로 꺾어지는 통로를 돌아 나온 비일염의 눈에 막 닫히고 있는 하나의 문이 들어왔다.

탁!

그는 더욱 빨리 신형을 날렸으나, 문은 얄밉게도 그의 코앞에서 굳게 닫혀 버렸다.

'제길. 웬 놈의 문이 이렇게 많은 거야?'

비일염은 기분 같아서는 문을 박살 내고 안으로 뛰어들고 싶었으나, 조금 전의 습격이 뇌리에 떠올라 선뜻 문을 열 생각을 하지 못했다.

때마침 그의 뒤를 따라오던 탁세호와 세 명의 죽립인이 모습을 드러내자 비일염은 턱으로 눈앞의 문을 가리켰다.

"나를 습격한 놈이 이 안으로 들어갔소. 아무래도 이제 그놈들의 꼬리가 보이는 것 같소."

문으로 다가간 탁세호가 문을 만져 보더니 슬쩍 앞으로 밀었다.

그러자 굳게 닫힌 문이 너무도 쉽게 열리는 것이 아닌가?

비일염은 머쓱한 표정이 되었으나, 이내 탁세호를 따라 문안으로 걸음을 옮겼다.

문안은 제법 넓은 공간이었다. 이리저리 꺾여 있는 통로 때문에 화재 현장에서 멀리 떨어져서인지 열기는 전혀 느낄 수 없었고, 오히려 청명한 공기가 느껴졌다.

재빠르게 주위를 둘러보던 비일염의 눈이 크게 뜨였다.

황량하기만 했던 먼젓번의 석실과는 달리, 여기저기에 장식품이 달려 있고 한쪽 벽면에 책이 가득 꽂혀 있는 서가가 있는 이 공간은 화려하지는 않아도 정갈하면서 아늑함을 느끼게 했다. 그들이 들어온 문 외에 다른 출입구는 없었으나, 실내의 공기는 전혀 탁하지 않고 오히려 쾌적함을 느낄 정도였다.

그 실내의 중앙에 몇 개의 의자가 가지런히 놓여 있었다. 그리고 그 의자에 앉은 채 그들을 바라보고 있는 세 사람이 있었다.

그중 중앙의 사람은 대청에서 모습을 감추었던 금우신군 오윤이었다.

오윤의 양옆에는 두 사람이 앉아 있었는데, 비일염의 시선은 그중에서도 우측에 있는 청년의 얼굴에 못 박히듯 고정되었다. 비쩍 마르고 신경질적으로 생긴 청년의 유달리 날카로운 두 눈을 보자 비일염의 뇌리에 문득 떠오르는 이름이 하나 있었던 것이다.

탁세호도 비슷한 생각을 했는지 안에 들어온 이후 줄곧 우측에 있는 청년을 뚫어지게 주시하고 있었다.

그때 중앙에 앉아 있던 오윤이 무거운 한숨을 내뱉었다.

"휴우. 결국 여기까지 찾아왔군. 그 집요한 끈기에 찬사를 보내고 싶구려."

탁세호의 시선이 그제야 오윤에게로 향했다.

"교토삼굴(狡兔三窟)이라는데, 신군의 솜씨가 워낙 좋아서 애로 사항이 적지 않았소. 솔직히 몇 번은 더 고생을 할 줄 알았는데, 이곳에서 신군을 다시 보게 되니 반가우면서도 의아한 생각이 드는구려."

겨우 도망간 곳이 여기냐는 조롱이 담긴 말이었다.

오윤은 다시 한 차례 탄식을 토해 냈다.

"암도를 따라오더라도 앞의 석실에서 더 이상 쫓아오지는 못할 거라고 생각했었는데, 설마 그토록 이른 시기에 석실을 열고 이곳까지 올 줄은 몰랐소."

탁세호가 노골적으로 우측의 청년에게 시선을 돌리며 입가에 빙긋 미소를 지어 보였다.

"그나저나 신군 덕분에 만나기 어려운 분을 만나게 되었구려. 이렇게 직접 눈앞까지 안내해 주니 고맙기 이를 데 없는 일이오."

뚱한 얼굴로 앉아 있던 청년은 그의 그런 시선이 못마땅한지 입술을 삐죽거렸다.

"내가 누구인지 알고 있는 모양이구려?"

표정만큼이나 퉁명스러운 음성이었다.

탁세호가 비록 서장에서 주로 활동했다고 해도 적지 않은 중원의 고수들은 그의 명성을 익히 들어서 알고 있었다. 서장에서 그의 위치는 중원의 무림구봉에 못지않은 것이어서 누구도 그를 함부로 대하지 못했다. 심지어 흑갈방의 방주인 위태심조차도 그에게만큼은 존중을 잃지 않고 예우를 해 주는 실정이었다.

그런데 눈앞의 청년은 마치 저잣거리의 노인을 대하듯 행동거지에 거침이 없으니 탁세호 본인이 아니라 그 옆에 있던 비일염이 오히려 무안함을 느낄 지경이었다.

하나 탁세호는 조금도 화를 내거나 언짢아하는 기색이 없이 오히려 소리 내어 낭랑한 웃음을 터뜨렸다.

"허허……! 내가 어찌 천하에 명성 높은 산수재 이 공자를 모르겠소? 이 공자를 찾기 위해 우리가 얼마나 노심초사했는지 이 공자는 짐작도 하지 못할 거요."

청년은 나직하게 혀를 찼다.

"내가 범죄를 저지르고 도망 다니는 무뢰배도 아니고 남들 모르게 꽁꽁 숨어 지내는 은자(隱者)도 아닌데 나를 찾는 일이 무에 그리 어려웠단 말이오?"

"이 공자가 꼬리를 감춘 신룡(神龍)처럼 쉽게 행적을 드러내지 않으니 이 공자를 찾는 일이 쉽지만은 않았소. 어찌 되었건 이렇게 이 공자를 만나게 되었으니 정말 기쁘고 반갑기 그지없구려."

"나는 귀하를 처음 보는데, 나를 그토록 만나고 싶었다니 이해가 되지 않는구려. 무슨 일로 나를 그렇게 애가 타도록 찾고 있었던 거요?"

청년이 정말 아무것도 모르는 사람처럼 천연덕스럽게 물어 오자 강호 경험이 많고 심기가 깊은 탁세호도 일순간 말문이 막히지 않을 수 없었다. 탁세호는 이내 너털웃음을 지으며 합장을 해 보였다.

"허허! 신군에게 우리가 누구인지는 들어서 알고 있으리라 생각했소만. 내 이름은 탁세호라 하오."

서장의 최고 기인 중 한 사람인 혼천마군 탁세호가 먼저 신분을 밝히며 인사를 해 오자 청년도 더 이상은 그를 무시하고 있을 수 없었다.

"이제 보니 서장십이기 중의 한 분인 혼천마군이셨구려. 오 대협에게 두 분의 말씀은 들었지만 어느 분이 무영천자이고 어느 분이 혼천마군인지 몰라 미처 인사드리지 못했소. 나는 이정문이라 하오."

청년, 이정문이 자리에서 일어나 포권을 하자 이제껏 말없이 탁세호의 옆에 서 있던 비일염의 얼굴이 살짝 찌푸려졌다. 자신과 탁세호를 무시하는 듯한 그의 말에 불쑥 분노가 치밀어 오른 것이다.

무엇보다 그는 서장 무림의 원수라 할 수 있는 이정문을 앞에 두고 태연히 대화나 주고받고 있는 눈앞의 상황이 그리 마음에 들지 않았다.

이정문은 두뇌가 비상하고 술수가 뛰어나기로 강호 무림에서 손꼽히는 인물이었다. 상대가 이정문임을 확인한 이상 쓸데없이 시간을 허비하며 그에게 기회를 주기보다는 단숨에 그의 숨통을 끊어 놓는 것이 훨씬 낫다는 것이 비일염의 생각이었다. 그런 그의 심정이 고스란히 겉으로 드러났는지 그의 눈빛은 그 어느 때보다 흉흉했고, 전신에서는 살기등등한 기운이 진득하게 흘러나오고 있었다.

우연인지 그때 이정문의 시선이 비일염에게로 향했다.

이정문은 흉악한 빛이 감돌고 있는 비일염의 얼굴을 빤히 보고서도 전혀 표정의 변화가 없이 담담한 얼굴로 입을 열었다.

"그렇다면 귀하가 바로 무영천자이겠구려. 예상했던 대로의 모습이어서 정말 다행이오."

비일염은 더 이상 참지 못하고 날카로운 음성으로 물었다.

"뭐가 다행이란 말이냐?"

"소문으로 듣기로는 흑갈방의 수뇌 중 총순찰을 맡은 무영천자는 성격이 화급하고 시야가 좁아서 큰일을 맡기에는 어려움이 있다고 했소. 게다가 시기심이 심하고 아량이 부족해서 아랫사람을 다스리기도 쉽지 않을 거라고 하더군. 하지만 나는 무영천자가 정말로 그런 인물이라면 흑갈방 같은 거대 문파의 수뇌가 될 리 없다고 생각해서 그 소문을 반신반의하고 있었소."

"……!"

"그런데 실제로 보니 소문 그대로 성격은 불같이 급하고 성질도 좋지 않은 인물임을 어렵지 않게 알아보겠구려. 이런 인물이 흑갈방을 이끄는 수뇌 중의 한 사람이니, 흑갈방을 상대해야 하는 나로서는 어찌 다행스러운 일이라 하지 않을 수 있겠소?"

이정문이 무슨 말을 하는지 가만히 듣고 있던 비일염의 얼굴에 붉은빛이 어른거리며 두 눈에서 무시무시한 살광이 피어올랐다.

"다 지껄였느냐?"

살기가 뚝뚝 떨어지는 비일염의 모습을 뻔히 보면서도 이정문은 그를 향해 입을 놀리는 것을 멈추지 않았다.

"화가 난다고 살기를 흘리고 씩씩거리는 것은 소인배나 하는 짓이오. 보아하니 당신의 나이도 적지 않은 것 같은데, 쓸데없이 혼자 성질에 못 이겨 실수하지 말고 조용히 있는 게 좋을 거요."

"뚫린 입이라고 말은 잘하는구나. 어디 머리통이 잘려 나간 다음에도 아가리를 놀릴 수 있는지 한번 보자!"

비일염이 더 이상 참지 못하고 앞으로 나서려 했으나, 그때 탁세호가 그를 제지했다.

"물러서게."

비일염이 성난 눈으로 그를 돌아보았다.

"나서지 않을 생각이면 탁 형은 가만히 있으시오."

"방주께서 이번 일을 누구에게 맡겼는지 잊지 말게."

탁세호의 음성은 그리 크지 않았으나, 그 말을 듣자 비일염의 얼굴이 보기 흉하게 일그러졌다. 그는 입술을 질끈 깨물더니 몇 차례 거친 숨을 몰아쉬고는 탁세호를 향해 호랑이가 으르렁대는 듯한 음성으로 낮게 말했다.

"저놈의 마지막 숨통은 내가 끊어 놓을 거요. 그건 탁 형도 분명히 알아 두시오."

탁세호는 그 말에 가타부타 아무 대꾸도 하지 않고 그저 그의 어깨를 가볍게 두드려 주었다.

비일염을 진정시키고 이정문을 돌아본 탁세호의 얼굴에 쓴웃음이 스치고 지나갔다.

이정문은 눈앞의 소동을 알지 못하는 사람처럼 천연덕스러운 얼굴로 그를 쳐다보고 있었던 것이다. 탁세호는 그 얄미운 모습에 비일염을 괜히 말렸나 하는 후회감마저 들었으나, 일을 마무리 짓기 전에 필히 확인해야 할 사항들이 있기에 스스로의 마음을 가라앉히는 수밖에 없었다.

"휴우. 이 공자의 입담이 대단하다는 말은 들었지만, 이토록 예리할 줄은 몰랐구려."

이정문은 아무것도 아니라는 듯 태연하게 대꾸했다.

"그건 탁 대협이 몰라서 하는 소리요. 내가 진짜 입담이 대단한 친구를 알고 있는데, 아마 그를 만났다면 나보고 입담이 어쩌고 하는 소리는 하지 않았을 거요."

"그 대단한 친구가 누구인지 알고 싶지만, 지금은 다른 이야기를 먼저 해야겠구려."

"말씀하시오. 여기까지 어렵게 나를 찾아와 준 성의를 생각해서 기꺼이 들어 드리겠소."

이정문의 계속되는 입담에 탁세호는 고개를 한 차례 내젓고는 이내 예리한 눈으로 그의 얼굴을 뚫어지게 쳐다보았다.

"신검무적은 지금 어디에 있소?"

이정문의 작게 찢어진 두 눈이 조금 크게 뜨였다.

"신검무적의 행방을 왜 내게 묻는 거요?"

탁세호의 얼굴에 지금까지와는 다른 차가운 미소가 떠올랐다.

"이 공자가 신검무적과 함께 본 방을 없애기 위해 힘을 기울여 왔다는 건 이미 널리 알려진 사실이오. 아마 이번 팽가장의 회갑연을 기회로 본 방에 본격적으로 손을 써 오지 않을까 예상하고 있소."

"……."

"그런데 이 근방에서 신검무적의 종적이 묘연해져서 본 방의 힘으로도 찾을 수가 없게 되었소. 그래서 이 공자라면 그의 행방을 알고 있을 것 같아서 물어보는 거요."

이정문은 한 차례 어깨를 으쓱거렸다.

"진 장문인이야말로 진정으로 신룡 같은 사람이라 나로서도 행방을 알 수가 없소. 설사 알고 있다고 해도 내가 탁 대협에게 알려 줄 의무도 없고. 인연이 있다면 언젠가는 탁 대협도 그를 만날 수 있지 않겠소?"

탁세호의 얼굴에 떠올라 있는 미소가 조금씩 짙어졌다.

"역시 쉽게 말하지 않으리라는 건 알고 있었지. 이 공자는 아마도 우리의 손에서 벗어날 자신이 있어서 여유를 부리는 것이겠지만, 이번에는 쉽게 그러지 못할 거요."

이정문은 시큰둥한 표정을 지었다.

"지금까지 그런 말은 많이 들어 왔소. 하지만 나는 아직까지 이렇게 분명히 살아 있고, 나를 위협했던 사람들은 모두 보이지 않게 되었소. 탁 대협도 그런 전철을 밟을 것이 우려되는구려."

"하하. 대단한 배짱에 입담이오. 그 좋은 입담이 언제까지 가나 두고 보겠소."

"입담이 좋은 사람은 따로 있다니까."

이정문이 퉁명스레 대꾸하는 순간, 탁세호가 벼락 같은 일장을 날렸다.

그의 장력이 향한 곳은 이정문이 아닌 가장 좌측에 앉아 있는 사람이었다. 그는 백의를 입은 평범한 인상의 중년인이었는데, 지금까지 단 한 마디도 입을 열지 않고 그 자리에 가만히 자리를 지키고 있었다.

그러다 돌연 탁세호가 느닷없는 공격을 해 오자 순간적으로 자리에서 벌떡 일어나며 우측 손을 앞으로 내밀었다.

꽝!

두 사람의 장력이 허공에서 격돌하며 세찬 경력이 실내를 한바탕 뒤집어 놓았다.

탁세호는 살짝 눈을 찌푸리며 한 걸음 뒤로 물러났으나, 이내 눈을 빛내며 백의 중년인을 응시했다. 백의 중년인 또한 한 걸음 물러서 있는 것을 확인한 탁세호의 두 눈에 신광이 이글거리며 피어올랐다.

"역시 이 공자가 믿는 사람이 따로 있었군. 당신도 십이비성의 한 사람이오?"

백의 중년인은 무거운 표정으로 고개를 끄덕였다.

"나는 십이비성의 천칭좌(天秤座)를 맡고 있소."

탁세호는 물론이고 비일염마저 흠칫하는 눈으로 그에게 시선을 고정시켰다.

천칭좌는 십이비성 중에서 순수한 무공 실력으로는 첫째 둘째를 다투는 절세의 고수로 알려진 인물이었다. 다른 성좌들이 정체를 철저히 숨기고 있는 데 비해 천칭좌는 강호상에 그 이름이 널리 알려져 있어 모르는 사람이 없었다.

탁세호가 유심한 시선으로 백의 중년인의 얼굴을 찬찬히 살펴보았다.

"당신이 바로 천추신도(天樞神刀) 마송일(馬松一)이오?"

백의 중년인은 짤막하면서도 분명한 어조로 말했다.

"내가 바로 마송일이오."

탁세호의 얼굴에 한 줄기 긴장의 빛이 감돌았다.

천추신도 마송일은 무림구봉 중 일인이었던 도봉 금도무적 양천해와 쌍벽을 이루는 절세의 도객(刀客)이었다. 주로 강남 일대에서 활동했던 양천해와는 달리 마송일은 강북을 주 무대로 삼았기에 그들을 남북쌍도(南北雙刀)라고 부르기도 했다.

마송일은 성숙해의 비밀스러운 일을 처리하는 경우가 많아서 실제로 강호상에서 그의 활약상이 거의 알려지지 않아 도봉의 자리를 양천해에게 넘겨주어야 했지만, 그를 알고 있는 고수들은 그의 무공이 양천해에 조금도 못지않은 최고 수준에 올라와 있다고 입을 모아 말하곤 했다.

그런 마송일을 눈앞에 직접 보게 되니 담력이 크고 스스로의 무공에 절대적인 자신감을 가지고 있는 탁세호조차도 순간적으로 가슴 한구석이 서늘해지지 않을 수 없었던 것이다.

마송일과 금우신군이라면 아무리 탁세호와 비일염이 서장 무림의 절대적인 존재라 할지라도 쉽사리 승산을 장담하기 힘들었다. 이정문이 막다른 골목까지 몰려 있으면서도 침착함을 잃지 않고 있는 것도 바로 그런 이유일 것이다.

탁세호는 여전히 뚱한 얼굴로 앉아 있는 이정문을 슬쩍 쳐다보고는 이내 마송일을 향해 시선을 돌렸다.

"마 대협의 명성은 익히 들어 왔지만 설마 이곳에서 보게 될 줄은 미처 몰랐소. 아무래도 오늘은 여러모로 뜻깊은 날이 될 것 같구려."

많은 의미를 담은 그의 말에 마송일은 무심한 음성으로 대꾸했다.

"나 또한 오늘의 만남에 적지 않은 기대를 하고 있소. 아무쪼록 내 기대가 어긋나지 않았으면 좋겠소."

"허허. 마 대협의 입담도 보통이 아니구려. 마 대협이 어떤 기대를 하고 있는지는 모르지만, 부디 그 기대에 벗어나더라도 실망하지 않았으면 좋겠소. 마 대협도 알겠지만, 강호의 일이란 왕왕 예상을 벗어나기도 하니 말이오."

"내가 할 말을 대신 해 주는군. 당신의 예상대로 일이 진행되지는 않을 거요."

팽팽한 설전을 나눈 두 사람은 서로를 마주 보며 웃었다. 그와 함께 실내의 공기가 급격히 차가워졌다. 겉으로는 비록 웃고 있지만, 이미 그들의 전신에서 흘러나오는 막강한 기운이 주위를 꽁꽁 얼어붙게 하고 있었다.

금시라도 무언가가 터져 나갈 듯 살벌한 긴장감이 감도는 가운데, 문득 이정문이 어깨를 들썩이며 웃기 시작했다.

"하하하!"

그의 웃음소리는 살기로 가득 차 있는 장내의 분위기와는 전혀 어울리지 않는 것이었다.

비일염은 물론이고 냉정함을 잃지 않고 있는 탁세호마저 의아하면서도 한편으로는 언짢은 표정으로 그를 쳐다보았다.

이정문은 눈물까지 찔끔 흘리며 허리를 부여잡고 웃고 있었다.

보다 못한 탁세호가 눈살을 살짝 찌푸린 채 물었다.

"무엇이 그리 우스운 거요?"

이정문은 한참을 웃고 나서야 비로소 웃음을 멈추었다.

"미안하오. 갑자기 우스운 생각이 들어서 도저히 웃음을 참을 수 없었소."

이정문은 눈가에 고여 있는 눈물을 닦아 내며 다시 히죽 웃었다.

"아, 모처럼 정말 시원하게 웃었군. 요새는 계속 복잡한 일이 많아서 머리가 어지러웠는데, 정신없이 웃었더니 기분까지 상쾌해졌소. 정말 고마운 일이오."

"나 때문에 웃었단 말이오?"

"엄밀히 말하자면 탁 대협이 아니라 흑갈방의 위 방주 때문이오."

탁세호는 이정문의 강퍅한 얼굴을 뚫어지게 응시했다.

"본 방의 방주 말씀이오? 그분의 무엇이 이 공자로 하여금 웃게 했는지 모르겠구려."

이정문은 여전히 얼굴에 떠올라 있는 미소를 지우지 않았다.

"위 방주가 나를 얼마나 죽이고 싶어 하는지는 이미 익히 알고 있소. 그런데 무슨 일이 있어도 나를 죽이겠다고 호언장담을 하던 위 방주가 막상 나를 앞에 두고도 입도 뻥긋 안 하고 있으니 어찌 웃지 않을 수 있겠소?"

흑갈방의 방주인 위태심은 이정문의 암수에 빠져 비명에 사라진 천애치수 단목초의 제자 중 한 사람이었다. 평소 사부인 단목초를 누구보다도 각별히 따랐던 위태심은 단목초가 이정문에 의해 살해된 걸 알게 되자 반드시 그의 수급을 잘라 사부의 영혼을 위로하겠다고 입버릇처럼 말하곤 했었다.

탁세호의 눈에서 기광이 번뜩거렸다.

"이 공자의 말이 무슨 뜻인지 모르겠구려. 본 방의 방주는 왜 이곳에서 찾는 거요?"

이정문은 다시 이를 드러내며 활짝 웃었다. 그 모습이 마치 먹이를 앞에 둔 굶주린 승냥이 같아 보였다.

"아직도 시치미를 떼다니 탁 대협답지 않구려. 위 방주, 언제까지 나를 웃게 할 셈이오?"

웃고 있는 이정문의 시선은 탁세호의 뒤에 서 있는 세 명의 죽립인 중 한 명에게 고정되어 있었다.

죽립인들은 탁세호와 비일염을 따라 오가장에 들어왔을 때부터 한 마디도 입을 열지 않고 침묵을 지키고 있었다. 단 한 번도 앞으로 나서지 않고 묵묵히 탁세호와 비일염의 뒤를 따르고 있기에 존재감이 거의 없었는데, 이정문은 그중 한 사람이 흑갈방의 방주인 위태심이라고 말하고 있는 것이다.

과연, 이정문의 시선을 받은 가운데에 서 있는 죽립인이 앞으로 나서며 천천히 죽립을 벗었다.

그러자 삼십 대 초반으로 보이는 날카로운 인상을 한 청년의 얼굴이 드러났다.

청년은 무심한 시선으로 이정문을 응시했다.

"어떻게 알았소?"

이정문은 대수롭지 않다는 듯 어깨를 으쓱했다.

"위 방주의 입장에서 생각해 보았을 뿐이오."

"내 입장에서?"

"내가 아는 위 방주의 성격이라면 철천지원수의 목을 따는 장면을 반드시 현장에서 직접 두 눈으로 지켜보아야 직성이 풀릴 거요. 그렇지 않소?"

청년, 위태심은 주저하지 않고 고개를 끄덕였다.

"나에 대해 잘 알고 있군. 확실히 나는 내 눈으로 보고 싶었소. 그리고 가급적이면 내 손으로 직접 해결하고 싶었지."

"그래서 나는 오늘 오가장을 찾아온 자들 중 위 방주가 반드시 있을 거라고 생각했소. 누구로 변신해 있든 그들 중 한 사람은 위방주라고 확신했지. 다행히 이곳까지 찾아온 사람은 불과 다섯 명뿐이었고, 그중 세 사람은 죽립으로 얼굴을 가리고 있었소. 마침 위 방주의 곁에는 늘 수신쌍위(修身雙衛)가 따르고 있다는 걸 알고 있으니, 그 세 사람의 정체를 짐작하는 건 그리 어려운 일은 아니었소."

단목초는 죽기 직전까지도 늘 두 명의 호위를 데리고 다녔다. 그들을 수신쌍위라 불렀는데, 단목초가 살해당할 때 그들 또한 참변을 면치 못했다.

위태심은 나중에 흑갈방을 장악하면서 단목초를 기리는 의미에서 두 명의 믿을 만한 수하들을 모아 수신쌍위라는 직위를 복원시켰고, 외부로 나갈 때는 늘 그들과 행동을 함께했다.

위태심은 잠시 이정문의 얼굴을 묵묵히 바라보고 있더니 중얼거리듯 나직한 음성으로 입을 열었다.

"확실히 당신은 상대하기 까다로운 사람이오. 내 성격을 파악하고 내 정체를 알아낸 솜씨는 박수를 쳐 줄 만하오. 내가 온다는 걸 알고 있다면 지금 이곳의 상황은 모두 당신이 예상한 것이겠구려?"

이정문은 손뼉을 치며 웃었다.

"하하. 역시 위 방주의 번뜩이는 재지는 놀랍구려. 위 방주의 말대로 아직까지는 내가 계획한 대로 일이 진행되고 있는 것 같소."

그 말에 비일염은 물론 탁세호도 흠칫하는 기색으로 주위를 두리번거렸으나, 위태심은 별다른 표정의 변화가 없었다.

"이곳까지 오는 과정이 쉽지는 않았으나, 어딘지 모르게 우리로 하여금 이곳으로 오도록 유인하고 있다는 느낌이 들었소."

이정문의 얼굴에 흥미로워하는 기색이 떠올랐다.

"그걸 알면서도 순순히 따라왔단 말이오?"

"어쨌든 이 길을 따라오면 당신을 만날 수 있을 테니까. 방법이야 어찌 되었건 당신을 내 눈앞에 나타나게 할 수만 있다면 이보다 더한 일도 했을 거요."

"이거 위 방주의 말을 듣고 있으니 어째 내가 아니라 위 방주의 계획대로 일이 진행된 듯한 느낌이 드는구려."

"그래서 불안하오?"

위태심의 물음에 이정문은 여전히 여유 있는 표정으로 고개를 내저었다.

"그럴 리가. 위 방주는 무언가 미심쩍은 걸 알면서도 어떤 일이 있어도 나를 제거할 자신이 있어서 따라온 것이겠지만, 일단 이 안에 들어온 이상 위 방주의 뜻대로 일이 흘러가지는 않을 거요."

위태심의 시선이 이정문의 옆에 있는 마송일과 오윤을 잠시 훑고 지나갔다.

"천추신도와 금우신군만으로 나를 막을 수 있다고 생각했다면 실망이오."

이정문은 빙긋 웃었다.

"다행히 위 방주를 실망시킬 일은 없을 거요."

위태심의 눈에 한 줄기 푸르스름한 광망이 떠올랐다. 그는 천천히 몸을 돌려 주위를 둘러보았다.

이정문을 비롯한 두 명의 성좌를 앞에 놓고 몸을 완전히 한 바퀴 돌리면서까지 장내를 찬찬히 살피던 위태심이 다시 이정문에게로 시선을 고정시켰다.

"이곳에 특별한 기관진식은 없는 듯한데……."

"위 방주께서 단목 노사의 진전(眞傳)을 얻어 기관매복에 관한 한은 금우신군에 전혀 뒤지지 않는 서장 무림의 최고 실력자라는 건 이미 알고 있소."

"기관진식도 없고 달리 더 나올 사람도 없는 듯한데, 정말 저 두 사람만 믿고 나를 상대하려 한 것이오?"

이정문은 천연덕스러운 얼굴로 위태심의 시선을 정면으로 마주 보았다.

"정말 내가 위 방주를 위해 준비한 수가 무엇인지 알고 싶소?"

위태심은 이정문의 기광이 번뜩이는 눈을 보고서도 주저하지 않고 고개를 끄덕였다.

"그렇소. 당신에게 남아 있는 수가 어떤 것인지 정말 궁금하구려."

이정문은 위태심의 무색투명하리 만치 아무런 감정의 빛도 담겨 있지 않은 냉정한 눈을 빤히 보고 있다가 습관처럼 어깨를 으쓱거렸다.

"그렇다면 알려 주겠소. 그건 바로 위 방주의 뒤에 있소."

이정문의 말이 끝남과 동시에 위태심의 뒤에서 하나의 손이 불쑥 튀어나와 위태심의 목을 그대로 움켜잡았다. 그 손길은 너무도 갑작스러웠기에 천하의 위태심도 꼼짝하지 못하고 그대로 목덜미를 제압당하고 말았다.

제 361 장
쌍괴출현(雙怪出現)

제361장 쌍괴출현 (雙怪出現)

손은 크고 두툼했다. 퍼런 힘줄이 손등에 솟아 있고, 털이 수북한 그 손은 푸르스름한 강기에 덮여 있어, 얼핏 보기에도 가공할 힘이 담겨 있음을 알 수 있었다.

그 손을 보는 중인들의 눈은 경악으로 크게 뜨여 있었다.

"탁 형! 이게 무슨 짓이오?"

비일염이 버럭 노성을 지르며 금시라도 앞으로 달려들 듯 자세를 취했다. 하나 막상 손의 주인이 돌아보자 비일염은 그 자리에 못 박힌 듯 굳은 채 움직이지 않았다.

손의 주인은 한 손은 위태심의 목을 잡고 다른 한 손은 자연스럽게 위태심의 허리춤에 손을 올리고 있는데, 누구라도 그가 조금만 힘을 쓴다면 위태심은 목뼈가 부러지거나 척추가 으스러지리라는 것을 어렵지 않게 짐작할 수 있었다.

위태심도 그 사실을 알고 있는지 이정문과 말을 나누던 자세 그대로 꼼짝도 않고 있었다.

이정문은 위태심의 얼굴을 가만히 바라보며 특유의 퉁명스러운 어조로 물었다.

"이 정도의 수라면 위 방주를 실망시키지는 않으리라 보는데, 어떻소? 지금도 실망스럽소?"

위태심은 목을 완벽히 제압당해 손가락 하나 까닥할 수 없는 상태임에도 침착함을 잃지 않았다.

"확실히 이번 수는 놀라웠소. 설마 총호법에게까지 당신의 손이 닿아 있는 줄은 미처 몰랐구려."

"운이 좋았소."

"운만으로 될 일은 아니지. 대체 총호법은 어떻게 포섭한 거요?"

이정문의 메마른 얼굴에 한 줄기 희미한 미소가 떠올랐다. 냉정하고 차가운 웃음이었다.

"믿지 않을지 모르지만 정말 운이 좋았을 뿐이오. 금우신군이 오가장을 세울 때 축하해 주러 왔다가 우연히 멀리서 한 사람의 얼굴을 보게 되었소. 그 얼굴이 말로만 듣던 누군가를 연상하게 해서 은밀히 조사해 보았소. 그리고 머지않아 그가 누구인지 알게 되었지."

"그게 몇 년 전의 일이오?"

"육 년쯤 되었을 거요."

위태심은 가벼운 한숨을 내쉬었다.

"그때라면 아직 우리와는 특별한 적대 관계도 아니었는데, 단지 멀리서 힐끗 본 것만으로도 총호법의 정체를 알아차렸단 말이오?"

이정문은 대수롭지 않다는 표정으로 대꾸했다.

"그때 나는 아버님의 명으로 서장에서 중원으로 오는 지역에 은밀한 감시망을 구축하고 있었소. 그래서 필연적으로 중원과 가까운 곳에서 명성을 날리고 있는 서장의 고수들에게 관심을 가지지 않을 수 없었소. 그중에서도 혼천마군은 특급 경계 대상이었기에 알아볼 수 있었던 거요."

위태심은 잠시 생각에 잠겨 있다가 침착한 음성으로 입을 열었다.

"총호법 또한 그때는 중원에 대한 전초를 세우려고 보운사를 암중에 점거하기 위해 움직였을 즈음일 거요. 그런데 하필이면 당신 눈에 띄어서 정체를 발각당하고 말았으니, 그 정도면 확실히 운이라는 게 없다고 할 수는 없겠군."

이정문은 고개를 갸웃거렸다.

"내가 알고 있기로는 당시 중원에 침투하는 거점을 확보하는 일은 귀 사부의 둘째 제자인 상관욱이 담당했을 텐데, 위 방주도 그때의 일을 잘 알고 있구려?"

"그때 마침 나는 사부의 명으로 둘째 사형을 후원하는 일을 맡고 있었소. 그래서 총호법이 하는 일을 대략 알고 있었던 거요."

"그렇군. 위 방주의 지원이 너무 완벽해서 덕분에 상관욱을 상대하는 데 아주 애를 먹었던 기억이 나오."

"그나저나 총호법이 비록 정체를 발각당했다고 해도 쉽사리 마음을 바꾸거나 흔들릴 사람이 아닌데, 어떻게 그를 포섭했던 거요?"

이정문은 히죽 웃으며 턱으로 위태심의 뒤쪽을 가리켰다.

"그건 본인에게 직접 물어보시오."

위태심은 목을 제압당해 고개를 돌리기는커녕 까닥도 할 수 없는 상황이었기에 그냥 눈만 살짝 치켜떴다. 그럼에도 손의 주인은 그의 마음을 알아차렸는지 여전히 그의 목덜미를 두꺼운 손으로 잡은 채로 낮은 음성을 내뱉었다.

"이 공자도 짓궂은 사람이군. 방주는 나의 부끄러운 일을 굳이 알아야겠소?"

위태심은 냉랭한 음성으로 대꾸했다.

"이런 배반이 부끄러운 일인지는 알고 있는 모양이구려."

손의 주인, 혼천마군 탁세호는 의외로 별다른 표정의 변화가 없이 담담한 모습이었다.

"내가 부끄러운 건 방주를 배반했기 때문이 아닐세."

"그럼 무엇 때문이오?"

"육 년 전에 나는 이 공자가 나를 노리고 있다는 걸 알고 있었네. 이 공자의 수하들이 내 뒤를 조사했을 때, 나도 누군가가 내 뒤를 쫓고 있다는 걸 바로 알아차렸지."

"그럼 왜 도움을 청하지 않았소?"

"나는 내가 충분히 그를 감당할 수 있다고 생각했네. 이 공자를 상대하는 데 굳이 다른 사람의 도움까지 받을 필요는 없다고 판단했던 거지."

"그런데 그러지 못했구려."

"그렇다네. 이 공자는 내 예상보다 훨씬 더 뛰어난 사람이었네.

내가 부끄럽다고 한 건 이 공자를 잘못 판단한 당시의 내 자신 때문일세."

위태심의 눈썹이 꿈틀거렸다.

"그를 제거하려다 오히려 사로잡힌 것이로군. 그의 측근에는 당신의 무공을 당해 낼 자가 뚜렷이 없을 텐데, 누구에게 당한 것이오?"

탁세호는 고개를 가로저었다.

"그런 게 아닐세. 방주는 아직도 나를 잘 모르는군. 내가 단순히 그에게 사로잡혀서 포섭된 것인 줄 아는 가 본데, 나는 쉽사리 남에게 굴복하거나 머리를 조아리는 사람이 아닐세."

위태심은 이해할 수 없다는 표정을 지었다.

"그에게 당한 것이 아니라면, 스스로 그의 품에 들어갔단 말이오?"

"이 공자는 단지 내게 제안을 했을 뿐이네. 나는 그의 제안을 받아들였을 뿐이고."

"그가 무슨 제안을 했단 말이오?"

"나로서는 거절하기 힘든 제안이었지."

"그게 무엇이오?"

탁세호의 얼굴에 의미를 알기 힘든 야릇한 표정이 떠올랐다. 그는 잠시 허공을 응시하더니 이내 다시 빙긋 웃었다.

"말했지 않나? 거절할 수 없는 제안이라고. 그렇게만 알고 있게."

위태심은 그의 말이 조금 전과는 약간 달라진 것을 알아차렸다. 조금 전에는 거절하기 힘든 제안이라고 하더니 지금은 거절할 수 없는 제안이라고 한 것이다. 비슷한 말이었으나, 그 속에 포함된 의미는 분명히 다른 것이었다.

위태심은 잠시 생각에 잠겨 있더니 문득 떠오른 듯 낮게 가라앉은 음성으로 입을 열었다.

"그렇다면 총호법은 지난 육 년 동안 그를 위해서 일했단 말이로군. 어쩐지 요즘 본 방의 비밀 거점들이 계속 선반의 공격을 받고 있어서 의아했는데, 이제야 비로소 그들이 어떻게 비밀 거점의 위치를 그렇게 정확하게 파악했는지 알겠군."

"약소한 일일세. 솔직히 나로서는 방주의 행사가 너무 비밀스럽고 은밀해서 총호법의 지위에 있으면서도 본 방에서 벌어지는 일들 중 대부분을 알기 힘들다는 것에 적지 않게 놀랐네. 그래서 한때 방주가 나를 의심하고 있는 게 아닌가 걱정하기도 했었지."

"나는 단지 아는 사람이 많을수록 일을 벌이는 데 좋지 않다고 생각했을 뿐이오."

"그러한 신중함 덕분에 내가 별로 활약할 여지는 없었네. 그래서 이러다 내 가치가 떨어지는 게 아닐까 걱정스러울 정도였지."

위태심은 조소가 섞인 음성으로 말했다.

"하지만 오늘 일 하나로 총호법의 가치는 최고로 올라갔을 거요."

탁세호의 얼굴에 떠올라 있는 미소가 조금 더 짙어졌다.

"나로서는 다행스러운 일이지. 중요한 순간에 나를 찾아와 준 방주의 선택에 진심으로 고마움을 느끼고 있네."

위태심은 더 이상 그에게는 할 말이 없는지 다시 이정문에게로 시선을 돌렸다.

"당신의 수법은 잘 보았소. 확실히 산수재다운 솜씨라 하지 않을 수 없구려."

이정문은 담담한 음성으로 물었다.

"실망하지는 않았소?"

"전혀. 이번 일의 준비가 이미 육 년 전부터 시작되었다는 것에는 솔직히 놀라지 않을 수 없었소."

"그렇게 보아 주니 고맙소."

"당신의 수법을 보니 한 가지 떠오르는 게 있소."

"그게 무엇이오?"

"오늘 내가 처한 상황이 사 년 전에 사부님이 당했을 때와 상당히 유사하다는 것이오."

이정문은 활짝 웃으며 손뼉을 탁 쳤다.

짝!

"하하……! 기어코 알아차렸구려."

위태심은 이를 드러내며 얄밉도록 환하게 웃고 있는 이정문을 냉정한 눈으로 바라보았다.

"모를 수가 없지. 우리 편의 인물을 포섭하여 그를 이용해 상대를 제거하는 것은 당신의 고명 수법이나 마찬가지 아니오?"

이정문은 여전히 웃음을 그치지 않으며 조롱 섞인 음성을 내뱉었다.

"당시의 일은 나로서도 심혈을 기울인 것이어서 누구도 자세한 내막을 알기 어려울 거라고 생각했는데 용케도 알아냈구려.”

화를 내거나 분노를 느낄 법도 하건만 위태심의 얼굴은 갈수록 냉정해져서 거의 무심한 모습에 가까워졌다.

“사 년 전의 그날 일을 우리는 몇 번이나 철저히 조사하여 사부가 어떻게 당했는지를 확실히 알아냈소. 정말 힘들고 어려운 일이었지만, 우리는 사부의 죽음에 얽힌 모든 진상을 파악해 냈소. 그리고 당신의 모든 수법에 대해 다각도로 분석을 했지. 결코 그와 같은 일을 당하지 않기 위해서 말이오.”

“그런데도 이번에 또 똑같은 수법에 당했단 말이오? 그렇다면 너무 실망스럽다고 하지 않을 수 없구려.”

위태심은 무심한 눈으로 이정문을 응시하며 거의 알아차리기 어려울 정도로 낮은 음성으로 말했다.

“당신을 실망시키는 일은 없을 거요.”

위태심의 깊게 가라앉아 있는 눈을 보자 이정문은 갑자기 불안한 생각이 들어 절로 표정이 굳어졌다.

“그건 무슨…….”

그가 채 무어라고 입을 열기도 전에 갑자기 위태심을 제압하고 있던 탁세호가 짤막한 신음을 토해 냈다.

“크윽!”

이정문이 깜짝 놀라 보니 탁세호가 양팔을 옆구리에 낀 채 뒤로 정신없이 물러나고 있었다.

조금 전만 해도 위태심의 목을 강하게 움켜잡고 있던 그의 오른손은 가운데에 구멍이 뚫린 채 시뻘건 피를 꾸역꾸역 토해 내고 있었다. 뿐만 아니라 위태심의 명문혈을 제압하고 있던 왼팔은 손목이 부러졌는지 힘없이 너덜거리고 있었다.

탁세호는 양팔에 커다란 부상을 입었음에도 통증보다는 놀라움이 컸는지 뒤로 물러나면서도 자신의 오른손에 뚫린 구멍을 내려다보면서 떨리는 음성으로 중얼거렸다.

"천공조(穿孔爪)……! 이제 보니 당신들은……!"

그의 시선이 향하는 곳에는 두 명의 죽립인이 서 있었다. 그중 왼쪽에 있던 죽립인이 어느새 몇 발자국 앞으로 나와 있었는데, 왼손의 다섯 손가락을 모은 채 살짝 앞으로 내밀고 있는 자세가 범상치 않아 보였다.

죽립인은 쳐들었던 손을 다시 자연스레 아래로 늘어뜨렸다.

죽립 아래로 괴이한 음성이 흘러나왔다. 마치 쇠기둥을 칼로 긁는 듯한 거칠고 카랑카랑한 목소리였다.

"배반을 부끄러워하지 않고 오랫동안 함께했던 동료를 향해 거침없이 손을 쓰기에 완전히 썩어 빠진 줄 알았더니 눈까지 썩은 것은 아니군."

듣기 거북할 정도로 쇳소리 가득한 그 음성에는 왠지 듣는 이의 마음을 불안하게 하는 기이한 힘이 담겨 있는 것 같았다. 그도 그럴 것이 탁세호는 물론이고 강호에서 온갖 풍상을 겪어 왔던 마송일과 오윤, 심지어는 지금까지 줄곧 침착함을 잃지 않고 있던 이정문마저 얼굴이 굳어지고 냉정하게 가라앉아 있던 눈동자가 이리저리 흔들리는 모습을 보이고 있는 것이다.

특히 탁세호는 평소의 그답지 않게 경악과 당혹감을 금치 못하는 표정이 역력했다.

"지선(地仙)……! 팽가장에 있어야 할 당신이 어떻게 여길……."

죽립인은 천천히 죽립을 벗었다.

거무튀튀한 얼굴에 주름이 잔뜩 진 초라한 몰골의 노인이었다. 수정처럼 차갑게 빛나는 유달리 작게 찢어진 두 눈을 제외하고는 누가 보아도 촌노(村老)를 연상하게 하는 평범한 모습이었다.

노인은 무심한 시선으로 탁세호의 얼굴을 바라보았다.

"쌍위 대신 노부가 이곳에 있는 것이 이해가 안 되는 모양이군."

이제까지 두 명의 죽립인은 중인들의 주시에서 은연중 벗어나 있는 상태였다.

그것은 이정문 일행은 물론이고 탁세호와 비일염조차도 그들이 위태심을 호위하는 수신쌍위인 줄 알고 있기 때문이었다. 위태심이 외부에 모습을 드러낼 때는 늘 수신쌍위를 대동했기에 누구나 그렇게 생각할 수밖에 없었다.

탁세호 또한 그 사실을 추호도 의심하지 않았기에 죽립인의 정체를 알아차린 지금 이 순간에도 자신의 눈을 믿을 수 없는 심정이었다.

아니, 믿고 싶지 않다고 해야 옳을 것이다.

그도 그럴 것이 눈앞에 드러난 죽립인의 정체는 그가 가장 두려워하고 경계했던 공포스러운 존재였던 것이다.

흑갈방에서는 방주도 함부로 할 수 없는 봉공의 신분을 가진 그들을 천지쌍노라 불렀다. 천지쌍노는 평상시에는 좀처럼 밖으로 모습을 드러내지 않았고, 행사 또한 신비스럽기 그지없어서 흑갈방 내에서조차 그들에 대해 제대로 알고 있는 사람이 극히 드물었다.

하나 탁세호는 그들의 진정한 신분을 알고 있었다. 천지쌍노는 다름 아닌 서장 무림의 전설적인 존재인 천산이괴(天山二怪)의 변신이었던 것이다.

천산이괴는 서장의 제일지자였던 단목초가 꼽은 서장 무림 최고의 고수들이었다. 단목초는 살아생전에 중원의 '일령삼성'에 빗대어 서장의 '이괴사불'이라면 능히 그들과 견줄 만하다고 말하곤 했었는데, 그가 지칭한 '이괴'가 바로 천산이괴였다.

'사불'은 천룡사의 사대불법존자를 가리키는 것으로, 그들 또한 반백 년 가까이 서장에서 절대적인 존재로 군림했던 불가일세(不可一世)의 고수들이지만 단목초는 천산이괴를 그들보다 앞자리에 놓았다. 그것을 두고 많은 사람들이 의아함을 표했으나, 단목초는 죽을 때까지 자신이 내뱉은 말을 번복하지 않았다.

사실 천산이괴는 평생을 천산에서 칩거하여 외부로 모습을 나타낸 적이 거의 없어서 그들의 실제 무공이 어떠한지는 제대로 알려지지 않았다. 하나 단목초의 발언 이후 호승심에서 천산을 찾았던 많은 고수들 중 살아서 천산을 내려온 자들은 거의 없었고, 그 후로 누구도 그들의 무공에 대해 의심을 하지 않았다.

촌로의 모습을 한 노인은 천지쌍노 중의 둘째인 지선 공태(貢泰)로, 탁세호는 지금까지 딱 한 번 그를 만났을 뿐이었다. 그 한 번의 만남만으로도 탁세호는 공태가 자신으로서는 도저히 상대할 수 없는 무서운 고수라는 것을 절실히 깨달을 수 있었다.

그래서 탁세호는 천지쌍노의 행적에 늘 주의를 기울이고 있었다.

오늘 오전만 해도 천지쌍노는 팽가장에 가서 회갑연에 참석하려는 인물들을 제거하고 회갑연의 주인인 팽도협을 살해하기로 계획되어 있었다.

내일이 회갑연이기에 상대의 의표를 찌르기에 충분했고, 또한 오가장에 숨어 있는 이정문을 노리는 양동작전으로도 완벽한 것이어서 탁세호조차도 그 계획에 한 점의 의문을 가지지 않았었다.

육 년 동안이나 속마음을 숨긴 채 은인자중하고 있던 탁세호가 기꺼이 스스로의 정체를 드러내며 방주인 위태심을 향해 주저하지 않고 손을 썼던 것도 오늘의 계획에 대해 확실히 알고 있기에 더 이상의 반전은 없다고 확신했기 때문이었다.

그런데 팽가장으로 간 줄로만 알았던 천지쌍노가 쌍위로 변장한 채 모습을 숨기고 있었으니 탁세호로서는 경악과 공포를 동시에 느끼지 않을 수 없었다. 공태의 수법에 양손이 모두 치명적인 부상을 입었음에도 탁세호는 통증보다는 마음속의 두려움을 더 크게 느끼고 있었다.

공태는 시퍼렇게 굳어 있는 탁세호를 빤히 쳐다보았다. 그 시선은 살아 있는 사람이 아니라 죽어서 줄에 널려 있는 생선을 보는 것처럼 무심하기 그지없었다. 누구도 그런 시선을 본다면 가슴이 섬뜩해질 수밖에 없을 것이다.

"원래는 당초 계획대로 팽가에서 벌어지는 회갑연에 갈 생각이었지. 그런데 방주가 아무래도 이번에는 미꾸라지 사냥을 해야 할지도 모르니 손을 빌려 달라더군. 호기심에 승낙했는데, 진짜 미꾸라지를 사냥하게 되었으니 정말 재미있는 일 아닌가?"

탁세호는 이를 악물며 위태심을 돌아보았다.

"나를 의심하고 있었나?"

위태심은 탁세호의 손에 잡혀 있느라 손자국이 나 있는 목덜미를 주무르며 담담한 음성으로 대꾸했다.

"당신이나 총순찰, 둘 중 한 사람에게 이정문의 손길이 닿아 있을 것이라고 짐작했소."

비일염이 깜짝 놀라 황급히 손을 내저었다.

"나는 아니오, 방주. 나는 단 한 번도 방주에게 역심(逆心)을 품은 적이 없소."

위태심은 그를 슬쩍 돌아보더니 가볍게 고개를 끄덕였다.

"나도 둘 중 하나라면 총순찰보다는 총호법이 더 가능성이 높다고 생각했소. 총순찰은 이런 일을 벌이기에는 담이 좀 약한 편이지."

비일염은 그 말에 웃어야 할지 울어야 할지 몰라 이상한 표정이 되었다.

위태심은 그의 표정이야 어떻게 변하든 여전히 차분한 표정으로 말을 이었다.

"이정문의 행적이 우리에게 노출되었을 때부터 최악의 경우, 과거와 같은 일이 벌어질지도 모른다는 생각을 했었소. 아무리 바보인 나라도 똑같은 일에 두 번씩이나 당할 수는 없지 않겠소?"

위태심의 시선이 이정문에게로 향했다.

"어떻소? 아직도 내가 실망스럽소?"

이정문의 얼굴은 평상시보다 훨씬 딱딱하게 굳어 있어 가뜩이나 뚱해 보였던 얼굴이 더욱 심통 사나워 보였다.

이정문은 한동안 아무 대꾸도 없이 위태심과 한편에 서 있는 천지쌍노를 번갈아 보더니 이윽고 땅이 꺼져라 무거운 한숨을 내쉬었다.

"후우! 실망스러운 건 위 방주가 아니라 나라는 걸 잘 알고 있으면서 왜 그렇게 묻는 거요?"

"스스로가 실망스럽소?"

이정문은 씹어뱉듯이 퉁명스럽기 그지없는 음성으로 말했다.

"내 자신이 너무 실망스러워서 내 손으로 이 머리통을 잘라 내버리고 싶을 정도요."

"그 머리통을 자를 사람은 따로 있으니 굳이 당신이 손을 쓸 필요는 없소."

"그 누군가는 바로 위 방주이겠구려?"

"그렇소. 나로서는 오랫동안 기다려 온 일이니 누구에게도 양보할 생각이 없소."

위태심의 음성은 나직하고 조용했으나, 이정문은 그 속에 담긴 결연하면서도 단호한 기색을 알아차리고 다시 한 차례 탄식을 토해 냈다.

"휴우! 이번에는 정말 빠져나갈 길이 없어 보이는구나. 한순간의 판단 착오로 일을 이 지경에 빠지게 했으니, 나도 이제 머리가 다 된 모양이다."

혼잣말처럼 나직하게 중얼거리던 이정문이 공태를 향해 정중하게 포권을 했다.

"그러고 보니 아직 인사도 드리지 못했군요. 이정문이 강호의 노선배님을 뵙습니다."

공태의 주름살 가득한 얼굴에 박혀 있는 두 개의 작은 눈이 실선처럼 가늘어지며 괴이한 웃음소리가 흘러나왔다.

"끌끌, 소문과는 다르게 예의를 아는 젊은이로군. 노부는 공태라 하네."

"비록 서로 뜻이 달라 칼을 겨누는 사이가 되기는 했으나, 무림에 몸담고 있는 말학(末學)으로서 오랫동안 혁혁한 명성을 쌓아 온 선배 고수에게 무례를 범할 수는 없지요."

공손하게 인사를 마친 이정문은 아직 죽립을 벗지 않고 있는 죽립인에게로 시선을 돌렸다.

"이분도 천지쌍노 중의 한 분이시겠지요? 무림말학 이정문이 인사 올립니다."

죽립인은 허리를 숙여 인사를 하는 이정문을 묵묵히 쳐다보고 있더니 천천히 죽립을 벗었다.

드러난 얼굴은 새하얀 백발에 대춧빛 피부를 지닌 노인이었다. 주름살이 가득한 공태와는 달리 젊은이의 그것처럼 팽팽한 피부를 지닌 백발 노인의 이목구비는 준수하기 그지없어 한창 시절에는 뭇 여인들의 방심(芳心)을 흔들었을 게 분명해 보였다.

"나는 궁해(弓海)다."

짧막한 말이었으나, 그 말 한마디에 장내의 공기가 갑자기 꽁

꽁 얼어붙는 듯한 살벌함이 감돌았다.

천살(天殺) 궁해! 천산이괴의 첫째이며, 한때 천산 일대에서 가장 많은 사람을 죽인 희대의 천살성(天殺星)이라고 불렸던 전설적인 존재였다.

수려한 외모와는 달리 일단 손을 쓰면 상대를 살려 두지 않는 냉혹무비한 그의 솜씨 때문에 천산에서는 '그의 손이 움직이면 하늘이 피로 물든다!' 라며 공포에 떨기도 했다.

지선 공태 또한 '손가락이 날아오르면 땅이 피에 젖는다' 라는 노래가 있을 정도로 무서운 인물이었으나, 천산이괴를 알고 있는 사람들은 공태보다 궁해를 더욱 무서워했다. 공태는 그래도 몇 마디의 대화라도 나누는 경우가 있지만, 궁해는 말보다는 살수를 쓰는 것을 더욱 즐기는 인물이었다.

그래서 탁세호 또한 아까부터 궁해 쪽으로는 일부러라도 시선을 돌리려 하지 않았다. 우연히 눈이라도 마주쳤다가는 당장이라도 궁해의 무시무시한 손바닥이 자신의 머리통을 박살 내 버릴지도 몰랐기 때문이다.

이정문 또한 궁해의 이름을 직접 듣는 것으로 더 이상 그에게 말을 걸지는 않았다. 다만 죽립을 벗지 않고 있는 그가 진짜 천산이괴의 궁해인지를 확인해 보고자 했을 뿐이었다.

이제 장내의 상황은 확실하게 피아가 구분되었을 뿐 아니라, 우열 또한 확실하게 판가름이 났다.

이정문은 비록 십이비성의 두 사람에게 보호를 받고 있지만, 그들 중 누구도 천산이괴를 감당할 수는 없었다. 설사 그들 두 사람이 합공을 한다 해도 천산이괴 중 한 사람조차 당해 내지 못할 것이 분명했다.

회심의 한 수로 준비했던 탁세호는 양손을 부상당했을 뿐 아니라 완전히 기가 꺾여서 스스로의 몸조차 제대로 돌보기 힘든 상태였다.

그에 비해 상대편은 천산이괴 외에도 흑갈방의 방주인 위태심과 총순찰인 비일염이 버티고 있었다. 누가 보아도 어느 쪽이 우세한지 분명하게 알 수 있었고, 그 우열은 미세한 것이 아닌 절대적인 차이였다.

그럼에도 위태심은 조금도 방심하거나 사태를 낙관하지 않고 처음의 냉정함을 유지하고 있었다.

그것은 상대가 이정문이기 때문이었다.

두뇌가 비상하고 임기응변에 능한 둘째 사형 상관욱을 계략으로 꺾고, 심기가 깊고 치밀한 대사형 감종간을 함정에 빠뜨려 그를 이용해 사부인 단목초를 살해한 자가 바로 이정문이었다. 그에 대해 어느 누구보다도 자세히 알고 있기에 위태심은 이정문의 머리통을 분명하게 잘라 놓을 때까지는 절대로 마음을 놓지 않았다.

그런 그의 마음속에는 이정문이 이대로 끝나지 않을지도 모른다는 한 가닥의 불안함이 존재하고 있었다. 자신이 몇 번이나 검토하고 수정한 끝에 마침내 그를 완벽한 구석에 몰아넣었다고 확신했지만, 그래도 마음속에는 혹시나 하는 생각이 완전히 사라지지 않고 있는 것이다.

그래서 이정문이 문득 자신을 쳐다보았을 때 위태심은 공연히 가슴이 덜컥 내려앉는 듯한 기분을 느꼈다.

그의 그런 마음을 비웃기라도 하려는 듯 이정문은 다시 한숨을 내쉬었다.

"오늘 위 방주의 계획은 정말 완벽했소. 한 가지만 빼면 정말 흠잡을 곳이 없구려."

위태심의 눈이 거의 알아차리기 힘들 만큼 살짝 찌푸려졌다가 다시 돌아왔다.

"그게 무엇이오?"

이정문은 다소 과장된 몸짓으로 주위를 둘러보며 양 손바닥을 위로 펼쳐 보였다.

"내가 왜 하필이면 이곳에서 위 방주를 기다리고 있었는지를 미처 생각지 못했다는 거요."

위태심은 이곳에 어떠한 기관진식도 설치되어 있지 않다는 것을 이미 몇 차례나 확인했기에 이정문의 말이 쉽게 이해되지 않았다.

"이 장소에 특별한 의미라도 있단 말이오?"

이정문은 어느새 처음의 표정으로 돌아와 있었다. 뚱하고 퉁명스러워 보였으나 어딘지 모르게 용의주도한 원래의 모습을 되찾은 것이다.

"지하를 돌고 돌아오느라 미처 몰랐던 모양인데, 이곳은 오가장의 대청 바로 밑이오."

위태심은 흠칫하여 자신도 모르게 허공을 올려다보았다.

그의 귓전으로 이정문의 조용한 음성이 들려왔다.

"그러니 굳이 힘들게 기관진식 같은 걸 설치할 필요 없이 대청 바닥을 뜯어내기만 하면 누구든 이 안으로 들어올 수 있다는 말이오."

그 순간, 한 줄기 검기가 천장의 일부분을 뚫어 내더니 이내 천장에 커다란 구멍이 뚫렸다. 그리고 한 사람이 그 구멍 안으로 떨어져 내리고 있었다.

제 362 장

검기무쌍(劍氣無雙)

제362장 검기무쌍(劍氣無雙)

소리도 없었다.

제법 높은 천장에서 아래로 떨어져 내렸음에도 그가 바닥에 착지하는 순간에 어떠한 음향도 들리지 않았다.

모든 사람들의 시선은 난데없이 아래로 떨어져 내려온 그에게 향해 있었다.

제일 먼저 사람들의 눈을 끈 것은 새하얀 백의였다. 이어 길게 늘어뜨린 치렁한 흑발과 허리춤에 매여 있는 고색창연한 장검이 눈에 들어왔다.

그리고 눈.

차갑게 정제된 그 눈을 본 사람들은 누구나 할 것 없이 얼음물 속에 빠진 것처럼 섬뜩한 기운이 등골을 타고 흐르는 듯한 느낌에 자신도 모르게 몸을 떨어야 했다. 그들 대부분이 평생을 강호의

도산검림(刀山劍林) 속에서 살아온 절세의 고수들임을 생각해 본
다면 쉽게 믿기지 않는 일이었다.

주위가 죽음과도 같은 정적에 휩싸여 있는 가운데 천장에서 내
려온 백의인은 한 차례 주위를 둘러보고는 천천히 걸음을 옮겨 이
정문의 옆으로 가서 우뚝 섰다. 그 모습이 어찌나 자연스러웠던지
마치 처음부터 이 자리에 있던 사람 같았다.

백의인을 보는 이정문의 눈빛은 지금까지와는 달리 부드럽기
그지없었다.

"결국 다시 또 신세를 지게 되었구려."

음성 또한 평소의 그답지 않게 온화해서 그를 잘 알고 있는 사
람이라면 그의 이런 태도에 어리둥절하지 않을 수 없을 것이다.

백의인은 담담한 음성으로 대꾸했다.

"이미 예상한 일이었소."

"내가 너무 큰 짐을 지워 준 게 아니오?"

"당신이 이번 일을 부탁할 때부터 이 정도는 충분히 감당할 각
오를 했소."

이정문은 히죽 웃었다. 이 또한 평소에는 좀처럼 볼 수 없었던
밝고 가벼운 모습이었다. 입에서 흘러나오는 음성도 조금 전보다
한층 경쾌해져 있었다.

"그렇다면 나도 그리 미안해할 필요 없겠군. 사실 위 방주의 숨
겨 둔 수가 너무 강력한 것이어서 은근히 걱정했었는데, 진 장문
인이 그렇게 말하니 마음이 한결 가벼워지는구려."

백의인이 나타날 때부터 흔들리는 표정이 역력했던 위태심이

이내 본연의 모습을 회복하고는 불쑥 입을 열었다.

"이제 보니 당신들은 이미 이런 일이 있을 것을 대비하고 있었던 모양이군."

이정문은 특유의 뚱한 표정으로 어깨를 으쓱했다.

"당신이 같은 방법에 두 번씩이나 당할 것 같지는 않아서 따로 방수(幇手)가 있으리라는 생각은 했었지. 하지만 설마 그 방수가 천산이괴일 줄은 나도 미처 예상치 못했소. 서장의 최고 고수들을 이런 식으로 사용할 생각을 하다니, 당신도 참 대단하다고 하지 않을 수 없구려."

칭찬인지 비아냥인지 모를 소리를 듣고도 위태심은 표정의 변화가 없이 무심한 음성을 내뱉었다.

"그건 내가 할 말이군. 이번에야말로 완벽하게 당신의 숨통을 끊을 수 있을 거라고 확신하고 있었는데, 마지막까지 한 수를 숨겨 두고 있었군. 더구나……."

위태심의 시선이 이정문의 옆에 석상처럼 우뚝 서 있는 백의인을 향했다. 화살처럼 날카롭고 예리하면서도 어딘지 모르게 무거움이 느껴지는 시선이었다.

"그 수가 신검무적이라니, 정말 나로서도 미처 예상치 못했던 일이오."

백의인은 다름 아닌 당금 강호의 제일고수라 불리는 신검무적 진산월이었다. 선반을 이끌고 중원에서 암약하고 있던 흑갈방과 서장의 전초 세력들을 하나씩 처단해 오던 그가 마침내 이곳에 그 모습을 드러낸 것이다.

위태심은 예전에 위수의 강변에 있는 숲속에서 진산월을 만난 적이 있었다. 당시에 그는 자신이 창안한 십방금쇄진을 펼쳐 진산월을 제거하려 했으나, 진산월은 십방금쇄진의 중추를 이루던 고수들 대부분을 격살하고 천라지망을 뚫고 유유히 사라져 버렸다.

그때의 일은 스스로의 지략과 심계에 절대적인 자신감을 가지고 있던 위태심에게 있어 상당히 충격적인 것이었고, 그의 마음속에 진산월에 대한 두려움과 경각심을 심어 준 사건이기도 했다. 위태심은 그 후로 심기일전하여 매사에 한층 더 신중하고 치밀하게 행동 하려고 노력해 왔다.

그런데 이번에야말로 사부의 복수를 할 수 있으리라는 확신하에 완벽한 계획을 세워 두었건만 마지막 순간에 다시 또 진산월을 만나게 되었으니, 아무리 침착하고 냉정한 위태심도 당혹감과 불안함을 느낄 수밖에 없었다.

진산월은 위태심의 얼굴을 한동안 가만히 바라보았다. 고요하고 깊게 가라앉은 눈빛이었으나, 그 시선을 받은 위태심은 거대하고 예리한 칼날 앞에 알몸으로 서 있는 듯한 섬뜩함을 느껴야 했다.

진산월은 그런 눈으로 위태심을 물끄러미 쳐다보고 있더니 이윽고 입을 열었다.

"일전에는 당신에게 단단히 신세를 졌소. 언제고 그 신세를 갚을 날을 고대해 왔는데, 오늘 마침내 보게 되었구려."

진산월의 음성은 담담했으나, 위태심은 전신이 싸늘한 빙굴 속에 들어가 있는 듯한 오한을 느꼈다.

그날의 기억은 아직도 진산월의 뇌리에 선명하게 남아 있었다.

그날 밤은 정말 지독했다. 붉은 선혈이 산하를 시뻘겋게 물들였고, 죽음의 기운이 온 천지에 가득 덮여 있었다. 서장 고수들의 계속된 공격들과 사방에서 끝없이 몰려오는 무서운 살수들의 습격은 언제까지고 이어져 도저히 끝날 것 같지 않았다.

당시 진산월은 죽을 고비를 여러 차례 넘겨야 했고, 그리고도 끝나지 않고 다가오는 죽음의 수레바퀴에 조금씩 지쳐 가고 있었다. 때마침 십이비성 중의 한 사람인 쌍극후 위관이 은밀히 생로(生路)를 알려 주지 않았다면 진산월은 정말 크나큰 낭패를 당했을지도 몰랐다.

그만큼 위태심이 만들었던 십방금쇄진은 가공할 위력을 지니고 있었다.

진산월로서는 어떤 식으로든 당시의 일에 대한 설욕을 바라지 않을 수 없었다.

위태심은 자신을 무겁게 짓누르는 압력에 대항하듯 한 차례 몸을 가볍게 떨고는 이내 단호하면서도 분명한 음성으로 말했다.

"나도 언젠가는 당신을 다시 만날 것을 각오하고 있었소. 오늘이 그날일 줄은 몰랐지만, 그렇다고 피할 생각은 추호도 없소."

"그렇다면 이야기는 간단하군. 당신은 준비가 되었소?"

자연스레 늘어뜨린 진산월의 오른손이 금시라도 허리춤에 매인 검으로 향할 듯하자 위태심은 한 발 뒤로 물러서며 고개를 가로저었다.

"아쉽게도 오늘 당신을 상대할 사람은 내가 아닌 듯하오."

그와 동시에 두 사람이 위태심의 앞으로 걸어 나왔다.

진산월이 나타날 때부터 그에게 시선을 고정시킨 채 미동도 않고 있던 천산이괴였다. 그중에서도 특히 천살 궁해의 두 눈에서는 보는 이의 가슴을 섬뜩하게 하는 괴이한 광망이 이글거리고 있었다.

"네가 바로 신검무적이구나."

궁해의 입에서 흘러나오는 음성은 조금 전과는 달리 뜨거운 열기 같은 것이 담겨 있었다.

진산월 또한 위태심과 대화를 나누고 있으면서도 은연중에 그들 두 사람에게 신경을 집중시키고 있었기에 그를 향한 시선에 한점의 흔들림도 보이지 않았다.

"종남의 진산월이라 하오."

궁해는 그 말에는 아무런 대꾸도 없이 진산월의 전신을 예의 번쩍이는 눈으로 찬찬히 훑어보더니 이내 입가에 의미를 알기 힘든 미소를 지었다.

"과연 소문대로구나. 너에 대한 이야기를 듣고 기대하고 있었는데, 이제라도 만나게 되었으니 얼마나 기쁜지 모르겠다. 내 이름은 궁해라 한다. 양손 무공을 주로 사용하고 있지."

궁해를 조금이라도 아는 사람이라면 그의 이런 모습을 보고 놀라움을 금치 못했을 것이다. 궁해는 평상시에는 극도로 말을 아끼는 사람이었고, 꼭 필요한 일 외에는 좀처럼 입을 열지 않아서 지금처럼 반색을 하며 누군가에게 말을 건네는 경우는 거의 없었다.

심지어 궁해는 자신의 옆에 서 있는 공태까지 소개해 주었다.

"이 사람은 내 아우인 공태라고 하는데, 손가락 무공이 아주 쓸 만하지."

모르는 사람이 보았다면 강호의 어린 후배에게 친절하게 자신과 일행을 소개해 주는 자상한 노강호(老江湖)인 줄 알았을 것이다.

하나 궁해는 자상함과는 거리가 먼 성격이었다.

공태까지 소개를 마친 궁해는 이내 진산월을 향해 자신의 본색을 드러냈다.

"네 검이 지난 백 년간 중원 무림에 나온 고수들 중 제일이라는 말을 많이 들었다. 심지어는 모용단죽보다 강하다고 하는 자들도 있더구나. 그 말을 듣고 내가 얼마나 너를 만나고 싶어 했는지 아느냐?"

진산월을 응시하는 궁해의 얼굴은 기이한 열기에 뒤덮여 있어 흡사 사랑의 열병을 앓고 있는 어린 소녀를 보는 듯했다.

"나는 지난 평생 동안 오직 양손 무공만을 익혀 왔다. 그동안 쌓아 온 수련의 성과 덕분인지 얼마 전에 한 가지 그럴듯한 무공을 만들어 낼 수 있었지. 그런데 당최 이 무공을 펼칠 만한 상대를 만나지 못해 어렵게 만들어 낸 무공을 썩히고 있었다."

진산월은 열띤 어조로 말하는 궁해의 모습을 묵묵히 지켜보고만 있었다.

궁해는 진산월의 침착하게 가라앉아 있는 두 눈을 뚫어지게 응시하며 그 어느 때보다 강한 어조로 말했다.

"너라면 내 무공을 선보일 좋은 상대가 될 것이다. 오늘 방주의 부탁으로 이곳에 올 때만 해도 별로 내키지 않았는데, 이곳에서 너를 만나게 되었으니 이게 바로 세상이 말하는 인연(因緣)이란 건가 싶다. 나는 그런 걸 믿지 않았는데, 오늘 보니 확실히 인연이란 게 있긴 있나 보구나."

한동안 침묵을 지키던 진산월은 나직한 음성으로 물었다.

"그 무공이 무엇이오?"

진산월이 자신의 무공에 관심을 가지는 듯하자 궁해의 얼굴이 더욱 밝아지며 음성이 빨라졌다.

"혈해반(血海盤)이라는 것이다. 적혈수(赤血手)와 낙암살공(落巖煞功), 환천멸겁장(環天滅劫掌)의 장점만을 취해 만든 무공이지."

궁해는 태연히 자신의 무공 내역을 밝혔다. 그것은 일견 자신의 무공에 대한 절대적인 자신감의 표출 같기도 했고, 순수하게 자신의 무공을 자랑하려는 천진난만함의 다른 모습 같기도 했다.

기이한 것은 공태의 태도였다.

강적에게 스스로의 무공에 대한 내역을 드러내는 것은 불리하기 짝이 없는 일이라는 것을 잘 알고 있을 텐데, 그는 전혀 궁해를 제지하거나 궁해의 행동에 대해 꺼리는 모습을 보이지 않았다.

오히려 흥미 어린 눈으로 진산월과 궁해의 대화를 듣고만 있더니 궁해의 말이 끝나자 먼저 나서서 입을 열었다.

"궁 형, 자기 무공만 말하지 말고 내 천지망(天地網)에 대해서도 말해 주시구려."

궁해는 그를 힐끗 돌아보더니 퉁명스러운 어조를 내뱉었다.

"그건 자네가 직접 말하게."

공태는 주름살 가득한 얼굴이 일그러지도록 웃었다.

"크크크. 신검무적을 궁 형 혼자 독차지하려는 모양인데, 나도 이런 기회를 오랫동안 기다렸다는 걸 잘 알지 않소? 모처럼 어렵게 완성한 천지망의 진면목을 보여 줄 기회를 잡았는데 궁 형 혼자 재미 보게 할 수는 없지."

이어 그는 궁해가 무어라고 입을 열기도 전에 재빨리 말을 이었다.

"내 천지망은 천공조와 낙혼유수강(落魂流水剛), 극섬혈천지(極閃血穿指)를 결합하여 만든 것일세. 막상 완성해 놓고도 한 번도 제대로 펼칠 기회가 없어서 위력이 어떤지는 나도 정확히 모르겠네."

지금까지 다소 경박하게 보이던 공태의 표정이 갑자기 심각할 정도로 진지해졌다.

"자, 이제 선택하게. 자네의 그 검정중원을 상대할 무공은 공형의 혈해반인가, 내 천지망인가?"

궁해 또한 조금 전과는 달리 전신에서 조금씩 날카로운 기세를 뿜어내고 있었다.

"당연히 내 혈해반이겠지. 검정중원이 소문대로의 절학이라면 내 혈해반만이 감당할 수 있을 거야."

"선택은 어디까지나 신검무적에게 달려 있소. 그를 만나면 전적으로 그의 선택에 맡기기로 이미 약조하지 않았소?"

"물론이지. 다만 나는 그가 만에 하나라도 잘못된 선택을 할까 봐 좀 더 정확한 정보를 주고자 하는 것뿐일세."

두 사람이 티격태격하는 모습은 어딘지 모르게 우스꽝스러웠으나 장내의 누구도 웃는 사람은 없었다. 그도 그럴 것이 그들이 말로 투닥거리는 그 순간에도 그들의 전신에서는 점점 더 가공할 기운들이 흘러나오고 있었던 것이다.

그들이 뿜어내는 각기 다른 기운들이 점차 장내를 장악해 들어가기 시작했다.

조용히 그들의 하는 모습을 지켜보고 있던 진산월이 그제야 비로소 입을 열었다.

"검정중원을 보고 싶소?"

차분하게 가라앉은 음성이었으나, 그 순간 주위를 무겁게 짓누르고 있던 기운들이 씻은 듯이 사라져 버렸다.

궁해와 공태는 기광이 번뜩이는 눈으로 진산월을 바라보고 있다가 거의 동시에 고개를 끄덕였다.

"물론이지."

"그야 이를 말인가?"

진산월은 손으로 자신의 허리춤에 매여 있는 용영검을 가볍게 두드렸다.

"그럼 먼저 이 검의 무게를 감당해야 할 거요."

의미를 정확히 알기 어려운 말이었으나, 공해는 표정이 살짝 변했다.

"자격 시험이라도 보겠다는 말이냐?"

진산월은 천천히 용영검의 손잡이를 잡았다.

"내 검을 상대하다 보면 자연히 볼 수 있을 거란 의미요."

궁해의 준수한 얼굴에 한 줄기 실선이 그어졌다. 무섭도록 차갑고 냉혹한 웃음이었다.

"네 검에 충분히 맞설 수 있는 자만이 비로소 검정중원을 볼 자격이 된다는 말이지? 건방져. 너무 건방져서 화가 나야 하는데 오히려 웃음이 나오는군. 우리가 이런 식의 말을 들어 본 게 대체 언제였지?"

웃고 있는 궁해와 달리 공태는 눈살을 잔뜩 찌푸리고 있었다. 그 때문에 가뜩이나 주름살이 가득했던 공태의 얼굴은 오랜 풍상(風霜)에 시달려 온 고목나무를 보는 것처럼 쭈글쭈글해져 보기 흉할 정도였다.

"내 기억에는 없었던 일이오. 아무래도 우리가 너무 나이를 먹은 것 같소. 새카맣게 어린 후배에게 이런 말까지 들을 정도이니……."

"역시 말로 주절거리는 이런 고리타분한 방식은 나하고는 맞지 않아."

궁해의 얼굴에 떠올라 있던 미소가 어느 순간에 갑자기 거짓말처럼 사라졌다. 그리고 아무런 표정도 느낄 수 없는 극도의 냉정하고 무심한 얼굴이 나타났다. 천산이괴의 첫째이며 서장 무림에서 공포스러운 존재로 군림해 온 천살 궁해의 본모습이 비로소 드러난 것이다.

"선택권을 주겠다는 말은 취소다. 먼저 내 손에서 살아남아라. 그러면 네가 검정중원을 펼칠 수 있도록 허락해 주마."

말이 끝나기가 무섭게 궁해의 신형은 무서운 속도로 진산월을 향해 날아들었다.

중인들은 무언가 눈앞에서 희끗한 것이 어른거리는 것을 보고 어리둥절했으나 이내 추가 부릅뜨고 정신없이 전면을 바라보았다. 당금 무림의 최정상을 달리는 절세고수들이 펼치는 놀라운 싸움이 그들 눈앞에 펼쳐지고 있었다.

　궁해의 손은 정말 빨랐다.

　그동안 강호의 절정고수들과 적지 않은 혈투를 벌여 왔던 진산
월이었지만, 속도만 놓고 보았을 때는 궁해의 공격이 가장 빠르다
는 생각이 들었다. 심지어 수공에 관한 한 절대적인 존재였던 음
양신마 복양수보다 더 빠른 것 같았다.

　진산월은 마음의 준비를 하고 있었음에도 궁해의 공격을 피하
느라 정신없어서 용영검을 뽑아 들지 못했다. 검을 뽑을 여유조차
주어지지 않을 만큼 궁해의 손은 무서운 위세와 가공할 속도로 그
의 전신을 위협하고 있었다.

　단순히 빠르기만 한 것이 아니었다. 그가 펼치는 공세 안에는
필설로 형용하기 어려운 괴이한 기운이 담겨 있어 피하는 것조차
도 점점 더 힘들어지고 있었다.

　쏴아아아!

　지금도 커다란 손바닥이 허공을 가르며 진산월의 미간을 향해
무시무시한 기세로 날아들고 있었다. 분명 똑같은 사람의 손바닥
임에도 거대한 석상(石像)의 손이 휘둘러 오는 것처럼 압도적인
느낌이 들었다. 게다가 그 속도가 어찌나 빠른지 손바닥이 시야에
들어오는 순간에 이미 손바닥은 진산월의 코앞에 도달해 있었다.

　진산월로서는 그저 옆으로 몸을 회전시켜 그 가공할 손바닥을
피하는 수밖에 없었다. 하나 그의 몸이 채 회전을 멈추기도 전에
또 다른 손바닥이 그의 옆구리로 다가오고 있었다.

진산월은 이어룡 신법을 이용해 일 장 옆으로 이동했으나, 여전히 궁해의 공세를 완전히 빠져나오지 못했다. 결국 와선보까지 펼치며 다시 삼 장 밖으로 몸을 날린 다음에야 간신히 공해의 손바닥 권역을 벗어날 수 있었다.

　하나 그것으로 끝이 아니었다.

　와선보를 시전하느라 흔들리던 진산월의 신형이 채 안정되기도 전에 다시 새로운 손바닥이 허공에 불쑥 나타나 진산월의 머리 위로 떨어져 내렸다.

　홀연히 나타난 손바닥이 진산월의 머리 위에서 천지 사방을 쪼갤 듯한 기세로 떨어져 내리는 모습이 얼마나 압도적이었던지, 중인들의 눈에는 당장이라도 진산월의 머리통이 그 가공할 손바닥에 박살 나는 처절한 장면이 펼쳐질 것만 같았다.

　인간의 손은 분명 두 개뿐인데, 세 번째 손은 대체 무엇이란 말인가?

　손의 정체에 대한 궁금증이 뇌리에 떠오르기도 전에 진산월은 주저하지 않고 몸을 바닥으로 굴렸다.

　파아아……

　방금 전까지만 해도 진산월의 머리가 있던 공간을 막강한 기운이 휩쓸고 지나갔다.

　지켜보는 사람 입장에서는 실로 모골이 송연할 일이 아닐 수 없었다. 자신들이었으면 무엇이 어찌 된 영문인지도 모르고 멍하니 있다가 그대로 머리통이 그 가공할 기운에 휩쓸려 산산이 부서지고 말았을 것이다.

진산월의 상황도 그리 좋은 것만은 아니었다. 무엇보다 한 문파를 이끄는 장문인의 신분으로 상대의 공격을 피하기 위해 시정잡배들이나 하는 나려타곤(懶驢打滾) 수법까지 사용해야 했으니 창피막심한 일이라 하지 않을 수 없었다.

하나 덕분에 진산월은 처음으로 궁해의 공세에서 벗어나 검을 뽑아 들 수 있게 되었다.

팟!

우윳빛 검광이 허공에 흐르면서 막 다시 진산월을 향해 달려들려던 궁해의 신형이 그 자리에 못 박힌 듯 멈춰졌다.

쫘아악!

그와 함께 그의 앞 공간이 시퍼런 검기에 갈가리 찢겨 나갔다.

궁해가 무심코 앞으로 몸을 날리려 했다면 그 검기에 그대로 격중당하고 말았을 것이다.

궁해도 순간적으로 가슴이 덜컥 내려앉았음이 분명했다. 진산월을 응시하는 그의 얼굴이 철갑을 두른 듯 딱딱하게 굳어 있었다.

일단 진산월의 손에 검이 쥐이자 장내의 분위기는 판이하게 바뀌었다. 궁해는 여전히 전신에 살기를 뿜어내고 있었으나, 조금 전처럼 쉽게 덤벼들지 못하고 날카로운 눈으로 그를 응시하고 있었다.

궁해뿐만이 아니었다. 눈도 깜박이지 않은 채 격전을 지켜보고 있던 공태의 얼굴에도 심상치 않은 기운이 감돌았다.

검을 쥔 진산월은 조금 전과는 전혀 다른 사람이 된 것 같았다.

단순히 손에 검 하나를 쥐었을 뿐인데도 그의 전신에는 어떠한 허점도 보이지 않았다. 오히려 몸 전체가 하나의 거대한 검이 된 것처럼 보는 이의 심혼(心魂)을 무겁게 짓누르고 있었다.

"검귀(劍鬼)로구나……!"

공태의 입에서 자신도 모르게 나직한 신음성이 흘러나왔다.

그의 말을 듣기라도 한 것처럼 진산월은 무심한 얼굴로 수중의 용영검을 가볍게 흔들었다.

우우웅……

마치 벌 떼가 우는 듯한 음향과 함께 새하얀 검광이 구름처럼 피어올랐다.

그 검광은 무서운 속도로 확산되더니 삽시간에 궁해의 전신을 에워싸 버렸다. 그 검광의 한가운데 위태롭게 서 있는 궁해의 몸은 금시라도 갈가리 찢겨 나갈 것만 같았다.

궁해는 진산월이 검을 들었을 때부터 상당한 놀라움과 당혹감을 느끼고 있었다.

진산월이 반격 한번 하지 못하고 자신의 손을 피하기만 급급해 할 때는 소문으로 듣던 것보다 못하다는 생각에 짙은 실망감과 분노가 솟구쳐 오르기도 했었다. 특히 당대 제일고수라는 명성이 무색하게 별다른 고민도 하지 않고 바닥으로 몸을 굴려 자신의 공세에서 벗어났을 때는 어이가 없어 한숨이 나올 지경이었다.

그런데 일단 그가 허리춤에서 검을 뽑아 들자 사정이 완전히 달라져 버린 것이다.

섣불리 손을 내뻗었다가는 예리한 칼날에 손이 잘릴 것 같은 느낌에 쉽사리 공격할 수가 없었다. 게다가 방심한 듯 서 있는 진산월의 자세는 한 치의 허점도 보이지 않아서 더욱 손을 쓰기 어렵게 했다.

잠깐 주춤하는 사이 진산월의 수중에 들린 검이 움직이더니 이내 자신의 몸은 수많은 검광 속에 휘말려 버렸으니, 궁해로서는 그야말로 순식간에 뒤집힌 장내의 상황에 당혹감을 느끼는 것도 당연한 일이었다.

하나 서장 무림 제일의 고수라는 위명답게 이내 평정심을 회복한 그는 양손을 움직여 크게 원을 그렸다. 그가 허공에 그려 놓은 무형의 원에서 노도와 같은 경기가 사방으로 퍼져 나갔다.

파파파파팡!

검광과 경기가 수십 번이나 부딪치면서 세찬 경력이 장내를 휩쓸고 지나갔다.

근처에 있던 중인들이 허겁지겁 그 여파를 피하는 사이 두 사람은 본격적으로 싸움을 벌이기 시작했다.

진산월은 천하에 명성이 높은 유운검법을 사용했고, 궁해 또한 자신의 성명절기와도 같은 천마대산수(天魔大散手)를 펼쳐 맞서 왔다.

궁해는 천마대산수 외에도 적혈수와 환천멸겁장을 주로 사용했는데, 조금 전에 진산월로 하여금 바닥을 구르지 않을 수 없게 만든 수법이 바로 환천멸겁장 중 절초인 삼안마겁(三眼魔劫)이었다.

천마대산수는 궁해의 무공 중에서도 가장 변화가 다양하고 난

해한 수법이었다. 궁해가 강맹한 위력의 적혈수나 빠르고 괴이한 환천멸겁장 대신 이 천마대산수를 펼친 것은 무궁무진한 변화를 자랑하는 유운검법에 정면으로 맞서서 꺾고야 말겠다는 투쟁심의 발로였다.

그래서인지 두 사람의 싸움은 다채롭고 화려해서 언뜻 보기에는 서로의 무공을 자랑하는 비무(比武)를 하는 것 같았다.

하나 실상을 들여다보면 그들의 한 수 한 수는 하나같이 가공할 위력을 지니고 있었고, 단번에 상대의 숨통을 끊어 버릴 만한 무서운 수법들이 쉴 새 없이 이어지고 있었다. 주고받는 초식들이 살벌하기 그지없어서 당장이라도 둘 중 누군가는 피를 뿌리며 쓰러지고 말 것 같았다.

공태는 한쪽에서 진지한 표정으로 그들의 싸움을 보고 있었는데, 시간이 흐를수록 진지함을 넘어 심각한 얼굴로 변해 갔다.

처음에는 팽팽하게 진행되던 승부가 시간이 흐를수록 조금씩 진산월에게 유리하게 전개되어 가고 있다는 걸 알아차린 것이다.

원래 궁해의 천마대산수는 변화무쌍함 속에 상대의 의표를 찌르는 치명적인 살수들이 잔뜩 숨어 있는 무공이었다. 그래서 자칫 그 변화무쌍함에 눈이 팔렸다가는 영문도 모른 채 쓰러지는 경우가 많았다.

그런데 진산월이 펼치고 있는 유운검법의 변화가 너무도 다양하고 무궁무진해서 천마대산수의 변화가 끝까지 이어지지 못하고 있었다. 변화 대 변화의 싸움에서 밀리고 있으니 변화 속의 살초들이 온전히 제 위력을 발휘할 수가 없었다.

처음에는 그래도 팽팽하게 맞설 수 있었으나, 시간이 흐를수록 궁해가 천마대산수의 초식을 완벽하게 전개하지 못하고 중간에 변초(變招)를 하는 일이 잦아졌다. 호승심에서 진산월의 변화무쌍한 검법에 정면으로 맞서 갔던 궁해는 천마대산수의 절초 중 하나인 천마광희(天魔狂戲)를 끝까지 펼치지 못하고 뒤로 한 걸음 물러선 다음에야 비로소 변화의 싸움에서는 자신의 무공이 진산월의 검법에 미치지 못한다는 것을 인정할 수밖에 없었다.

진산월의 유운검법에 대한 경지는 극에 달해 있었고, 유운검법 자체도 새로운 변화가 가미되어 있었다. 그동안 진산월이 고심해서 수련해 온 절학에서 파생된 다양한 변화들이 다수 포함되어 있어, 종남의 문하라 할지라도 자신이 알고 있는 유운검법과 같은 것인지 고개를 갸우뚱할 정도로 많이 바뀌어 있었다. 그야말로 진산월만의 유운검법이라고 해야 할 정도로 진화되어 있는 것이다.

궁해는 이런 식의 싸움은 더 이상 의미가 없다고 생각했는지 천마대산수만을 고집하던 방식을 바꿔 다른 무공들을 섞기 시작했다.

이제야 비로소 본신의 실력을 모두 발휘하는 제대로 된 싸움이 벌어지게 된 것이다.

'쏴아아앙!

궁해의 손이 지금까지와는 달리 괴이한 음향과 함께 허공을 가르며 날아들었다. 사방을 무질서하게 휘돌며 움직이던 조금 전과는 판이하게 바뀐 손의 움직임은 가공스러울 정도로 빠르고 난폭했다. 갑작스레 바뀐 움직임만큼이나 위력도 놀라워서 무심코 조금 전처럼 대응했다가는 의외의 낭패를 당하게 될지도 몰랐다.

하나 진산월은 전혀 놀라거나 당황하지 않고 계속 용영검의 변화를 이어 나갔다.

파파파팡!

검기와 경기가 쉴 새 없이 부딪치면서 세찬 파공음이 연거푸 터져 나왔다.

진산월은 쉬지 않고 유운검법의 절초들을 펼쳐 나갔고, 그에 따라 그의 검에서 흘러나오는 검광들은 세상을 온통 검의 잔영(殘影) 속에 휘감아 놓을 듯했다. 궁해의 손에서 흘러나오는 괴이한 기운들은 그 검광의 소용돌이에 휩쓸려 제대로 뻗어 나가지도 못하고 사그라지기 일쑤였다.

궁해는 천마대산수는 물론이고 자신의 또 다른 절학인 환천멸겁장을 사용했음에도 여전히 우세를 점할 수 없자 눈초리가 살짝 꿈틀거렸다. 일이 자신의 마음대로 풀리지 않을 때 나타나는 그만의 습관이었다.

한쪽에서 눈도 깜박이지 않은 채 장내를 지켜보고 있던 공태 또한 표정이 밝지 않았다.

'궁 형이 저런 표정을 짓는 것은 정말 오랜만인데…… 아무래도 오늘은 길(吉)보다 흉(凶)이 많을지 모르겠구나.'

장내에 갑자기 붉은 혈광이 어른거리기 시작했다.

쉬지 않고 움직이는 궁해의 손에 한 줄기 혈광이 번뜩이더니 그가 뿜어내는 경기 속에도 붉은빛이 감돌고 있는 것이다. 궁해가 환천멸겁장에 이어 자신의 또 다른 절학인 적혈수마저 사용하고 있다는 신호였다.

적혈수는 궁해의 무공 중에서도 가장 살인적인 위력을 지닌 상승절학이었다. 적혈수의 핏빛 기운에는 호신강기를 으스러뜨리는 위력이 담겨 있어 일단 격중되기만 하면 금강동인(金剛銅人)이라도 견디기 힘들었다. 뿐만 아니라 단순히 스치기만 해도 적혈기(赤血氣)가 체내에 스며들어 혈맥에 치명적인 손상을 입게 되는 것이다.

천마대산수와 환천멸겁장, 적혈수의 삼대절학을 모두 사용하고서야 비로소 궁해는 진산월의 유운검법에 대등하게 맞설 수 있었다.

진산월의 유운검법은 정말 놀라웠다. 단순히 변화만 가득한 것이 아니라 그 변화 하나하나에 무서운 변초들이 포함되어 있어 그것이 최종적으로 어떻게 변할지 전혀 예측을 할 수가 없었다. 게다가 검기가 어찌나 강력한지 환천멸겁장의 가공할 위력으로도 검기를 뚫어 낼 수가 없었다.

궁해는 비로소 강호에 퍼진 신검무적의 명성이 거짓이 아니었음을 절감했으며, 조금 전에 진산월이 왜 그런 말을 했는지 이해할 수 있을 것 같았다.

한동안 장내에는 두 명의 절세고수들이 펼쳐 내는 검기와 장력의 소용돌이에 휩싸여 버렸다. 빛살 같은 속도로 움직이는 검이 허공을 가르며 지나가는 소리와 무시무시한 장력이 공간을 압축하며 흘러내는 굉음만이 들려올 뿐, 누구도 입을 여는 사람은 없었다.

그만큼 두 사람의 싸움은 보는 이를 압도하는 엄청난 것이었다.

궁해는 온몸이 땀으로 흠뻑 젖은 채 미친 듯이 양손을 휘둘러 대고 있었다. 준수했던 얼굴은 붉게 상기되어 있었고, 축축하게 젖은 머리칼이 마치 산발한 것처럼 이마와 목덜미의 여기저기에 달라붙어 있었다. 게다가 냉정하게 가라앉아 있던 두 눈은 기광을 품은 채 무섭게 번뜩이고 있어 흡사 광인(狂人)을 보는 듯했다.

그래서인지 그의 손놀림은 더욱 빠르고 매서웠고, 신들린 듯한 동작에서 뿜어져 나오는 경기는 금시라도 진산월의 전신을 찢어 놓을 듯 살벌하기 그지없었다.

그에 비해 진산월의 표정은 여전히 냉정했다. 그 또한 땀을 흘리지 않는 것은 아니었으나, 얼굴은 처음과 마찬가지로 차분해 보였고 손길 또한 흔들림이 없었다. 때문에 그의 손에 쥐인 용영검이 부려 내는 유운검법의 절초들은 한층 더 기기묘묘한 변화를 일으키고 있었다.

사람이 곧 검이고, 검이 곧 구름인 신묘한 경지를 보여 주고 있는 것이다.

한동안 누가 더 우세한지 모를 팽팽한 격전이 계속되었다.

궁해는 자신의 삼대절학을 모두 펼치고도 좀처럼 진산월에게서 우세를 점할 수 없자 조금씩 초조한 생각이 들기 시작했다. 이제 남은 수법이라고 해야 자신이 오랜 세월 동안 고심한 끝에 만들어 낸 혈해반뿐인데, 그것으로 진산월의 검정중원을 꺾을 수 있을지 확신이 서지 않는 것이다.

물론 궁해는 혈해반에 대해 절대적인 자신감을 가지고 있었다.

하나 검정중원이 소문대로의 위력을 지니고 있다면 확실한 승산은 장담할 수 없다는 생각이 들었다. 신검무적의 실력이 소문과 다르지 않다는 게 확인된 이상, 검정중원에 대한 것도 마찬가지라고 봐야 할 것이다.

과연 혈해반으로 중원 무림의 검법 사상 최고의 초식이라고 칭송받는 검정중원을 꺾을 수 있을 것인가?

궁해의 머릿속은 이런저런 생각으로 복잡해졌으나, 그의 동작은 여전히 빠르고 날카로웠으며, 위협적이었다.

진산월의 검초가 바뀌기 시작한 것은 바로 그때부터였다.

시종일관 변화무쌍한 유운검법의 초식만을 그려 대던 검이 돌연 단순하면서도 훨씬 더 강맹한 움직임을 보이고 있는 것이다.

변화는 조금 줄어들었지만, 빠르고 강한 위력은 훨씬 더 강해져서 천하의 어떤 살초(殺招)에 못지않았다. 아니, 다양한 변화는 줄었을지 몰라도 아홉 개로 나뉜 검영(劍影)이 다시 여러 개로 분산되어 각기 다른 움직임을 보이고 있어 시각적으로는 한층 더 현란하게 느껴졌다.

게다가 그 각각으로 나뉜 검영 하나하나에 담긴 위력은 지금까지와는 비교를 불허하는 강력한 것이었다.

궁해는 그것이 종남파의 최고 절학 중 하나인 삼락검 중의 낙하구구검이라는 건 알지 못했지만, 진산월이 비로소 전력을 기울이고 있다는 생각에 경각심이 크게 일어났다.

'이것이 검정중원인가? 아니면 다른 절학인가?'

생각은 길었지만 궁해는 주저하지 않고 자신을 향해 빗발처럼 쏘아져 오는 검영 속으로 뛰어들었다.

파아앗!

옆구리와 어깨의 옷자락이 검영에 스치며 핏물이 튀어 올랐으나, 궁해는 눈 하나 깜박하지 않고 양손을 앞으로 세차게 내뻗었다.

콰콰콰콰!

그의 양손에서 거대한 폭포를 연상하게 하는 듯한 엄청난 경력이 쏟아져 나왔다. 그 경력이 어찌나 거세었던지 그의 전신을 위협했던 검영들이 경력에 휩싸여 맥없이 사그라졌다. 환천멸겁장 중 최절초인 겁륜천하(劫輪天下)의 놀라운 위력이었다.

진산월은 뒤로 슬쩍 물러서서 거리를 벌리며 낙하구구검의 절초인 천강은홍과 홍예장공을 거푸 펼쳤다.

쭈아악!

마치 비단 폭이 찢어지는 듯한 음향과 함께 시퍼런 검기 다발이 허공을 가르고 궁해의 앞가슴을 향해 날아들었다.

궁해는 눈을 부릅뜨며 앞으로 내뻗었던 양손을 오므렸다가 다시 세차게 흔들었다. 어느새 그의 왼손은 붉게 물들어 있었다.

각기 다른 방향으로 흔들어진 양손을 따라 기이한 기운이 요동치기 시작했다. 오른손에는 천마대산수의 마지막 초식인 천마강림(天魔降臨)이, 왼손에는 적혈수의 최후 비기인 적혈명(赤血鳴)의 기운이 서로 조화를 이룬 채 움직이고 있었다.

슬쩍 내밀어진 기운에 진산월이 발출한 검기 다발들이 허무하게 소멸하기 시작했다.

하나 덕분에 궁해의 양쪽 소매는 검기의 여파로 갈가리 찢겨 양쪽 팔목이 그대로 드러나 보였다.

궁해는 여세를 몰아 맹렬히 진산월의 앞으로 신형을 날렸다.

고오오……!

아직 채 손을 뻗지도 않았는데 그의 전신에서는 지금까지와는 다른 가공할 기운이 넘실거렸다. 그 기운에 희미하게 붉은빛이 아롱거리는 광경은 보는 이의 가슴에 섬뜩한 두려움을 안겨 주는 것이었다.

전신의 옷자락이 여기저기 찢어지고 양쪽 팔목은 훤히 드러나 있어 다소 낭패스러운 모습이었음에도 궁해는 두 눈에 기광을 번뜩인 채 진산월의 앞으로 곧장 날아들고 있었다. 그 모습은 가히 압도적인 것이어서 어지간한 담력의 고수라도 심장이 오그라들지 않을 수 없을 것이다.

진산월은 궁해가 마지막 승부를 걸어온다는 것을 직감적으로 알아차렸다.

지금까지 보여 준 궁해의 무공은 음양신마 복양수에 조금도 못지않은 것이었다.

복양수를 상대할 당시 진산월은 악전고투를 면치 못했었다.

하나 지금 궁해를 상대하면서 진산월은 별다른 어려움을 느끼지 못하고 있었다. 그것은 그만큼 그의 무공이 복양수와 싸울 때에 비해 발전했기 때문이었다.

더구나 거듭되는 절정고수들과의 싸움에서 모두 승리하고 실전되었던 종남파의 신공들을 수습한 지금의 상태는 진산월 자신조차도 정확히 파악하기 힘들 정도로 모든 경지가 상승되어 있었다.

아마 지금 복양수를 다시 만난다면 예전 같은 처절한 싸움은 벌이지 않았을 것이다.

그런 면에서 본다면 궁해는 운이 나쁘다고 할 수 있었다.

지금 서장 무림의 최고 고수인 궁해가 자신의 모든 것을 다해 무서운 기세로 돌진해 오고 있음에도 진산월은 두려움이나 압박감보다는 충분히 감당할 수 있다는 자신감이 먼저 들었다. 그래서 궁해를 향해 용영검의 검날을 비스듬히 기울여 낙하구구검의 최절초인 자하천래를 전개해 나가는 손길에 한 치의 주저함도 보이지 않았다.

쑤아아아!

진산월의 검은 공간을 가르며 궁해의 목덜미를 향해 정확하게 날아들었다.

궁해의 전신에서 흘러나오는 희미한 붉은빛이 갑자기 진해지며 궁해의 손바닥이 수십 개의 그림자를 뿌려 냈다. 그 수십 개의 손바닥들은 빠른 속도로 합쳐지더니 이내 거대한 손바닥으로 변해 버렸다.

손바닥의 정중앙에 유달리 시뻘건 반점(斑點)이 선명하게 드러났다. 그것은 마치 피로 물든 혈안(血眼)을 연상하게 했다.

진산월이 펼쳐 낸 검기가 손바닥과 부딪혀 맥없이 사그라졌다. 그리고 그 직후에 손바닥에 박혀 있던 붉은 반점이 앞으로 튀어나와 진산월을 향해 폭사되었다.

이것이야말로 궁해가 오랜 고련 끝에 마침내 완성한 혈해반 수법이었다. 장공의 최고 경지라는 장강(掌罡)을 응용해 만든 이 수법에는 수십 년간 서장 무림의 최고 고수로 활약해 온 궁해의 모든 정수가 담겨 있었다.

이글거리며 다가오는 붉은 반점은 마치 모든 것을 태워 버리는 태양처럼 거침이 없어 보였다.

진산월은 그 반점이 자신의 코앞에 올 때까지도 자하천래를 펼치던 자세를 유지하고 서 있었다. 그러다 막 반점이 자신의 미간에 닿으려는 순간에 용영검을 앞으로 빠르게 내찔렀다.

그 속도가 어찌나 빨랐던지 궁해조차도 자신의 혈해반이 진산월의 머리를 격중한 줄로만 알았다.

'이겼…….'

궁해가 속으로 환호성을 내지르려는 순간에 용영검의 검 끝이 정확하게 반점을 반으로 가르고 지나갔다.

짱!

거울이 깨어지는 듯한 음향과 한 가닥 검광이 번뜩였다 사라진 것은 거의 동시에 벌어진 일이었다.

…….

조금 전만 해도 검풍과 장영으로 뒤덮였던 장내에 갑자기 죽음 같은 침묵이 흘렀다.

궁해는 오른손을 앞으로 내밀고 왼손을 오른손의 팔뚝에 댄 자세 그대로 우뚝 서 있었다. 그의 얼굴에는 말로 형용하기 어려운 괴이한 표정이 떠올라 있었다.

진산월은 용영검을 앞으로 내찌른 자세를 유지하고 있다가 천천히 검을 거두어들였다.

우윳빛 검광을 발하는 용영검이 소리도 없이 검집 안으로 사라지는 광경은 마치 허공을 비상하던 한 마리 용이 자신의 잠자리를 향해 미끄러져 들어가는 듯 신묘해 보이기까지 했다.

굳게 다물려 있던 궁해의 입이 열린 것은 바로 그 직후였다.

"이게 바로 검정중원이냐?"

진산월은 담담한 음성으로 대꾸했다.

"아쉽게도 아니오."

궁해의 얼굴에 잔경련이 일어났다.

"검정중원이 아니라고?"

"이건 유운검봉이라는 것이오."

"설마 유운검법의 초식이란 말이냐?"

진산월은 말없이 고개를 끄덕였다.

유운검봉은 유운검법 내에서도 가장 기이한 위력을 지닌 초식이었다.

이 초식은 시전하기에 따라 검봉의 수를 서른두 개까지 늘릴 수 있으며, 그때의 위력은 천하의 어떤 검법보다 뛰어난 것이었다. 형산파 사상 최초의 육결검객이었던 고진조차도 서른두 개의 검봉을 감당하지 못하고 쓰러지고 말았었다.

당시 진산월은 삼십이봉(三十二峯)을 발출시킨 다음 다시 하나의 검봉으로 결합시켰었는데, 지금은 아예 처음 검을 발출할 때부터 삼십이봉이 아닌 일봉(一峯)으로 만들어 내었다. 삼십이봉의 조화가 단 일봉으로 완전히 융합되어 버린 것이다.

궁해가 펼쳐 낸 독보적인 혈해반이 맥없이 반으로 갈라지고 만

것도 단순하게 내뻗은 것처럼 보인 일검에 유운삼십이봉의 위력이 고스란히 담겨 있기 때문이었다.

궁해의 얼굴이 사정없이 실룩거렸다.

"내가…… 평생을 거쳐 완성한 내 혈해반이…… 검정중원도 아니고 한낱 유운검법조차 이기지 못했다고?"

떨리는 음성으로 중얼거리던 궁해의 입가에 시커먼 핏물이 뿜어져 나왔다.

전신의 모든 공력을 끌어올려 펼친 혈해반이 깨진 충격으로 그의 심맥은 이미 가닥가닥 끊어진 지 오래였다. 그런 상태에서도 혈해반을 꺾은 무공이 알고 싶어 버티고 서 있던 궁해로서는 진실을 알고 나자 더 이상 견딜 여지가 남아 있지 않았다.

그는 여전히 얼굴에 경련을 일으킨 채로 힘없이 쓰러지고 말았다.

"궁 형!"

공태가 황급히 다가와 바닥에 닿기 전에 그의 몸을 붙잡았으나, 궁해는 그것을 전혀 알지 못하는지 여전히 허공을 응시한 채 나직한 음성을 중얼거리고 있었다.

"검정중원이 아니라고……? 대체 난 무엇을 위해서……."

그는 그 말만을 끝없이 중얼거리다 그대로 숨을 놓고 말았다.

제 363 장
괴인교리(怪人狡狸)

제363장 괴인교리(怪人狡狸)

궁해의 죽음은 장내의 많은 이들을 놀라게 했다. 신검무적의 명성으로 보아 둘 중 누가 승리해도 이상할 것은 없었으나, 승패가 일반적인 예상과는 달리 너무도 빨리 갈린 데다 누가 보기에도 두 사람의 실력에 적지 않은 격차가 존재했기 때문이다.

더구나 궁해는 신검무적의 검에 격중되지도 않았는데 피를 토하고 쓰러져 죽고 말았으니, 무공에 대한 안목이 높지 않은 일부 사람들은 의아함을 느낄 수밖에 없었다.

하나 마송일을 비롯해 지금 장내에 있는 자들 중 대부분은 강호 무림에서도 손꼽히는 고수들이었기에 궁해가 어떻게 죽음에 이르게 되었는지를 어렵지 않게 짐작하고 내심 경악을 금치 못하고 있었다.

'신검무적의 검법이 당대 제일을 넘어 모용 대협조차 능가하는

신의 경지에 올랐을지도 모른다는 말에 반신반의했는데, 정말 놀랍구나. 천산이괴의 첫째인 천살 궁해가 단 한 번도 우세를 점하지 못하고 일방적으로 몰리다가 진기의 과다한 사용으로 죽고 말았으니…… 과연 모용 대협이라 할지라도 신검무적의 저 가공할 검을 감당할 수 있을 것인지 의문이 들지 않을 수 없구나.'

신검무적의 검술을 실제로 눈앞에서 처음으로 목격한 몇몇 사람들은 진지하게 모용 대협과 신검무적의 검을 비교하면서 전율을 금치 못했다.

궁해의 시신을 안고 있던 공태가 궁해의 시신을 한쪽에 조심스럽게 내려놓고는 진산월의 앞으로 천천히 다가왔다.

진산월을 바라보는 공태의 얼굴은 기이할 정도로 평온했고, 입에서 흘러나오는 음성 또한 차분하게 가라앉아 있었다. 하나 주름살 가득한 눈두덩 깊숙한 곳에 자리한 두 개의 눈동자에서는 말로 형용하기 어려운 괴이한 빛이 일렁거리고 있어 보는 이의 가슴에 섬뜩함을 느끼게 했다.

"정말 잘 보았네. 강호의 소문은 왕왕 와전되기 마련인데, 자네의 검은 소문을 오히려 능가하는군. 이 나이가 되어서 이제는 놀랄 일이 없다고 생각했는데, 자네는 나를 거듭 놀라게 했네."

진산월은 담담하게 대꾸했다.

"운이 좋았소."

"그런 말은 하지 말게. 그건 내 의형에 대한 모욕일세. 평생을 바쳐 완성한 무공이 한갓 운 때문에 꺾였다는 건 의형에게는 너무도 수치스러운 일일세."

진산월은 공태의 두 눈을 가만히 바라보다가 다시 입을 열었다.

"내가 말을 잘못했소. 조금 전의 싸움은 나로서도 전력을 기울인 것이었소."

공태는 느릿느릿 고개를 끄덕였다.

"그렇지. 그 정도 대답이라면 궁 형도 만족했을 걸세. 내게도 그런 만족감을 주기 바라네."

공태가 천천히 양손을 들어 올렸다. 그의 열 손가락은 활짝 벌어진 채 엄지와 중지가 맞닿은 특이한 형태를 취하고 있었다.

진산월은 공태의 벌려진 손가락 사이로 거무스름한 기운이 몰려오는 광경을 물끄러미 보고 있다가 낮게 가라앉은 음성으로 물었다.

"꼭 해야겠소?"

공태의 주름진 두 눈에 한 줄기 신광이 번뜩이기 시작했다.

"나는 내 천지망이 공 형의 혈해반에 뒤진다고는 한 번도 생각해 본 적이 없네. 모쪼록 나에게 모욕감을 주지 말기 바라네."

공태의 음성은 여전히 평온했으나, 그 속에는 누구도 꺾을 수 없는 결연함과 비장한 각오가 진득하게 담겨 있었다.

천산이괴는 누구나가 인정하는 서장 무림 최고의 고수들이지만, 그들 중 더 높은 평가를 받는 인물은 첫째인 궁해였다. 궁해는 공태보다 나이도 더 많았고, 무공 실력도 더 높다는 것이 많은 사람들의 공통된 생각이었다.

궁해가 자신의 모든 실력을 발휘하고서도 진산월에게 별다른 타격도 주지 못하고 역류한 진기로 인해 심맥이 끊어져 죽고 말았는데, 공태가 아무리 최선을 다한다고 해도 궁해보다 나은 결과를 만들어 낼 가능성은 거의 없었다.

공태 자신도 다른 누구보다 그 사실을 잘 알고 있을 것이다.

그럼에도 불구하고 공태는 진산월에게 도전하는 것을 주저하지 않았다. 죽음 따위는 이미 벗어 버린 듯한 그의 단호하면서도 초연한 모습은 보는 이의 마음에 진한 인상을 남기는 것이었다.

진산월도 한 자루 검에 모든 것을 의지해 온 무림인으로서 공태의 이런 모습에 가슴 한구석에서 탄식이 흘러나오지 않을 수 없었다.

문득 진산월은 허공을 올려다보았다.

공태는 그가 자신의 도전을 받아 주지 않으려는 것으로 알고 무어라고 입을 열려다 그를 따라 시선을 천장으로 움직였다.

언제부터인가 구멍 뚫린 천장에서 하나의 얼굴이 아래를 내려다보고 있었다.

평범한 인상의 중년인이었다. 시중의 어디에서도 볼 수 있는 흔하디흔한 얼굴이었고, 눈빛 또한 특별한 구석은 보이지 않았다.

중년인은 진산월과 시선이 마주치자 빙긋 웃었다. 의미를 알 수 없는 묘한 미소였다.

진산월은 기억을 떠올려 보았으나 특별히 기억나는 이름이 없었다.

이상한 것은 공태의 표정이었다. 중년인을 본 공태의 얼굴에는 무어라 표현하기 힘든 괴이한 빛이 떠올라 있었다.

중년인은 공태에게는 시선도 주지 않은 채 진산월을 내려다보고 있다가 돌연 훌쩍 몸을 날려 아래로 떨어져 내렸다. 머리를 아래로 한 채 추락하듯 내려오던 중년인의 신형은 바닥에 닿기 직전에야 겨우 한 바퀴 회전하여 제대로 내려설 수 있었다.

자칫 머리를 바닥에 부딪칠 수도 있는 위험천만한 동작이었는데, 기이하게도 장내의 누구도 불안한 생각이 들지 않았다. 그것은 아마도 바닥에 내려오는 내내 중년인의 표정이 너무도 평온하기 때문이었을 것이다.

"엿차!"

신음인지 기합인지 모를 소리를 내며 허공에서 몸을 회전시켜 바닥에 내려선 중년인은 이내 진산월을 향해 예의 특이한 웃음을 지어 보였다.

"이거 높이가 애매해서 위에서 내려오는 게 보기보다 쉽지 않군. 별생각 없이 뛰어내렸다가는 낭패를 당할지도 모르겠소."

중년인의 말마따나 천장에서 바닥까지의 높이가 너무 낮지도, 그렇다고 너무 높지도 않았다. 단순히 이 정도 높이라면 무림인이라면 누구나가 어렵지 않게 뛰어 내려왔겠지만, 천장의 작은 구멍을 통해 몸을 날린 경우라면 자칫 애를 먹을 수도 있었다.

웬일인지 진산월은 아무런 대꾸도 없이 그저 묵묵히 중년인을 보고 있을 뿐이었다.

중년인은 머쓱한 표정으로 한 차례 어깨를 으쓱거렸다.

"불청객이 찾아왔으니 기분이 좋을 리는 없겠지만, 그래도 아는 척이라도 하는 게 인지상정 아니겠소?"

진산월은 그제야 비로소 입을 열었다.

"귀하는 누구요?"

중년인은 주저하지 않고 대답했다.

"나는 교리라는 무명소졸이오."

"처음 듣는 별호로군. 본명은 어떻게 되오?"

"별로 대단치 않은 이름이라 굳이 공개하고 싶지는 않구려. 그냥 교리라고 불러 주시오."

진산월은 더 이상 아무런 말이 없이 그저 중년인의 얼굴을 가만히 바라보고만 있었다. 그의 표정은 여전히 침착했고, 눈빛 또한 고요하게 가라앉아 있었다.

교리는 진산월의 그런 모습이 내심 부담스러운지 멋쩍은 웃음을 흘렸다.

"천하에 이름 높은 신검무적이 그렇게 빤히 보고 있으니 공연히 두려운 생각이 드는구려. 왜 그런 눈으로 나를 보고 있는 거요?"

진산월은 여느 때보다 조용한 음성으로 입을 열었다.

"당신이 누구인지 생각하고 있었소."

"방금 말해 주지 않았소? 나는 교리라는 아주 평범한 사람이오."

교리의 천연덕스러운 말에도 아랑곳하지 않고 진산월은 자신이 할 말을 계속했다.

"당신이 조금 전에 살짝 내보였던 무형지기는 내가 지금까지 본 것 중 가장 강력한 것이었소. 내 생각에 강호에서 이 정도의 무형지기를 흘려 낼 수 있는 사람은 세 손가락을 넘지 않을 것이오."

교리의 눈에 한 줄기 기광이 어른거렸다.

"그들이 누구요?"

"한 사람은 조익현이란 인물이오. 나는 예전에 그를 잠깐 만난 적이 있는데, 그는 나로서도 무공 수준을 측량하기 어려운 인물이었소."

진산월의 입에서 조익현이란 이름이 거론되자 몇몇 사람들의 표정이 살짝 변했다.

교리는 흥미로운 표정을 지어 보였다.

"그를 만났다니 내가 조익현이 아니란 건 알겠구려. 다른 두 사람은 누구요?"

"또 한 사람은 석동이란 인물이오. 나는 그를 직접 본 적이 없지만, 믿을 만한 사람들에게서 그가 조익현에 필적하는 고수라는 말을 들었소. 당신은 석동이오?"

교리는 고개를 내저었다.

"나는 석동이 아니오."

어찌 된 영문인지 진산월은 마지막 세 번째 인물에 대해서는 아무런 말도 하지 않았다.

교리는 한동안 그의 말을 기다렸으나 진산월이 입을 굳게 다물고 있자 참지 못하고 물었다.

"마지막 한 사람에 대해서는 왜 말하지 않는 거요?"

진산월은 무심한 눈으로 교리의 얼굴을 빤히 쳐다보았다.

"그 사람에 대해서 알고 싶소?"

교리는 순간적으로 멈칫거리다 고개를 흔들었다.

"아니, 갑자기 알고 싶은 생각이 뚝 떨어지고 말았소."

그렇게 말하는 그의 얼굴에 한 줄기 고졸(古拙)한 미소가 스치고 지나갔다.

그런데 이번에는 진산월이 불쑥 입을 열었다.

"생각이 바뀌었소. 나는 그 사람에 대해 말해야겠소."

교리는 약간은 어리둥절하고 약간은 날카로운 표정이 되었다.

"그 사람이 대체 누구요?"

"내가 아는 건 그 사람의 이름뿐이오."

"그게 누구요?"

"그 사람은 교리라 하오."

교리의 눈에 기광이 번뜩였다가 사라졌다.

"내 이름이 바로 교리요."

"그렇소. 그 사람이 바로 당신이오."

교리는 이내 너털웃음을 터뜨렸다.

"하하! 그렇군. 내가 바로 당신이 말한 세 번째 사람이로군. 나도 이제 비로소 알았소. 그런데 왜 갑자기 생각이 바뀐 거요?"

"본인이 앞에 있는데, 굳이 말을 피할 필요는 없을 것 같았소."

"그렇군. 확실히 현명한 생각이오."

"꼬리를 감춘 신룡처럼 계속 모습을 보이지 않던 당신이 이곳에 나타난 것은 위태심 때문이오, 아니면 천산이괴 때문이오?"

진산월의 마지막 물음에 교리는 씁쓸한 표정을 감추지 못했다.

"둘 모두라고 해야겠지. 위태심은 내가 아끼는 몇 안 되는 아이이고, 쌍노는 내가 존중하는 유일한 선배들이오. 위태심은 영특하고 재주가 비상한 아이이고 쌍노 또한 어디에 내놓아도 손색없는 고수들이지만, 상대가 상대인지라 나로서는 최악의 경우를 상정하지 않을 수 없었소. 가급적이면 내가 나서는 일은 없었으면 했는데, 너무 뜸을 들이는 바람에 쌍노까지 피해를 입게 만들고 말았구려."

교리의 시선이 한쪽에서 싸늘하게 식어 가고 있는 궁해의 시신을 향했다.

그의 얼굴에 한 가닥 착잡한 빛이 떠올랐다.

"당신의 그 검정중원을 보고 싶다는 욕심에 그만 궁 노인을 제때에 제지하지 못했소. 그러니 더 후회하기 전에 나서지 않을 수 없었소."

언뜻 진산월의 얼굴에 의아한 빛이 떠올랐다.

"내 검정중원은 왜 보려고 했던 거요?"

다시 진산월을 돌아보는 교리의 얼굴에는 조금 전의 무겁고 어두웠던 표정은 씻은 듯이 사라져 있었다. 교리는 예의 괴이한 미소를 지어 보였다.

"당신의 검정중원은 누가 무어라 해도 중원을 대표하는 최고의 무공이오. 그러니 나로서는 그 무공에 대해 관심을 가지지 않을 수 없는 일 아니겠소?"

교리가 나타날 때부터 아무 말 없이 그를 지켜보고만 있었던 공태의 주름진 얼굴에 묘한 경련이 일어났다. 정확히는 검정중원을 보기 위해 궁해를 제지하지 않았다는 말을 들은 직후였다.

그때 공태의 얼굴에는 무어라 형용하기 어려운 슬픔과 비통, 서운함과 납득의 여러 가지 표정이 다양하게 떠올라 있었다.

진산월은 검정중원을 보고 싶었다는 교리의 말에 담긴 의미를 잠시 생각하다가 다시 물었다.

"그걸 보지 못해 서운했겠구려?"

"아쉽지 않다면 거짓말이겠지. 하지만 대신에 또 다른 멋진 검초를 보았으니 여기까지 달려온 게 헛걸음만은 아니었소."

교리의 눈에 한 줄기 예리한 빛이 번뜩이고 지나갔다.

"유운검봉이라고 했던가? 그건 혹시 형산파의 육결검객을 상대할 때 사용했던 수법 아니오?"

진산월은 내심 놀라움을 금치 못했다.

무당산에서 벌어진 형산파와의 대결에서 마지막 순간에 그가 고진의 무시무시한 검법에 맞서기 위해 펼쳤던 것은 유운삼십이봉이었다. 당시 고진의 검법은 진산월로서도 처음 겪어 보는 가공할 위력을 지닌 것이어서 검정중원으로 상대하는 것 외에는 달리 방법이 없어 보였다.

하나 진산월이 선택한 것은 검정중원이 아닌 유운검법의 절초인 유운검봉이었고, 무려 서른두 개에 달하는 검봉이 하나로 합쳐져 고진의 정체 모를 검법을 격파했던 것이다.

당시 장내에 있던 많은 고수들은 그 광경에 압도되어 한동안 진산월이 사용한 검법을 놓고 여러 말들을 떠들어 댔으나, 누구도 진정한 내막을 알지 못해 신검무적에 대한 신화만 더욱 커지고 말았다.

이번에 진산월이 사용한 수법은 당시에 비해 더욱 발전한 것이어서, 아예 서른두 개 검봉의 형태가 처음부터 합해진 채로 발현되었다. 검봉들이 합쳐지는 과정이 생략되어 그 속도가 더욱 빨라졌을 뿐 아니라 그 위력 또한 처음과는 비교도 할 수 없을 정도로 강력해져 있었다.

진산월은 겉으로 보아서는 누구도 같은 검법이라는 것을 알 수 없으리라고 생각했었는데, 교리가 한눈에 두 검법의 연원이 같은 것임을 알아보았으니 놀라지 않을 수 없었던 것이다.

"무당산에 있었던 모양이구려."

"동행했던 일행 덕에 전설의 악산대전을 실제로 구경할 수 있었소. 정말 눈이 호강했던 즐거운 시간이었소."

진산월은 교리와 동행했다는 인물이 누구인지 잠깐 생각해 보다가 다시 입을 열었다.

"당시와 지금의 검은 많이 달라졌다고 생각했는데, 한눈에 알아보아서 상당히 놀랐소. 어떻게 알아봤는지 말해 줄 수 있겠소?"

진산월의 솔직한 물음에 교리는 희미하게 웃었다.

"운이 좋았다고 하면 안 믿을 테고…… 내 눈이 상당히 좋은 편이오."

진산월은 교리의 눈을 가만히 응시하고 있다가 고개를 끄덕였다.

"좋은 눈을 가진 건 무림인으로서 축복받은 일이지. 본 소감이 어떻소?"

교리는 주저하지 않고 대답했다.

"악산대전 당시에는 서른두 개의 검광이 하나로 합쳐진 것 같았소. 위력은 패도무쌍(覇道無雙)했으나, 고진이 조금만 더 싸움에 능숙했다면 검광들이 합쳐지는 순간을 노렸을 거요. 다시 말해서 당시의 검은 최고의 절학이긴 했으나, 약점이 없다고는 할 수 없었소."

진산월은 부인하지 않았다.

"확실히 그런 점이 있긴 했었소."

"그런데 오늘의 검은 그러한 약점이 완벽히 보완되어 있었소. 똑같은 검로에 똑같은 방식으로 펼쳐지지 않았다면 나도 그 검이 악산대전 당시와 같은 검이라는 것을 알아차리지 못했을 거요. 그만큼 오늘의 검은 완벽한 것이었소."

"과분한 칭찬이오. 나는 아직 내 검이 완벽하다고는 생각지 않소."

교리의 얼굴에 떠올라 있는 미소가 조금 더 짙어졌다.

"물론 사람인 이상 완벽할 수는 없겠지. 내가 말한 것은 유운검봉이라는 검초로서는 완벽했다는 뜻이오. 다시 말해서 당신의 유운검봉은 극(極)에 달해 있으며, 더 이상의 유운검봉은 없을 거라는 의미요."

"더 이상의 유운검봉은 없다라······."

진산월은 나직하게 교리의 말을 되짚어 보았다.

생각하기에 따라서는 여러 가지 의미를 지닌 말이었다.

유운검봉이라는 초식 자체는 완벽했으나 검법 전체를 놓고 볼 때는 아직 완벽하지 않다는 것일 수도 있고, 유운검봉이 극에 달해 있으니 진산월의 어떤 무공도 그보다는 못할 거라는 뜻일 수도 있었다. 아니면 유운검봉이 완벽한 만큼 진산월의 검법 또한 완벽에 가깝다는 말일지도 몰랐다.

교리는 생각에 잠겨 있는 진산월을 보며 다시 입을 열었다.

"복잡하게 생각할 것 없소. 내 말은 말 그대로의 의미이니까.

그보다 악산대전 당시 상대했던 고진의 검법은 어떠했는지 말해 줄 수 있소?"

진산월은 잠시 그때의 일을 떠올려 보았다.

"그때 고진은 두 개의 검법을 사용했소. 처음의 검법은 무척 빠르고 살인적인 위력을 지닌 것이었소. 변화는 조금 단순했으나, 형산파의 무공답지 않게 강맹하고 파괴적인 검법이었소."

"그것은 형산파의 최고 검법인 연혼팔검이었소."

"나도 그러지 않을까 생각했었소. 그런데 당신이 중원의 무공에 대해 그렇게 잘 알고 있을 줄은 몰랐구려."

진산월이 다소 의아한 눈으로 쳐다보자 교리는 이를 살짝 드러내며 웃었다.

"당시 동행했던 자가 중원무공에 대해 아주 해박해서 그의 덕을 좀 보았소. 연혼팔검이란 것도 그자가 말해 주지 않았다면 몰랐을 거요."

진산월은 다시 한번 교리가 동행했다는 그 인물이 누구인지 궁금해졌다.

형산파의 연혼팔검은 형산파 최고 검법답게 강호 무림에 좀처럼 등장한 적이 없었다. 형산파의 오결검객들 자체가 워낙 강호에 모습을 드러내지 않을 뿐 아니라, 연혼팔검은 오결검객 중에서도 극소수의 인물들만이 익히고 있을 뿐이어서 무림인들 중 실제로 그런 검법이 있다는 것을 아는 사람들조차 그리 많지 않았다.

진산월도 과거의 기록으로 형산파에 그런 검법이 존재한다는 것은 알았지만 그 실체는 본 적이 없었기에 당시에 직접 상대하면서도 반신반의했을 뿐, 그 검법이 연혼팔검이라는 확신은 없었다.

그런데 중원의 인물도 아닌 교리가 연혼팔검을 알아보았으니 교리에게 그 사실을 말해 준 그의 동행에 대해 호기심을 갖지 않을 수 없었다.

대체 어떤 인물이기에 교리와 동행을 할 수 있었으며, 강호에 좀처럼 모습을 드러내지 않았던 연혼팔검을 단번에 알아보았을까?

진산월은 눈을 빛내고 물었다.

"대단한 동행을 두었구려. 그가 누구인지 말해 줄 수 있소?"

교리는 순순히 대답해 주었다.

"귀호라는 인물이오."

"그 또한 처음 듣는 이름이군. 그의 본명이 무언지도 말해 줄 수 있겠소?"

"우리는 서로 동행하긴 했지만 이름을 물어볼 정도로 친한 사이가 아니라서 말이오."

"그럼 이름도 모르는 자와 동행을 했단 말이오?"

"처음부터 서로 피곤하게 이름 같은 건 물어보지 않기로 약조했소. 덕분에 짧은 기간이었지만 제법 편하게 함께 다닐 수 있었지."

진산월은 내심 침음하지 않을 수 없었다. 교리가 그런 일로 거짓을 말할 사람은 아니었으니, 귀호라는 자에 대해서는 더 이상 알아낼 수 없다는 걸 알아차린 것이다.

교리가 귀호의 이름에 신경을 쓰지 않은 것은 아마도 귀호의 진실한 정체가 무엇인지 짐작하고 있기 때문이었을 것이다. 그렇다면 귀호 또한 교리가 누구인지 알고 있는 것은 아니었을까?

강호의 무공에 대해 해박하고 교리와 같은 인물과 동행할 정도의 능력을 지닌 귀호는 과연 누구일까?

진산월은 새삼 귀호라는 정체불명의 인물에 대한 호기심이 일었으나, 그때 교리의 물음이 들려왔다.

"고진의 두 번째 검법은 어떠했소?"

진산월의 눈썹이 자신도 모르게 살짝 찌푸려졌다.

고진이 마지막에 사용했던 검법을 떠올리자, 당시의 섬뜩했던 기억들이 되살아난 것이다.

그는 비록 유운검봉으로 고진에게서 승리를 거두었지만, 그 차이는 그야말로 실낱과도 같아서 승패가 뒤바뀌었더라도 이상하지 않을 정도였다.

고진의 검은 '검해(劍海)'라는 말이 어울릴 정도로 압도적인 것이었다. 진산월 또한 처음 그의 검에 노출되었을 때는 망망대해에 홀로 떠 있는 듯한 아득함을 느껴야 했다. 결정적인 순간에 고진의 그 거대한 검세 속에 보였던 아주 희미한 틈을 발견하지 못했다면 어쩌면 전혀 다른 결과를 맞이했을지도 몰랐다.

진산월은 잠시 생각에 잠겨 있다가 이내 낮게 가라앉은 목소리로 말했다.

"고진이 마지막에 사용했던 검법은 그 전의 검법과는 전혀 다른 것이었소. 거대하다는 말밖에는 달리 표현할 길이 없는 아주 독특한 검법이었소."

"마치 바다를 대하는 듯한 막막함을 느꼈겠구려."

교리의 말이 마치 자신의 속을 꿰뚫어 본 듯 예리했기에 진산월은 무심결에 고개를 끄덕였다.

"그렇소. 정말 거대한 바다가 꿈틀거리는 듯한…… 하나가 아닌 두 개의 각기 다른 바다가 다가오는 것 같았소."

"그 각기 다른 바다는 사납고 무서웠지만, 두 개의 바다가 서로 완벽하게 융합하지 못했겠구려. 당신은 그 속에서 두 바다 사이의 허점을 발견했을 테고."

진산월은 입을 다물고 교리의 얼굴을 응시했다.

대수롭지 않은 듯 담담한 표정을 짓고 있는 교리의 얼굴은 평범해 보였으나, 진산월은 눈도 깜박이지 않고 그를 쳐다보고 있다가 조용한 음성으로 물었다.

"고진이 사용한 검법이 무엇인지 알고 있소?"

"정확히는 모르오. 하지만 그 연원이 무엇인지는 알고 있소."

"그게 무엇이오?"

"대라삼검(大羅三劍)이오."

"대라삼검?"

진산월은 기억을 되살려 보았으나 처음 듣는 무공이었다.

"대라삼검은 모두 세 개의 초식으로 이루어졌는데, 그중 대라궁해(大羅穹海)라는 초식이 있소. 고진은 우연히 대라궁해의 절반이 적힌 비급을 얻고 그것을 수련해 왔던 거요."

진산월로서는 되묻지 않을 수 없었다.

"고진의 마지막 검법이 대라궁해의 절반에 불과하단 말이오?"

"대라삼검은 내가 알고 있는 최고의 검법이오. 고진은 비록 수십 년간 고련했으나, 대라궁해의 절반밖에 얻지 못했소. 그는 나머지 절반을 자신이 스스로 보완해서 결국 하나의 무공으로 완성한 거요."

그제야 진산월은 고진의 검법이 왜 두 개의 부분으로 나뉘었고, 그 사이에 미묘한 허점이 존재했는지를 알 수 있었다. 그중 하나의 바다는 대라궁해의 절반이었고, 나머지 바다는 고진이 창안한 검초였던 것이다.

교리는 무심한 표정으로 말을 계속했다.

"만약 고진이 대라궁해를 완성했다면 그가 펼친 두 개의 바다는 하나가 되었을 테고, 그 사이에 허점 같은 건 존재하지 않았을 거요."

진산월은 교리의 말대로 고진의 대라궁해가 완전한 것이었다면 어떠했을까를 생각해 보았다.

고진이 펼친 검에서 찾아낸 희미한 틈은 그의 검초가 완벽하지 않았기에 발생한 것이었다. 만약 그러한 틈이 없었다면 당시에는 완벽하지 않았던 유운검봉만으로 고진의 검을 꺾지 못했을 수도 있었다.

진산월은 교리를 향해 물었다.

"당신은 어떻게 그 사실을 알고 있소? 그것도 귀호라는 인물이 알려 준 거요?"

교리는 고개를 내저었다.

"그건 나만의 비밀이라고 해 둡시다. 내가 당신에게 굳이 이 이야기를 꺼낸 것은 한 가지 알려 줄 게 있기 때문이오."

"그게 무엇이오?"

의미를 알 수 없을 정도로 담담하기만 했던 교리의 두 눈에 처음으로 기광이 번뜩거렸다.

"고진의 대라궁해는 비록 반쪽짜리에 불과했으나, 완성된 대라궁해를 익히고 있는 사람이 있소."

진산월은 황급히 물었다.

"그가 누구요?"

"당신도 한 번 만난 적이 있소. 그자는……."

교리의 말이 끝나기도 전에 진산월은 문득 떠오른 이름 하나를 중얼거리듯 내뱉었다.

"조익현."

교리는 단호한 표정으로 고개를 끄덕였다.

"바로 그요."

대라삼검이란 말을 들었을 때부터 진산월은 왠지 가슴 한구석이 두근거리고 있었다.

교리 같은 인물이 스스로의 입으로 자신이 알고 있는 최고의 검법이라고 할 정도의 무공이라면 대체 어떠한 것일까? 진정 그러한 무공이 있다면 어떤 식으로든 강호에 알려지지 않을 리가 없었다.

그래서 막상 교리의 입에서 조익현이라는 이름이 나왔을 때 진산월의 마음은 오히려 담담해질 수 있었다. 그의 뇌리에 한 가지 떠오르는 생각이 있었던 것이다.

교리가 최고의 검법이라고 인정한 삼 초의 검법!

그리고 종남파 사상 최고의 고수였던 검선 매종도가 남긴 세 개의 취와미인상!

전혀 다른 두 무공이 왠지 유사하다고 느낀 것은 진산월의 착각일 뿐일까?

대라삼검은 그중 한 초식의 절반만으로도 당대 제일검객인 진산월로 하여금 전력을 기울이지 않을 수 없게 만들었다. 또한 취와미인상은 하나하나에 담긴 비밀을 풀기 위해 조익현과 석동 같은 무공의 절대천재들이 수십 년의 세월을 바쳐야만 했다.

두 무공의 연관성에 대해 조익현이라는 공통점이 없더라도 진산월로서는 충분히 의심해 볼 만한 일이었다. 하물며 대라삼검의 한 초식인 대라궁해를 조익현이 완벽하게 익히고 있다면 그것은 단순한 의심이나 착각이 아닐지도 몰랐다.

그래서 진산월이 교리에게 다음과 같은 질문을 던진 것은 어찌 보면 너무도 당연한 수순이었다.

"대라삼검의 다른 두 초식에 대해서도 말해 줄 수 있겠소?"

교리의 대답에는 주저함이 없었다.

"다른 한 초식은 대라장천(大羅長天)이라는 것이오. 마치 끝없이 펼쳐진 하늘을 보듯 호탕하기 그지없는 초식이오. 빠르고 주저함이 없는 강맹함을 가지고 있지."

그 이름 또한 진산월로서는 처음 들어 보는 것이었다. 그 초식에 대한 교리의 설명도 곱씹어 볼 구석이 있는 묘한 것이었다.

"마지막 초식은 어떤 거요?"

지금까지 진산월의 물음에 순순히 대답하던 교리가 이번에는 어찌 된 일인지 멋쩍은 미소를 흘리며 고개를 저었다.

"마지막 한 초식의 이름은 나도 모르오."

진산월이 그의 의중을 파악하려는 듯 그의 눈을 빤히 쳐다보았으나 교리의 눈빛은 조금도 흔들리지 않았다.

"아직은 아무도 익힌 사람이 없으니 그 초식에 대해서는 밝혀진 것도 없소."

진산월은 교리의 말이 언뜻 이해가 되지 않았다.

"익힌 사람이 없다고 해도 초식의 이름은 있을 게 아니오?"

"대라삼검의 초식들은 처음 익힌 자가 이름을 붙일 자격을 가지고 있소. 대라궁해도 그랬고, 대라장천도 마찬가지요. 세 번째 초식은 아직 아무도 익히지 않았으니 당연히 이름을 붙일 수 없었던 거요."

진산월은 퍼뜩 한 가지 생각이 떠올랐다.

"그렇다면 혹시 대라삼검이란 이름도 원래 있었던 것이 아니라……."

교리는 고개를 끄덕였다.

"그렇소. 제일 처음 세 초식 중 하나를 익혔던 조익현이 붙인 것이오. 그 전에는 아무런 이름도 없었지. 조익현은 첫 번째 초식을 완성하고 대라궁해라 이름 지었고, 세 초식을 아울러 대라삼검이라 불렀소. 두 번째 초식을 완성한 사람 또한 그의 방식을 따라 자신이 완성한 초식에 대라장천이라는 명칭을 붙인 것이오."

"……."

"세 번째 초식은 아직 익힌 사람이 없으니 자연히 이름이 없을 수밖에 없었던 거요. 하지만 머지않아 그 초식에도 이름이 붙게 될 것 같소."

"누군가가 그 초식을 익히고 있단 말이오?"

진산월의 물음에 교리는 묘한 빛을 띤 시선으로 진산월을 쳐다보았다.

"얼마 전에 조익현이 세 번째 초식의 비밀을 풀 수 있는 열쇠를 얻었다고 하더군."

'열쇠'라는 말은 상징적인 의미였지만, 그 말을 듣는 순간 진산월의 뇌리에 봉황금시가 떠오른 것은 단순히 우연만은 아니었을 것이다.

굳게 잠긴 천룡궤를 열 수 있는 단 하나의 열쇠, 봉황금시!

천룡궤에는 조익현과 석동이 얻지 못했던 마지막 취와미인상이 담겨 있었다. 그리고 자신은 얼마 전에 강일비에게 봉황금시를 넘겨주었지 않은가?

강일비에게 건네진 봉황금시의 최종 목적지는 과연 어디였을까?

그동안 그의 머릿속을 이리저리 떠돌아다녔던 많은 생각의 단편들이 조각을 맞춘 듯 하나씩 짜맞추어지더니 이내 하나의 결론에 도달하게 되었다.

진산월은 여느 때보다 조용한 음성으로 물었다.

"조익현이 얻었다는 세 번째 초식은 혹시 하나의 미인상에 새겨져 있는 것이 아니오?"

교리는 말없이 진산월을 응시하고 있었다. 진산월의 말이 자신의 대답을 바라고 한 것이 아님을 알고 있기 때문이었다.

진산월은 그의 대답을 기다리지 않고 재차 질문을 던졌다.

"대라삼검의 두 번째 초식인 대라장천을 익힌 자의 이름은 혹시 석동이 아니오? 조익현과 석동이 익힌 대라삼검이란 혹시 세 개의 미인상에 새겨진 무공을 이르는 말이 아니오?"

교리는 여전히 말이 없었다.

진산월은 입을 굳게 다물고 있는 교리를 한동안 바라보다가 다시 질문을 던졌다.

"그 세 개의 취와미인상이 본 파의 사조인 태을검선의 유진(遺眞)이었다는 것은 알고 있소?"

교리는 담담한 표정으로 고개를 끄덕였다.

"그러지 않을까 짐작하고 있었소."

진산월의 눈은 그 어느 때보다 강렬한 빛을 번뜩인 채 교리의 얼굴에 고정되어 있었다.

"지난 백 년간 조익현과 석동 두 사람이 본 파에서 파생된 무공을 두고 강호의 보이지 않는 곳에서 암투를 벌여 온 것에 대해 어떻게 생각하시오?"

언뜻 교리의 무심한 얼굴에 엷은 미소가 떠올랐다.

"우스운 일이지."

"그건 무슨 의미요?"

교리는 희미하게 웃었으나, 그의 두 눈은 차갑게 가라앉아 있었다.

"말 그대로의 의미요. 그들 두 늙은이들은 대라삼검만 얻으면 세상을 모두 자기 것으로 만들 수 있다는 생각하에 백 년 동안 추악한 싸움을 일삼아 왔소. 하지만 생각해 보시오. 대라삼검이 정녕 태을검선이 남긴 비학(秘學)이라면 그건 이미 이백 년 전에 만들어진 무공이란 뜻이오.”

그의 음성은 평소와 다름없었으나, 진산월에게는 어느 음성보다 뜨겁고 격정적인 열기가 담겨 있는 것처럼 느껴졌다.

“이미 이백 년이나 지난 무공을 얻기 위해서 그들은 중원은 물론 서장까지 발칵 뒤집어 놓았고, 수많은 피를 강산(江山)에 흘리게 만들었소. 이백 년 전에 만들어진 낡은 무공 하나를 얻기 위해서!”

침착하면서도 차분한, 그렇기 때문에 오히려 그 안에 담긴 격정과 분노를 느낄 수 있는 그러한 음성이었다.

진산월은 태을검선의 비학이 이백 년이나 지난 낡은 무공이라는 교리의 말에는 동의하지 않았다. 그 비학을 얻기 위해서 종남파의 많은 고수들이 흘린 땀과 눈물을 잊지 않았기 때문이다.

하나 그 무공 하나를 얻기 위해서 너무 많은 피를 흘렸다는 부분에는 공감하지 않을 수 없었다.

서장 무림과 중원 무림의 세 번에 걸친 치열한 싸움도 그 배후를 따져 보면 결국 그 바탕에는 조익현과 석동의 대립이 깔려 있었다. 그리고 그 대립의 여파는 지금까지도 천하를 뒤흔들고 있었다.

진산월로서는 단 두 사람의 행보 때문에 강호 무림이 백 년간이나 크고 작은 소란에 휩쓸렸다는 것에 거부감을 가지지 않을 수 없었다. 종남파는 어찌 보면 그 소란의 가장 큰 피해자들이 아니겠는가?

교리의 생각도 그와 크게 다르지 않은 것 같았다.

"이제는 그들의 그러한 행태를 제지할 때가 되었소. 당신은 어떻소?"

진산월은 지금까지 교리가 조익현의 지시를 받거나 행동을 같이하는 것이 아닐까 의심했었는데, 이제 비로소 교리와 조익현은 서로 다른 길을 가고 있다는 확신이 들었다. 그렇기에 교리의 물음에 주저하지 않고 고개를 끄덕였다.

"나도 그렇게 생각하오."

교리의 무심한 눈에 평소와는 다른 기광이 빛나고 있었다.

"그래서 한 가지 제안을 하려 하오."

"무엇이오?"

"조익현과 석동은 어느 한 사람이 제어할 수 없는 자들이오. 하지만 우리라면 그들 중 한 사람은 가능하지. 내가 조익현을 맡겠소. 당신이 석동을 맡아 주시오."

진산월은 뜻밖의 제안에 안광을 번뜩였다.

"맡는다는 게 정확히 무슨 뜻이오?"

"더 이상 그들로 하여금 이전과 같은 행세를 할 수 없게 만든다는 말이오. 어떤 식으로든."

진산월은 잠시 생각하다가 물었다.

"왜 조익현을 맡으려 하오?"

조익현은 대라삼검의 초식 중 두 개를 얻었으니, 석동에 비해 한발 앞서 나갔다고 할 수 있었다. 둘 중 상대하기 더 까다로울 게 뻔한 조익현을 교리가 맡겠다고 하니 진산월로서는 의구심을 느낄 수밖에 없었다.

교리의 대답은 분명했다.

"조익현에 대해 당신보다는 내가 더 잘 알고 있기 때문이오."

"그가 대라삼검의 초식을 두 개나 익혔는데도 말이오?"

언뜻 교리의 얼굴에 의미를 알기 어려운 미소가 떠올랐다.

"두 개가 아니라 세 개라 해도 마찬가지요."

"세 개라니?"

"조익현이 지금 어디에 있는지 잊지 마시오."

그 말에 진산월은 퍼뜩 떠오르는 생각이 있었다.

조익현은 모용단죽으로 변신한 채 구궁보에 머물러 있다.

그리고 구궁보에는 조익현이 익히지 못한 취와미인상의 절초 한 가지를 알고 있는 존재가 있었다.

바로 모용봉이다.

아직까지 모용봉은 조익현의 수중에 떨어지지 않고 독자적인 움직임을 보이고 있으나, 언제까지고 그런 상황이 유지되리라는 보장은 없었다.

교리의 다음 말이 그런 의구심을 더하게 했다.

"모용봉이 제아무리 천하에 다시없는 기재라 해도 조익현이라면 무슨 수를 써서라도 그가 가지고 있는 취와미인상을 얻어 내려 할 거요. 그가 모용단죽도 없는 구궁보를 떠나지 않고 있는 이유도 바로 그것이오."

만약 조익현이 모용봉이 가지고 있는 취와미인상마저 얻게 된다면 세 개의 취와미인상을 모두 소지하게 되는 셈이다. 조익현의 능력으로 보아 취와미인상에 새겨진 비학을 푸는 것은 충분히 가능한 일이라고 할 수 있었다.

그렇다면 결국 매종도의 비학은 조익현의 손에 들어가게 되는 것이 아닌가?

그럼에도 교리는 자신이 조익현을 맡겠다고 말하고 있다.

과연 교리는 대라삼검을 모두 완성한 조익현을 꺾을 자신이 있는 것일까? 아니면 나름대로 조익현을 상대할 비책(祕策)을 가지고 있는 것일까?

교리는 복잡한 생각에 잠겨 있는 진산월을 가만히 응시하고 있다가 다시 음성을 내뱉었다.

"그리고 석동을 상대하기에는 나보다는 당신이 더 적당하오."

"왜 그렇소?"

되묻는 진산월의 음성에 교리는 주저하지 않고 대답했다.

"석동을 찾는 것에는 나보다는 당신이 더 수월하기 때문이오."

"나도 그의 행방은 모르오."

"하지만 당신은 천봉궁과 상당한 친분이 있소."

진산월은 퍼뜩 놀라 물었다.

"석동이 천봉궁에 있단 말이오?"

"석동은 과거 조익현에 당한 부상 때문에 열흘에 한 번 음공(陰功)의 고수에게 치료를 받아야 하오. 그리고 천봉궁에는 음공에 관한 한 강호 무림 최고의 고수가 있지. 그래서 석동은 그에게서 열흘 이내의 거리에 항상 붙어 있어야 하오."

"그가 누구요?"

교리의 대답은 진산월의 예상을 크게 벗어나지 않는 것이었다.

"백모란."

백모란은 석동의 연인이었고, 천봉궁의 창시자였으며, 칠음진기를 익힌 절세고수이기도 했다.

칠음진기는 천하의 신공이지만, 태음신맥을 지닌 여인만이 절정에 오를 수 있는 치명적인 약점이 있었다.

칠음진기에 대한 비밀을 이야기해 주던 강일비는 비선 조심향 이후에 칠음진기를 완성한 사람이 한 명 있다고 말했다. 강일비는 비록 그 사람의 정체에 대해 아무런 말도 하지 않았으나, 진산월은 후에 모용단죽에게서 경성홍안 백모란이 칠음진기의 주인임을 전해 듣게 되었다.

석동이 백모란과 함께 있다는 교리의 말은 새삼스러울 게 없어 보였다.

하나 석동이 부상 치료 때문에 백모란의 곁에서 열흘 거리 내에 있어야 한다는 말은 시사하는 바가 적지 않았다. 그것은 곧 백모란을 만나기만 하면 석동을 찾는 것은 어렵지 않다는 뜻이기 때문이었다.

그리고 백모란은 음양쌍반진을 완성하기 위해서라도 반드시 진산월을 만나려 할 것이다. 굳이 진산월이 찾지 않더라도 그녀가 먼저 진산월을 찾아올 것이다.

그렇게 본다면 진산월이 석동을 만나는 것은 필연에 가까운 일이라고 할 수 있었다.

교리는 이 모든 일들을 예측하고 진산월에게 석동을 맡아 달라고 한 것일까?

만약 석동을 만난다면 진산월은 과연 어떠한 행동을 취해야 하는 것일까?

어떻게 해야만 석동을 맡았다고 할 수 있을까?

교리는 더 이상 예전과 같은 행세를 하지 못하도록 막아야 한다고 했는데, 석동 같은 인물을 물리적인 충돌 없이 막을 수 있을 것인가?

만일 석동과 검을 겨뤄야 하는 상황이 온다면 그를 상대로 승리를 거둘 수 있을 것인가?

여러 가지 생각이 두서없이 진산월의 머릿속을 어지럽히고 지나갔다.

하나 어찌 되었건 결론은 하나였다.

교리의 말대로 조익현과 석동이 더 이상 강호를 제멋대로 휘두를 수 없도록 막아야 한다는 것이다. 그것이 지난 세월 그들로 인해 크나큰 고통을 받아 온 강호인들과 종남파를 위한 최선의 길이 될 것이다.

교리는 진산월의 표정만 보아도 그의 마음을 짐작했는지 확신에 찬 눈빛으로 입을 열었다.

"조익현과 석동을 막는 일이 쉽지는 않을 거요. 하지만 그들만 제어할 수 있다면 앞으로의 강호는 지금까지와는 다른 세계가 펼쳐지게 될 거요."

"어떤 세계 말이오?"

교리는 진산월을 향해 웃었다. 의미를 알기 힘든 묘한 미소였다.

"그건 그때 가서 직접 확인해 보면 될 거요."

"조익현과 석동이 없어지는 것으로 강호의 모든 일이 원만하게 해결될 거라고 생각하오?"

교리는 하얀 이를 드러내며 웃었다.

"그럴 리가. 나는 세상이 그렇게 만만하게 굴러간다고 믿을 만큼 순진한 사람이 아니오."

"그렇다면 그들이 사라진 후에는 어떻게 될 거라고 생각하는 거요?"

교리의 얼굴에 떠올라 있던 미소가 조금씩 사라지며 평소와는 다른 삼엄한 빛이 어른거리기 시작했다. 그와 함께 말로 형용하기 어려운 위압감이 그의 전신에서 흘러나왔다.

"당연히 당신과 내가 자웅을 겨루어야겠지. 한 산에 두 마리의 호랑이는 필요치 않으니까."

진산월은 가슴이 답답할 정도로 무거운 압박감을 느끼면서도 담담한 눈으로 교리를 응시하고 있다가 조용한 음성으로 물었다.

"그렇게 된다면 우리가 조익현이나 석동과 하등 다를 바가 없는 게 아니겠소?"

교리는 주저 없이 고개를 가로저었다.

"분명히 다르오."

"무엇이 말이오?"

"그들은 백 년 동안 승패를 가리지 못하고 끝없이 싸웠지만, 우리는 단 한 번만으로 확실하게 판가름이 날 거요."

"나를 이길 자신이 있단 말이오?"

"누가 이길지를 어떻게 알겠소? 다만 내가 이기든 당신이 이기든 단 한 번의 승부만으로 분명하게 결정이 될 거라는 건 자신 있게 말할 수 있소."

진산월은 교리가 단 한 번의 승부를 강조하는 이유를 알지 못했다. 하나 지금 그가 하는 말이 단순한 허언이나 농담이 아니라 그의 확신이 담긴 진담이라는 건 알 수 있었다. 교리의 표정만 보아도 누구라도 쉽게 짐작할 수 있을 것이다.

'그가 이렇게까지 한 번의 승부로 우리 사이에 분명한 우열이 판가름 난다고 확신하는 이유는 무엇일까?'

단 한 번의 승부!

진산월은 교리가 내뱉은 그 말이 좀처럼 뇌리에서 떠나지 않았다.

교리의 말이 이어졌다.

"그래서 그때까지는 서로 간에 더 이상의 충돌은 자제했으면 하오."

진산월은 문득 주위를 둘러보았다.

이정문을 비롯한 성숙해의 인물들과 위태심 등 흑갈방의 인물들은 일정한 거리를 둔 채 대치해 있는 상태였다. 그들의 눈과 귀는 진산월과 교리에 집중되어 두 사람의 말 한 마디 한 마디에 촉각을 곤두세우고 있는 모습이었다.

탁세호만이 그들 중 어느 곳에도 속하지 못한 채 한쪽에 엉거

주춤한 자세로 서 있었는데, 부상당한 양손에서 치밀어 오는 고통 때문인지 얼굴이 살짝 찌푸려져 있었다.

진산월은 위태심을 마지막으로 시선을 거두어들여 다시 교리를 쳐다보았다.

"오늘 일을 여기서 마무리 짓자는 거요?"

"싸우는 것도 시기가 있소. 지금은 이미 싸울 시기를 놓쳐 버렸소. 게다가 쌍방 모두 기세가 꺾여 버렸지. 그러니 더 이상 쓸데없는 피를 흘릴 필요는 없지 않소?"

교리의 말이 아니더라도 장내의 상황은 조금 전처럼 살기가 충만하고 혈운이 감돌던 것과는 분위기가 완전히 달라져 버렸다.

죽은 사람도 천살 궁해뿐이고, 그 또한 진산월과의 정당한 승부에서 패한 결과일 뿐이었다.

진산월의 시선이 지선 공태를 향했다.

"공 대협의 생각은 다를 듯한데……."

"공 노인도 지금은 싸울 때가 아니라는 걸 알고 있을 거요. 그렇지 않소?"

교리가 돌아보며 묻자 공태는 딱딱하게 굳은 얼굴로 거의 알아차리기 힘들 만큼 살짝 고개를 끄덕였다.

위태심과 이정문 또한 반대하는 의견을 제시하지 않았다.

교리는 찬찬한 눈길로 장내를 한 바퀴 둘러보고는 아무도 거부하는 사람이 없자 덤덤한 음성으로 말했다.

"그럼 이제 남은 일은 한 가지뿐이로군."

"그게 무엇이오?"

"우리의 승부를 언제 벌이느냐 하는 것이오. 무작정 기한을 정하지 않고 내버려 두기에는 가는 세월이 너무 빠르지 않겠소?"

"언제가 좋을 것 같소?"

"마침 내게 적당한 날짜가 떠올랐소."

"그것이 언제요?"

교리는 진산월을 돌아보았다. 무심한 두 눈에 별다른 표정도 떠올라 있지 않은 평범한 모습이었으나, 진산월은 그에게서 활짝 웃는 듯한 느낌을 받았다.

"돌아오는 중추절에 나는 모용봉과의 결전을 약조했소. 하지만 모용봉은 이미 날개가 꺾여 내 적수가 되지 못하오."

"......"

"솔직히 중추절의 약속은 그의 약진을 기대하며 그에게 마지막 기회를 준 것이지만, 이미 그 의미를 상실한 상태요. 하지만 당신이라면 또 다른 의미가 될 수 있지. 그러니 그날이 가장 적당하지 않겠소?"

진산월은 묵묵히 교리를 쳐다보았다. 한동안 꼼짝도 않고 있던 진산월은 문득 침착한 음성으로 물었다.

"중추절의 약속은 이미 천하 무림에 널리 퍼져 있고, 모용봉은 지난 세월 동안 그 약속을 위해 많은 노력을 기울여 왔소. 그런데 그 약속이 일방적으로 깨어진다면 과연 모용봉이 그걸 납득하겠소?"

교리의 대답은 주저함이 없었다.

"납득할 거요."

"왜 그렇게 생각하오?"

언뜻 교리의 입가에 한 가닥 희미한 미소가 떠올랐다. 차갑고 비정한 가운데 강철 같은 의지가 담긴 서늘한 웃음이었다.

"조익현의 마수에서 자신을 해방시켜 주는 사람이 누구인지 모를 리 없을 테니까."

교리의 확신에 찬 음성을 듣자 진산월은 자신도 모르게 마음속의 질문을 입 밖으로 꺼낼 뻔했다.

'당신은 정말 조익현을 꺾을 자신이 있소?'

진산월과 교리의 중추절 약속을 위한 선결 과제는 조익현과 석동의 제거였다.

교리는 그것을 위해 반드시 조익현을 없애려 할 것이다.

교리는 과연 이백 년 전의 천하제일고수였던 태을검선 매종도가 남긴 대라삼검을 모두 습득한 조익현을 상대로 승리를 거둘 자신이 있단 말인가?

그리고 자신은 석동을 감당할 자신이 있는가?

모용단죽의 스승이며, 조익현의 숙적이고, 또한 태을검선이 창안한 천양신공을 완벽하게 익혀 그 안에서 구양신공을 복원하기까지 한 절대의 천재를 이길 수 있겠는가?

만약 진산월이나 교리 둘 중 한 사람이라도 실패한다면 중추절의 약속이 무슨 의미가 있겠는가?

정말 많은 생각들이 머리를 어지럽혔다.

하나 교리가 다음과 같이 물었을 때, 진산월은 한 치의 망설임도 없이 대답했다.

"중추절의 약속을 승낙하겠소?"

"그렇소."

교리는 위태심을 비롯한 흑갈방의 고수들을 대동하고 떠나갔다.

특이한 건 흑갈방의 배반자인 탁세호도 그들과 함께했다는 것이었다. 엄밀히 말하면 탁세호는 교리에 의해 끌려간 셈이나 마찬가지였으나, 교리의 부름에 아무런 반항도 하지 않고 따라가는 탁세호의 모습은 어색함을 넘어 기이하기까지 했다.

양팔을 부상당한 몸으로 고개를 숙인 채 힘없이 걸음을 옮기는 탁세호의 모습은 혼천마군이라는 위명에 전혀 어울리지 않는 것이었다.

하나 장내의 누구도 탁세호가 감히 교리의 지시에 반항하지 못하는 장면을 어색하거나 이상하게 생각하지 않았다.

그도 그럴 것이 교리야말로 서장 무림의 정신적인 지주이며 사실상의 지배자인 야율척이었기 때문이다.

야율척이 평범한 신분으로 위장한 채 강호를 유랑하듯 떠돌아다녔다는 것은 놀라운 일이 아닐 수 없었다.

하나 진산월의 뇌리에는 그런 야율척과 한때나마 동행했다는 귀호라는 이름의 인물에 대한 의문이 더욱 강하게 남아 있었다.

그리고 그 의문은 예상치 못하게 풀리게 되었다.

제 364 장
기인귀호(奇人鬼狐)

제 364 장 기인귀호(奇人鬼狐)

그날 밤, 이정문이 은밀히 진산월을 찾아왔다.

"진 장문인을 뵙고자 하는 분이 계시오."

이정문의 얼굴은 평상시보다 한결 더 딱딱하게 굳어 있었다.

강퍅한 외모에도 여유를 잃지 않았던 이정문으로서는 드물게 보이는 경직된 모습이었다.

이정문은 야율척이 등장했을 때부터 표정이 좋지 못했는데, 특히 야율척의 입에서 귀호라는 이름이 나왔을 때는 입꼬리가 살짝 떨리기까지 했다.

당시에는 모든 사람들의 시선이 진산월과 야율척에게 집중되어 있었기에 아무도 그의 그런 모습을 알아차리지 못했으나, 진산월은 드문드문 장내의 사람들을 살피고 있었기에 이정문이 그런 흔들림을 어렵지 않게 알아볼 수 있었다.

진산월은 당시 이정문의 그런 모습을 예상치 못하게 등장한 야율척 때문이라고 생각했으나, 한편으로는 야율척이 거론한 귀호라는 인물이 어떤 식으로든 이정문과 연결되어 있는 것이 아닌가 하는 의구심을 갖기도 했다.

진산월은 이정문의 굳은 표정만으로도 자신을 만나고자 하는 사람이 상당히 중요한 인물임을 알고 흔쾌히 만남을 승낙했다.

"모시고 오시오."

이정문의 안내를 받으며 한 사람이 방 안으로 들어섰다.

들어온 사람은 머리를 대충 빗어 아무렇게나 넘긴 중년의 인물이었다. 얼굴은 제법 준수했으나, 외관에 별로 신경을 쓰지 않아 행색은 다소 남루해 보였다.

그럼에도 진산월은 그 중년인에게서 상당히 강렬한 인상을 받았다. 그것은 중년인의 두 눈이 이제껏 보지 못한, 한없이 절제되고 냉정하기 그지없는 것이었기 때문이다.

반면에 간혹 안광이 꿈틀거릴 때마다 더할 수 없는 총기와 영활함이 번뜩이고 있어 냉정함 못지않게 두뇌 또한 비상한 인물임을 어렵지 않게 알 수 있었다.

중년인이 눈짓을 하자 이정문은 고개를 숙여 두 사람에게 인사를 하고는 이내 방을 빠져나갔다. 이 또한 지금까지의 이정문에게서는 좀처럼 볼 수 없었던 신중하고 조심스러운 모습이었다.

"종남의 진산월이라 하오."

진산월이 인사를 하자 중년인은 담백하게 대꾸했다.

"밤늦게 불쑥 찾아와 미안하오. 나는 저 아이의 아비 되는 사람이오."

진산월은 이정문의 태도를 보고 혹시나 하는 생각은 가지고 있었지만 막상 그의 입을 통해 확실한 정체를 알게 되자 약간의 의아함을 느끼게 되었다.

이정문의 아버지라면 무림구봉의 일인이며 강호제일의 신비인이라는 번신봉황 이북해를 가리킨다. 이북해는 행적이 신비롭고 사람 자체가 한 마리 신룡(神龍)과도 같아서 진실한 정체를 아는 사람이 거의 없는 참으로 불가사의한 인물이었다.

강호제일의 정보 조직이라는 성숙해를 직접 만들었고, 신의 경지에 달한 변장술을 지녔으며, 강호의 누구보다 뛰어난 두뇌를 가진 그를 강호인들이라면 누구나가 한 번이라도 직접 만나기를 갈망하고 있었다. 하나 막상 그를 만났다거나 직접 보았다는 사람은 거의 없었다.

진산월조차도 그에 대한 소문만 익히 들었을 뿐, 실제로 만나본 적은 없었다.

그런 이북해가 야심한 밤에 아무런 언질도 없이 불쑥 찾아왔으니 진산월로서는 그의 의중을 알지 못해 의아함을 가질 수밖에 없었다.

"이제 보니 번신봉황 이 대협이셨구려. 고명한 명성은 익히 들어서 알고 있소. 뵙게 되어 반갑소."

진산월이 정중하게 포권을 하자 이북해의 얼굴에 한 줄기 고소가 떠올랐다.

"명성이라면 나보다 진 장문인이 몇 배나 더 높을 거요. 내 이름은 그저 단순한 허명에 불과할 뿐이니 너무 신경 쓰지 마시오."

확실히 당금 강호에서 가장 유명한 인물은 이북해가 아닌 신검무적 진산월이었다. 신검무적의 명성은 이미 무림구봉과 일령삼성을 넘어 오랫동안 천하 무림의 제일고수로 군림해 왔던 검성 모용단죽마저 능가하고 있었다.

게다가 이북해를 유명하게 한 것은 그가 누구도 정체를 알지 못하는 강호제일의 신비인이라는 점이었기에, 무림인들 사이에 퍼져 있는 인식이나 비중은 신검무적에 비할 바가 아니었다.

두 사람은 좌정하고 앉은 후 서로를 묵묵히 쳐다보았다. 진산월은 성숙해 같은 신비스러운 조직을 만든 이북해에 대한 호기심에서 그를 찬찬히 살피고 있었고, 이북해 또한 젊은 나이에 당금 강호의 제일고수로 떠오른 진산월에 대한 관심이 적지 않았기에 예리한 눈으로 그의 전신을 빠르게 훑고 있었다.

진산월은 문득 지금 자신이 보고 있는 이북해의 얼굴이 그의 진짜 얼굴인지 궁금한 생각이 들었다. 알려지기로는 이북해는 번신봉황이라는 별호 그대로 천변만화(千變萬化)하는 역용술을 지니고 있어 누구도 그의 진실한 얼굴을 알지 못한다고 하지 않았는가?

하나 아무리 살펴보아도 그의 얼굴에서 역용을 한 흔적이나 어색한 점을 찾을 수 없었다.

진산월이 자신의 얼굴을 뚫어지게 보고 있자 이북해는 그의 의중을 짐작했는지 엷은 미소를 지어 보였다.

"내 얼굴이 진짜인지 궁금하시오?"

진산월은 솔직하게 말했다.

"강호에 퍼진 이 대협에 관한 소문이 사실인지 알고 싶었소."

이북해는 목을 슬쩍 쳐들어 자신의 얼굴을 조금 더 앞으로 내밀었다.

"어떻소? 알아보겠소?"

"아무리 봐도 역용이나 분장을 한 것 같지는 않소."

이북해는 다시 원래의 자세로 되돌아가며 자신의 얼굴을 어루만졌다.

"이러면 어떻소?"

이북해가 손을 내리자 진산월의 눈이 크게 뜨였다. 어느새 이북해의 얼굴은 준수한 중년인에서 사납고 거칠게 생긴 흉한(兇漢)으로 변해 있었던 것이다.

단지 손을 얼굴에 댔다가 떼어 낸 것만으로 사람의 얼굴이 완전히 변해 버렸으니 좀처럼 놀라거나 당황하는 일이 없는 진산월조차도 당혹감을 느끼지 않을 수 없었던 것이다.

이북해는 다시 소맷자락으로 얼굴을 살짝 가렸다가 내렸다. 이번에는 비쩍 마르고 날카롭게 생긴 얼굴로 바뀌어 있었다.

이북해는 왼손을 이마에 대고 아래로 천천히 내렸다.

그러자 처음의 얼굴이 다시 모습을 드러냈다.

짧은 순간의 변화였으나 진산월로서는 눈으로 보고도 믿을 수 없는 경이로운 장면이 아닐 수 없었다.

"사실 이건 천변공(千變功)에 몇 가지 잔재주를 덧붙인 것일 뿐이오. 대단치 않은 손장난으로 진 장문인의 눈을 어지럽힌 것 같구려."

진산월은 아낌없는 찬사를 보냈다.

"아니오. 그동안 말로만 듣던 이 대협의 솜씨를 직접 보게 되니 소문이 오히려 못한 게 아닌가 하는 생각이 들 정도였소. 오늘 이 대협 덕분에 크게 안계를 넓히게 되었구려."

이북해의 역용술은 보기에 따라서는 그의 말대로 잔재주일 수도 있고, 사람들을 깜짝 놀라게 할 만한 신묘한 솜씨라고 할 수도 있었다. 하나 진산월 같은 절세의 고수조차 알아차리지 못할 정도로 변화무쌍한 것만으로도 능히 신공절학이라 부르기에 충분한 가치가 있었다.

이북해가 솜씨를 부린 덕분인지 장내의 분위기는 조금 전보다 한결 부드러워져 있었다.

"일전에 성숙해의 백양좌를 맡고 있는 위관 대협에게 신세를 진 일이 있었소. 늦게나마 당시의 일에 대한 고마움을 표하고 싶소."

진산월이 예전에 위관의 도움으로 흑갈방이 펼친 십방금쇄진을 벗어난 일에 대한 사례를 하자 이북해는 손을 내저었다.

"별말씀을. 나중에 위 노제에게 듣기로는 자신의 도움이 아니었더라도 진 장문인이 그들의 손을 벗어나는 일은 충분히 가능했다고 했소. 오히려 이번에 내 아들 녀석이 잔머리를 굴리다가 위기에 처할 뻔한 걸 구해 준 진 장문인의 노고에 내가 감사드려야겠소."

"이번 일은 이 공자가 나름대로 고심 끝에 만들어 낸 계책이었소. 나는 단지 약간의 손만 보탠 것이오. 뜻하지 않은 일로 이 공자의 계획이 어긋나게 되어 아쉬울 뿐이오."

화제가 오늘 일어난 일로 향하자 이북해의 냉정하게 가라앉은 눈에 한 줄기 기광이 번뜩였다.

"그렇지 않아도 그 때문에 급히 진 장문인을 만나려고 한 거요."

"오늘 만났던 인물 때문이오?"

"그렇소. 그가 누구인지는 진 장문인도 알고 있을 거요."

진산월은 주저하지 않고 고개를 끄덕였다.

"그렇소."

"사실 그와 진 장문인이 언젠가는 만나게 되리라는 것을 알고 있었소. 하지만 그 만남이 내 예상보다 너무 빠르고 갑작스러워서 나로서는 진 장문인을 찾아오지 않을 수 없었소."

중원 무림의 정보를 책임지고 있는 성숙해를 이끄는 이북해가 서장 무림의 우두머리인 야율척의 행적에 대해 관심을 갖는 것은 이상한 일이 아니었다. 또한 야율척이 중원의 최고 고수로 떠오르고 있는 진산월을 만나리라는 것은 충분히 예상 가능한 일이었다.

다만 왠지 진산월은 이북해의 말이 단순히 그런 것 때문만은 아닐 거라는 예상이 들었다.

진산월을 바라보는 이북해의 두 눈에는 여느 때보다 예리한 안광이 빛나고 있었다.

"진 장문인도 짐작했겠지만, 나는 오래전부터 야율척을 주시하고 있었소. 그는 단순히 서장 무림의 제일인자일 뿐 아니라 당금 강호의 운명을 바꿀 수도 있는 핵심적인 인물이라고 판단했기 때문이오."

이북해의 음성은 나직했으나, 울림이 좋고 말꼬리가 분명해서 귀에 선명하게 들려왔다.

"그래서 그가 중원에 들어왔을 때부터 그를 바짝 뒤쫓으며 그의 일거수일투족을 모두 관찰하고 있었소. 그러다 우연한 기회에 뜻하지 않게 그와 정면으로 마주치고 말았소."

진산월은 묵묵히 그의 말에 귀를 기울이고 있었다.

"엄밀히 말하면 너무 가까이 접근했다가 그에게 발각당한 것이라고 봐야겠지. 그런데 어찌 된 일인지 그는 화를 내거나 내게 손을 쓰려 하지 않고 먼저 동행을 제안했소. 나로서는 도저히 그의 제안을 거절할 수가 없었소."

진산월은 알겠다는 듯 담담한 음성으로 대꾸했다.

"귀호란 인물이 바로 이 대협이었구려."

이북해는 진산월의 표정을 살피며 고개를 끄덕였다.

"그렇소. 진 장문인이 별로 놀라지 않는 것을 보니 이미 짐작하고 있었던 모양이구려."

"그동안은 여러 가지 상황으로 막연히 의심만 하고 있었는데, 오늘 이 대협이 나를 찾아온 것을 보고 혹시 이 대협이 귀호 본인이 아닐까 추측했을 뿐이오."

이북해는 전혀 표정의 흔들림이 없는 진산월의 모습을 보고 새삼 그에 대한 이정문의 평가가 떠올랐다.

─그의 가장 무서운 점은 어떠한 상황에서도 냉정을 잃지 않고 사태를 정확하게 판단한다는 것입니다. 저는 모든 무림인들이 두

려워하는 그의 검보다는 그의 이러한 점이 더욱 두렵습니다.

그 말을 할 때의 이정문의 얼굴은 평소의 그답지 않게 진지하기 이를 데 없었다.

이북해는 오랜 세월 동안 이정문을 가까이에서 지켜보았기 때문에 그가 남에 대한 평가에 무척 박하다는 것을 잘 알고 있었다. 특히 자기 자신에 대한 자신감 때문인지 비슷한 나이의 인물에 대해서는 더욱 혹독한 평가를 내리기 일쑤였다.

그런 이정문의 입에서 누군가가 두렵다는 말이 나온 것은 그때가 처음이었다.

이북해는 진산월에 대한 여러 가지 말을 들어 왔지만, 이정문의 그러한 평가를 듣고 나서야 비로소 그가 어떤 사람인지 어렴풋이나마 짐작할 수 있었다.

그리고 직접 만나 본 진산월은 그의 예상을 뛰어넘는 인물이었다.

자신의 정체를 밝히면 아무리 침착한 진산월이라도 놀라지 않을 수 없으리라고 생각했었는데, 진산월은 전혀 평정을 잃지 않았을 뿐 아니라 이미 그의 정체를 어느 정도 파악하고 있었다. 그럼에도 추호의 내색조차 하지 않았으니, 이북해로서는 그의 침착함과 뛰어난 심기에 감탄하지 않을 수 없었다.

"내가 그와 동행한 것은 대략 삼 개월 정도 되었는데, 그의 행적을 따라다니다 문득 한 가지 사실을 알게 되었소."

"그게 무엇이오?"

"그의 행적이 진 장문인의 그것과 상당 부분 일치한다는 것이오."

이북해의 말에 진산월은 고개를 갸웃거렸다.

"행적이 일치하다니? 그게 무슨 말이오?"

"우리는 하북성 형태(刑台)에서부터 함께 움직였는데, 첫 목적지가 바로 구궁보가 있는 구화산이었소. 명목은 모용봉의 생일연을 보기 위한 것이어서 이때만 해도 나는 별다른 의심을 하지 않았소."

"……!"

"그런데 구궁보에서 진 장문인을 보고 난 후 그의 관심이 온통 진 장문인에게 집중되었소. 그가 내게 진 장문인에 대해 꼬치꼬치 캐묻는 바람에 몹시 당황했는데, 어찌 된 일인지 그때부터 그는 진 장문인이 가는 곳을 뒤따라가기 시작했소."

이어 이북해는 자신이 야율척과 함께 움직였던 지명을 차례로 밝혔다.

"제갈세가가 있는 호북성 융중을 거쳐 현악문을 지나 무당산을 지나 무당산의 우적지까지, 진 장문인이 크고 작은 싸움을 벌였던 모든 장소에 우리의 발길이 닿아 있었소."

진산월은 이북해가 말했던 지명이 모두 자신이 강호 무림의 고수들과 커다란 싸움을 벌였던 곳임을 알아차렸다.

융중의 이름 모를 야산에서는 우내사마 중 일인인 음양신마 복양수와 살 떨리는 결투를 벌였고, 무당산의 초입인 현악문에서는 무림구봉의 일인이며 강호제일의 암기 고수였던 천수나타 당각과 그야말로 생사의 일전을 치러야만 했다. 그리고 우적지에서는 형산파의 육결검객인 고진과 두 문파의 운명을 건 승부를 벌였다.

그 싸움들은 하나같이 진산월이 강호에 출도한 이후 벌어진 것들 중 가장 거대하고 치열한 격전들이었다. 그 모든 싸움을 야율척이 지켜보았다고 생각하니 왠지 가슴 한구석이 서늘해지지 않을 수 없었다.

"그는 특히 진 장문인의 검정중원이라는 무공에 지대한 관심을 가지고 있었소. 늘 진 장문인이 언제 검정중원을 펼치는지 촉각을 곤두세우고 있었지. 그런데 다행인지 불행인지 진 장문인은 단 한 번도 그 초식을 사용하지 않고 승리를 거두었소."

야율척이 검정중원에 관심이 있다는 건 이미 알고 있었다. 심지어 오늘만 해도 그는 그 초식을 보기 위해 머뭇거리다 천살 궁해가 죽는 장면을 눈앞에서 지켜보아야만 했다.

그런데 이북해의 말을 들으니 검정중원에 대한 야율척의 반응은 단순한 관심을 넘어 거의 집착에 가깝다고 할 정도로 격한 것이었다.

대체 왜 야율척은 진산월의 검정중원을 보기 위해서 그리도 애를 썼단 말인가?

이북해 또한 그 점에 대해 의구심을 가지고 있음을 밝혔다.

"문아(文兒)에게 들으니 오늘도 그는 진 장문인의 검정중원을 보지 못한 걸 아쉬워했다고 하더구려. 참으로 기이한 일 아니오? 서장 무림의 제일고수이며 중원의 누구도 두려워하지 않는 그가 하필이면 특정 초식 하나를 보려고 그렇게 애를 끓이고 있으니 말이오."

이북해의 말을 듣고 있던 진산월의 뇌리에 문득 과거 구궁보의 후원에서 있었던 만남이 떠올랐다. 그때 진산월이 만난 사람은 구궁보의 주인인 모용단죽이었는데, 나중에야 진산월은 그가 진짜 모용단죽이 아니라 그로 변해 있는 조익현임을 알게 되었다.

당시 조익현은 야율척에 대해 평가하기를, 싸움에 관한 한 천부적인 재능을 가지고 있으며 무공을 배우는 것보다 남을 상대하는 것에 더 장점을 가지고 있다고 했다. 그리고 그를 상대하려면 두 번의 기회는 없으며, 반드시 처음 붙은 상태에서 이겨야만 그에게 승리할 가능성이 높을 것이라고 했다.

그때는 무심히 들었던 그 말이 지금 갑자기 뇌리에 선명하게 떠오르는 것은 무슨 이유에서일까?

조익현은 야율척에 대해 당금 무림의 누구보다도 자세히 알고 있는 사람이었다.

야율척은 중원 무림에는 서장의 절대자로 널리 알려져 있지만, 막상 그 정체나 성격 등 여러 가지가 신비에 싸여 있어 실제로 그에 대해 제대로 아는 사람은 거의 없는 형편이었다. 심지어 오랫동안 그를 주시하며 그에 대해 작은 사항이라도 파악하기 위해 노력해 왔던 이북해조차도 야율척에 대해 알고 있는 것은 극히 단편적인 몇 가지뿐이었다.

진산월 또한 그동안 적지 않은 강호인들에게서 야율척에 대해 많은 이야기를 들어 왔지만, 야율척의 성격이나 무공에 대해 조금이나마 말해 준 사람은 조익현이 유일했다.

과연 당시에 조익현이 했던 말은 사실이었을까? 만약 그렇다면 조익현은 대체 무슨 의도에서 야율척에 대해 진산월에게 그런 말을 해 준 것일까?

이북해는 생각에 잠겨 있는 진산월을 향해 여느 때보다 진지한 음성을 내뱉었다.

"그의 의중을 정확히 알 수는 없지만, 그가 진 장문인의 검정중원에 그토록 많은 관심을 가지고 있다면 오히려 진 장문인은 가급적 그의 앞에서 검정중원을 보이지 않는 것이 어떨까 싶소. 적어도 그의 뜻대로 일이 진행되는 건 피하는 것이 옳지 않겠소?"

진산월은 묵묵히 고개를 끄덕였을 뿐, 가타부타 아무런 대답도 하지 않았다.

자신이 검정중원에 대해서 몇 가지 허점을 발견했으며, 그 허점을 보완할 때까지 검정중원을 사용하는 일은 없을 것이라는 것도 말하지 않았고, 최근에 유운검봉을 완성한 이후에는 검정중원을 펼쳐야 할 정도의 위급한 상황은 거의 없을 거라는 나름의 자신감을 가지고 있다는 것도 밝히지 않았다.

이북해 또한 특별히 그의 대답을 원한 것은 아니었는지 재차 말문을 이었다.

"그는 상당히 집요한 구석이 있지만, 반면에 사소한 일에는 별로 신경 쓰지 않아 의외의 허점을 노출하는 경우도 있소. 그가 진 장문인의 검정중원에 지나치게 신경을 쓴다는 건 이용하기에 따라서는 그의 허점을 노리는 일이 될 수도 있다고 보오."

"이 대협은 그에 대해 자세히 알고 계신 모양이오."

이북해는 진산월의 말을 부인하지 않았다.

"몇 달 동안의 동행으로 정신은 많이 고달팠지만, 소득이 아예 없는 것은 아니었소."

진산월은 흥미 어린 표정을 지었다.

"이 대협이 본 그는 어떤 인물이었소?"

진산월은 야율척을 가까이에서 지켜보며 몇 달간 함께 움직였던 이북해의 솔직한 평가를 듣고 싶었다. 이북해는 누구나가 인정하다시피 비범하기 이를 데 없는 인물이었다. 자연히 사람을 보는 안목 또한 일반인들과는 차원이 다른 뛰어난 것일 게 분명했다.

이북해는 잠시 생각하는 듯하더니 이내 신중한 표정으로 입을 열었다.

"그는 상당히 복잡한 인물이오. 자신이 잘 알거나 좋아하는 일에는 광(狂)적일 정도로 몰입하는 데 비해, 그렇지 않은 일은 수수방관하는 경향이 있소. 성격은 침착하고 유들유들해서 좀처럼 화를 내거나 냉정을 잃는 법이 없지만, 의외로 자기 주장이 강해서 일단 결정한 일은 절대로 번복하거나 되돌리려 하지 않았소."

진산월은 조용히 이북해의 말에 귀를 기울였다.

자신이 직접 보았던 야율척과 이북해가 말하는 야율척을 머릿속으로 나란히 그려 보면서 그가 어떤 인물인지 좀 더 자세히 파악하고자 했다.

"사람을 판단하는 것에도 자신만의 독특한 기준이 있는 것 같았소. 그 기준에 들어오는 자에게는 상당히 너그러워지지만, 그 기준을 벗어나는 자에게는 한없이 냉혹해지더군."

"이 대협에게는 어떤 기준이 적용된 것 같소?"

다소 난감할 수도 있는 물음에도 이북해는 전혀 표정의 변화가 없이 평온한 음성으로 대답했다.

"나는 다행히 기준 안쪽에 들었던 모양이오. 그렇지 않았다면 그를 만났을 때 내가 상당히 어려운 지경에 처했을 게 분명했을 테니 말이오."

"그가 이 대협을 한눈에 알아보았단 말이오?"

이북해는 주저하지 않고 고개를 끄덕였다.

"그랬을 거요. 내가 그를 어렵지 않게 알아보았듯이."

"이 대협의 얼굴이 본모습이 아니었는데도 말이오?"

"내 외관이 어떻든 그가 나를 보자마자 내 정체를 알아차린 것은 분명한 것 같소. 그렇지 않았다면 그런 세 가지 약조를 내걸면 서까지 나와 동행을 하려 하지 않았을 거요."

진산월은 궁금증이 일어 물었다.

"세 가지 약조라면 무얼 말하는 거요?"

"첫째는 상대의 정체에 대해 묻거나 아는 척하지 않으며, 누구에게도 말하지 않는다는 것이오."

진산월은 서로 다른 목적을 가진 적대 세력의 두 사람이 동행하기 위해서는 가장 합당한 전제 조건이라고 생각했다.

상대의 정체를 짐작하고 있는 것과 그것을 공개적으로 표출하는 것은 전혀 다른 문제였다. 더구나 자신이 의심하는 상대의 정체를 누구에게도 밝히지 않는다는 것은 동행하는 동안 상대에게 어떤 위해를 가하거나 불리한 행동을 하지 않는다는 보증이나 마찬가지인 셈이었다.

"두 번째는 무엇이오?"

"상대방이 말하기 싫어하는 것은 절대로 묻거나 알려고 하지 않는다는 것이오."

이 또한 두 사람 사이에 원만한 동행을 위해서는 반드시 필요한 일일 것이다.

진산월은 점점 흥미가 생겨 다시 물었다.

"세 번째 약조는 무엇이오?"

"중요한 일을 물을 때는 반드시 대가를 주고받아야 하며, 그 사안의 중요도는 대답을 하는 자가 결정한다는 것이오."

진산월은 세 번째 약조가 언뜻 이해되지 않아 고개를 갸웃거렸다.

"대가를 주고받는다는 건 무슨 의미요?"

"말 그대로요. 내가 그에게 어떤 질문을 던졌을 때는 그 질문의 가치에 해당하는 정보를 그에게 제공하여야 하고, 반대의 경우도 또한 마찬가지라는 뜻이오."

진산월은 이해했다는 듯 나직한 탄성을 발했다.

"아! 그렇다면 사안의 중요도를 대답하는 자가 결정한다는 건 제공받는 정보의 가치 또한 대답하는 자가 판단한다는 말이겠구려."

"그렇소. 내가 보기에는 대단치 않은 질문이라 할지라도 그가 그 질문에 높은 가치를 두었다면 나 또한 그에 합당한 정보를 제공해야 하오. 반대로 내가 제공하는 정보가 아무리 높은 가치를 지녔더라도 그가 판단하기에 질문의 대가로 부족하다고 생각한다면 나는 그가 만족할 만한 또 다른 정보를 제공해야 하오."

진산월은 단순한 듯 보이는 그 약조 속에 포함된 의미를 알게 되자 내심 감탄하지 않을 수 없었다.

언뜻 듣기에는 한쪽이 일방적으로 손해를 보는 것 같아도 질문을 하는 쪽에서는 상대의 반응을 보고 자신이 무심코 던진 질문이 사실은 굉장히 중요한 의미를 지닌 것임을 알 수 있기에 상당히 공정한 규칙이라고 할 수 있었다. 또 자신이 중요하다고 생각하고 신중하게 던진 질문이 사실은 상대에게는 별로 가치가 없는 것임을 알게 될 수도 있었다.

진산월은 그러한 규칙을 제시한 야율척이란 인물에 대해 다시 한번 경각심을 갖지 않을 수 없었다. 이북해와 동행하기 전에 제시했다는 세 가지 조건만 살펴보아도 야율척이 얼마나 용의주도한 인물이며, 비상한 두뇌의 소유자인지를 충분히 짐작할 수 있었다.

이북해는 진중한 표정으로 말을 계속했다.

"그 세 번째 약조 때문에 많은 부분에서 상당한 제약이 있기는 했지만, 그래도 적지 않은 사실들을 알 수 있었소. 그중에는 진 장문인도 꼭 알아야 할 것들이 있어서 급히 만나려 했던 것이오."

그렇지 않아도 진산월은 이북해가 늦은 밤에 사전 통지도 없이 자신을 불쑥 찾아온 이유가 무엇인지 궁금했기에 그의 말에 귀를 기울였다.

"말씀하시오. 경청하겠소."

"무당산의 악산대전에서 진 장문인과 마지막 결투를 벌였던 형산파의 육결검객 고진이 최후의 절초로 사용했던 무공을 기억하시오?"

"기억하고 있소."

기억하다 뿐이겠는가? 단순히 기억하는 정도가 아니라 이미 야율척에게서 그 무공이 대라삼검 중의 대라궁해라는 초식이며, 그 원조는 조익현이라는 것까지 전해 들어서 알고 있는 터였다.

진산월은 이북해가 갑자기 고진의 검법에 대해 이야기를 꺼낸 것에 순간적으로 의아한 생각이 들었는데, 이내 이북해의 입에서 뜻밖의 정보가 흘러나왔다.

"진 장문인도 조익현이란 자에 대해서는 알고 있을 거요. 그 무공은 원래 조익현의 것이었는데, 형산파의 용 선생을 통해 고진에게 전해진 것이라 하오. 용 선생은 외조카인 고진을 위해서 조익현에게 사정하여 그 무공의 비결을 얻어 냈다고 들었소."

조익현의 무공인 대라궁해가 어떻게 고진에게로 전해졌는지 그 경위를 정확히 모르고 있던 진산월은 이북해의 말을 듣고서야 비로소 용 선생이 중간에 연결 고리 역할을 했음을 알게 되었다.

용 선생은 형산파의 제일 어른일 뿐 아니라 무림구봉 중에서도 최연장자이며, 강호 무림에서 우내삼성을 제외하고는 가장 배분이 높은 인물이었다. 또한 인물됨이 고매하고 성격이 온화해서 많은 무림인들의 존경을 받고 있었다. 그런 용 선생이 외조카 때문에 조익현에게 사정하여 대라궁해의 비전을 얻었다는 것은 정말 놀라운 일이 아닐 수 없었다.

야율척의 말에 의하면 그 비전조차 온전한 것이 아닌 반쪽짜리에 불과한 것이라 했으니, 결국 용 선생은 반 초짜리 절학 하나를 위해서 평생 동안 쌓아 올린 명예를 스스로 저버린 셈이 아니겠는가?

진산월은 얼마 전까지만 해도 자신이 존재조차 몰랐던 조익현이 형산파의 최고 명숙인 용 선생과 밀접한 관계에 있다는 사실이 쉽게 납득되지 않았다.

"용 선생이 조익현과는 어떻게 알고 있는 것이오?"

진산월의 물음에 이북해의 표정이 한층 더 진지하게 굳어졌다.

"쾌의당에 칠대용왕 외에도 두 명의 영주가 있다는 건 알고 있소?"

"그렇소."

"그렇다면 이야기하기 쉽겠군. 용 선생이 바로 쾌의당의 천기령주요."

그 말에 지금까지 냉정을 잃지 않고 있던 진산월의 얼굴에 처음으로 희미한 놀람의 빛이 떠올랐다.

쾌의당은 당주 아래에 두 명의 영주와 일곱 명의 용왕이 서로 동등한 관계를 이루는 특이한 조직 형태를 가지고 있었다.

그동안 일곱 명의 용왕에 대해서는 그 신분이나 정체가 많이 노출되었지만, 두 명의 영주에 대해서는 각기 천살령주와 천기령주로 불린다는 것 외에는 알려진 것이 거의 없었다. 그나마 최근에 들어와서 천살령주가 무림구봉의 일인이며 강호제일의 암기 명인인 천수나타 당각이라고 밝혀진 것이 전부였다.

당각은 현악문 앞에서 진산월과 세상을 놀라게 할 만한 일전을 벌인 끝에 결국 패사(敗死)하고 말았지만, 또 다른 영주인 천기령주는 그 행적조차 제대로 알려지지 않았기에 누구도 정확한 신분을 알지 못하고 있었다.

그런데 그 천기령주가 강호에 드높은 명망을 지닌 용 선생이라고 하니 어찌 놀라지 않을 수 있겠는가?

이북해의 음성은 여느 때보다 무겁게 가라앉아 있었다.

"나는 그동안 쾌의당이란 조직에 대해 많은 조사와 연구를 거듭해 왔소. 그들의 수뇌들이 하나같이 당금 무림을 호령하는 절세의 고수들일 뿐 아니라 그들의 행사가 강호에 적지 않은 파장을 일으키고 있기 때문이었지. 처음에는 그들이 중원을 어지럽히려는 의도를 지닌 서장 무림의 척후 세력이 아닐까 의심하기도 했었소."

이북해의 그런 의심은 전혀 지나친 것이 아니었다. 심지어 진산월도 쾌의당을 야율척이 이끄는 하부 조직일 거라고 생각한 적이 있었다.

실제로 쾌의당은 몇 년 전만 해도 서장 무림에 우호적인 일들을 곧잘 벌였기에 그와 비슷한 생각을 한 무림인들이 적지 않았다.

"하지만 야율척이 본격적으로 중원 무림에 손을 써 오면서 야율척의 세력과 쾌의당 사이에 몇 번인가 크고 작은 충돌이 벌어지게 되었소. 심지어 심각한 싸움으로 번진 적도 몇 번 있었지. 보통 그럴 때는 전후 사정이야 어쨌든 서로 적대하기 마련인데, 어찌된 일인지 그들은 그 후로도 배척하기보다는 행동을 같이할 때가 많아서 그들의 관계에 의구심을 갖지 않을 수 없었소. 그래서 나는 혹시 그들이 비슷한 뿌리를 가지긴 했지만 서로 추구하는 바가 달라서 사안에 따라 대립하는 일이 생기는 것이 아닐까 하는 생각을 하게 되었소."

"……!"

"지난 몇 년간 나는 중원에 침투한 서장의 세력들을 조사하는 와중에도 쾌의당에 대한 감시의 눈길을 소홀히 하지 않았소. 그리고 마침내 얼마 전에야 비로소 쾌의당의 중요한 비밀을 알아낼 수 있었소."

이북해는 이 말을 하고 나서 잠시 말을 멈춘 채 진산월을 정면으로 바라보았는데, 이때 비로소 진산월은 이북해가 오늘 자신에게 진정으로 하려고 했던 말이 바로 쾌의당의 비밀에 대한 것임을 깨달았다.

쾌의당!

혹자는 그들을 천하제일의 청부 집단이라고 했고, 또 다른 이들은 강호의 어두운 곳을 장악한 실질적인 흑도제일세력이라고 하기도 했다. 그리고 일부 사람들은 그들이 강호에서 벌어지는 크고 작은 사건의 배후에 있는 흑막의 주인이라고 주장하기도 했다.

쾌의당에 대한 진산월의 감정은 참으로 복잡한 것이었다.

처음 진산월이 그들과 충돌하게 된 것은 일차 중원행 때 서장으로 가는 길목에서였다. 그때 그는 실종된 임영옥의 행방을 뒤쫓다가 동광사라는 절에서 금불을 비롯한 쾌의당의 고수들을 처음 접하게 되었는데, 그들 중 무영귀 허무극이라는 인물과 싸우면서 상당한 고초를 겪어야 했다.

당시 허무극은 진산월의 실력으로는 상대하기 어려운 고수여서 때마침 나타난 천봉궁의 선자들이 아니었다면 진산월은 커다란 낭패를 면치 못했을 것이다.

그 후로 진산월은 쾌의당의 고수들과 크고 작은 싸움을 벌여왔고, 특히 서안의 이씨세가에서는 쾌의당의 칠대용왕 중 한 사람인 검중용왕 매장원을 상대로 승리를 거두어 무림을 경악시키기도 했었다. 그때 그가 사용했던 검정중원은 그 이후 검을 찬 모든 무림인들이 선망하는 최고의 절학이 되었고, 진산월 또한 신검무적이라는 별호로 중원 무림 전체를 뒤흔드는 엄청난 명성을 얻게 되었다.

그 후 몇 번에 걸친 용왕들과의 치열한 혈전과 천살령주인 당각과의 일전으로 진산월은 강호제일의 고수라고까지 불리게 되었으니 어찌 보면 쾌의당이야말로 지금의 신검무적을 만들어 준 가장 큰 공로자라고 할 수 있을 것이다.

그들 때문에 여러 차례 치명적인 위기를 맞이했고, 생사를 건 처절한 혈투를 벌여야 했다. 하나 또한 그들과의 싸움으로 그는 불후의 명성을 얻게 되었고, 무공 실력 또한 놀라운 진보를 이루게 되었다.

누관의 고동에서 삼 년의 수련 끝에 출도했을 당시와 지금의 무공 수준을 비교해 보면 그야말로 격세지감이란 말이 어울릴 정도로 어마어마한 차이가 있었다. 그 차이의 상당 부분이 쾌의당과의 충돌 과정에서 발생한 것임을 진산월 자신도 인정하고 있을 정도였다.

과연 쾌의당은 그에게 있어 악(惡)인가, 선(善)인가?

그들이 반드시 없애야 할 적인 것은 분명하지만 생각하기에 따라서는 스스로를 발전시키는 데 도움이 되는 필요악 같은 존재일 수도 있었다.

이북해는 신중한 음성으로 입을 열었다.

"쾌의당이 생긴 것은 대략 이십여 년 전으로 예상되고 있소. 처음에는 단순한 청부 조직으로 알려졌으나, 칠대용왕을 비롯한 수뇌들이 본격적으로 활동하면서 강호 전체에 영향력을 끼치는 거대한 세력으로 평가받게 되었소. 그런 그들의 본모습이 제대로 드러난 것은 사 년 전의 무림대회 이후였소. 다시 말해서 쾌의당이 생기고 십여 년 동안은 자잘한 청부를 맡는 것 외에는 그다지 주목받을 만한 일을 하지 않고 은밀히 활동해 왔다는 의미요."

진산월은 묵묵히 이북해의 말에 귀를 기울이고 있었다.

"나는 이 점에 주목해서 그동안 알게 된 쾌의당의 수뇌 인물들의 행적과 강호에서 벌어진 커다란 사건들의 접점을 조사해 보았지. 그랬더니 공교롭게도 몇 가지 중요한 접점을 찾을 수 있었소. 그중 내가 가장 주목한 것은 쾌의당이 세워진 것으로 예상되는 시기에 강호에 두 가지 커다란 사건이 벌어졌다는 사실이오. 첫째는 야율척의 등장이오. 그가 등장함으로서 팽팽했던 서장 무림과 중원 무림의 대결 양상이 한쪽으로 기울어지기 시작했고, 그들의 배후에 있는 조익현과 석동의 대립 양상마저 바뀌게 되었소."

야율척이란 존재는 여러모로 강호 무림에 지대한 영향을 끼치고 있었다.

백 년 동안의 강호가 조익현과 석동이라는 두 절세 인물들 사이에 벌어진 대립의 연속이었다면, 그 대립 구도가 근본적으로 뒤흔들리게 된 것은 야율척이 등장하면서부터였다.

조익현에게는 석동이라는 필생의 적수가 있고, 모용단죽에게는 아난대활불이라는 숙적이 있지만, 야율척에게는 뚜렷한 상대가 보이지 않았다.

한때 모용단죽의 후계자인 모용봉이 많은 무림인들의 기대를 한 몸에 받았지만, 그가 야율척에 미치지 못한다는 것은 이미 사년 전에 생생하게 증명되어 버렸다.

뿐만 아니라 야율척이라는 존재는 서장 무림을 암중에 지배하고 있던 조익현의 위상마저 뿌리째 뒤흔들어 놓았다.

서장 출신이 아닌 조익현에게 은근한 반감을 가지고 있던 많은 서장인(西藏人)들이 순수한 서장 출신인 야율척에게 심중으로 지지를 보내는 것은 너무도 당연한 일일 것이다. 조익현이 석동과의 결투에서 당한 부상을 치유하는 동안 야율척은 많은 서장 무림인들의 성원과 지지를 한 몸에 얻었고, 그것은 이내 조익현에게는 상당한 위협으로 다가오게 되었다.

조익현으로서는 어떤 식으로든 서장에서 무섭도록 확산되어 가고 있는 야율척의 영향력을 제지하거나 벗어나려 했을 것이다.

그가 선택한 방법은 과연 무엇이었을까?

이북해는 두 번째 사건에 대해 말하기 시작했다.

"또 하나의 중요한 사건은 소림사에서 구대문파의 회동이 있었다는 거요."

당시의 일에 대해서는 진산월만큼 자세하게 알고 있는 사람이 없을 것이다. 그 회동의 결과 종남파는 구대문파에서 퇴출당하는 치욕을 겪었고, 그 수모를 씻기까지 무려 이십 년이 넘는 오랜 세월이 걸려야 했다.

이북해는 진산월의 침착하게 가라앉은 표정을 가만히 주시하며 말을 계속했다.

"진 장문인도 알고 있겠지만 당시의 회동 결과로 구대문파의 위치가 바뀌고 강호 무림의 질서가 송두리째 흔들려 버렸소. 그리고 그 와중에 성숙해가 태동되었소."

진산월의 조용한 눈이 이북해의 얼굴에 고정되었다. 담담하고 잔잔한 눈길이었지만 이북해는 왠지 시퍼렇게 날이 선 두 개의 칼날이 자신을 마주하고 있는 듯한 기분이 들었다.

진산월의 음성은 눈빛만큼이나 차분하면서도 서늘했다.

"성숙해는 이 대협이 만들었다고 들었는데, 다른 내막이라도 있소?"

이북해는 고개를 끄덕였다.

"구파 회동의 결과는 어떤 한 사람에게 커다란 경각심을 불러일으켰소. 강호가 보이지 않는 손에 의해 휘둘리고 있다는 의심이 들었던 거지. 그 사람은 강호의 정세에 대해 보다 자세하게 파악해야 할 필요성을 느꼈고, 자신의 제자로 하여금 그 일을 맡게 했소."

"그 사람이 누구요?"

"석동이란 분이오."

진산월로서는 되묻지 않을 수 없었다.

"그럼 성숙해를 만든 사람이 모용 대협이었단 말이오?"

"모용 대협은 서장의 아난대활불을 막는 중책을 떠안고 있기에 다른 일을 맡을 수는 없었소."

"그럼 석동에게 모용 대협 말고 또 다른 제자가 있었단 말이오?"

"그렇소."

"그렇다면 그 사람은⋯⋯."

이북해의 음성은 언제나처럼 나직했으나, 진산월의 귀에는 천둥보다 크게 들렸다.

"바로 나요."

제 365 장

강호비사(江湖秘史)

제 365 장 강호비사(江湖秘史)

　강호제일의 신비인이며 누구도 자세한 출신 내력을 알지 못했던 이북해가 석동의 둘째 제자라는 것은 진산월로서도 미처 예상치 못했던 일이었다.

　"이 대협이 모용 대협의 사제일 줄은 몰랐구려."

　이북해의 얼굴에 한 줄기 묘한 빛이 떠올랐다.

　"사제라. 그렇게 볼 수도 있겠군. 하지만 모용 대협이 기명제자(記名弟子)임에 비해 나는 무기명제자(無記名弟子)일 뿐이오."

　"그 말은?"

　"나는 사부의 진전을 얻지 못했소. 엄밀히 말하면 능력이 떨어져 전수받지 못했다고 해야 옳겠지."

　무기명제자란 정식 제자로 인정받지 못한 제자를 뜻한다. 무공을 배우기는 했으나, 제대로 된 진학(眞學)을 전수받지 못하거나 여타의 사정 때문에 정식으로 사승(師承) 관계를 인정받지 못하는 경우에 무기명제자라 불리게 된다.

정식 제자라 할 수 없기에 문파에 이름을 올릴 수도 없고, 외부에 누구의 제자라고 공개적으로 밝힐 수도 없다. 하지만 무공을 배운 것은 분명하기에 가르친 자는 자신의 제자로 인식을 하고, 때에 따라서는 기명제자와 같은 취급을 하기도 한다.

석동의 진전이라면 취와미인상에서 얻은 대라삼검의 한 초식을 말하는 것이리라. 야율척은 그 초식을 대라장천이라 했으며, 석동이 완성한 후 이름 붙인 것이라고 했다.

모용단죽은 석동에게 배운 이 초식으로 강호 무림 최고의 고수가 되었고, 서장의 아난대활불과 삼십 년에 걸친 대결전을 벌일 수 있었다.

하나 이북해는 이 절대적인 절학을 배우지 못했다.

이 초식을 익히기 위해서는 최고의 재능과 천재적인 두뇌가 필요한데, 이북해는 두뇌는 가졌으나 재능이 그에 미치지 못했던 것이다.

모용단죽이 구궁보를 세우며 강호를 앞에서 이끄는 존재가 된 것에 비해, 이북해가 스스로의 정체를 최대한 숨긴 채 정보를 얻기 위해 강호의 밑바닥을 뒤지고 다닌 것도 바로 그런 연유에서였다.

똑같은 사부에게서 배웠으나, 단지 진전을 얻지 못했기에 강호의 그늘에 숨은 채 모든 찬사와 환호가 모용단죽에게 쏟아지는 것을 지켜보아야만 했던 이북해의 심정은 어떠한 것이었을까?

스스로 무기명제자임을 밝히는 이북해의 얼굴은 전혀 표정의 변화가 없었고, 눈빛이나 음성 또한 한 점의 흐트러짐도 보이지 않았다. 하나 진산월은 왠지 이북해의 심정이 결코 좋지만은 않을 것이라는 느낌이 들었다.

　"사부의 지시로 강호 전체를 통괄하는 정보 단체를 만들었을 때 내가 제일 먼저 신경을 썼던 것은 서장 무림이 중원에 침투시킨 세력에 대한 파악이었소. 그때 내 눈에 들어온 곳이 바로 쾌의당이었소."

　이북해는 거의 감정을 알아차리기 힘든 무심한 음성으로 말을 계속했다.

　"어느 날부터인가 강호에 나타난 의문의 세력에 대해 시선이 끌리는 것은 너무도 당연한 일이었소. 더구나 그들이 등장한 시기가 공교롭게도 성숙해가 조직되었을 때와 비슷해서 더욱 관심을 갖지 않을 수 없었소."

　서장에서 야율척이 등장을 하고, 중원에서 성숙해가 만들어진 시기에 탄생한 쾌의당!

　등장 시기의 공교로움이야 단순히 우연이라 친다 해도 그 후에 그들의 행적을 조사하던 이북해는 그들 수뇌부의 면면이 예사롭지 않음을 알고 점차 그들에 대한 경각심을 높였다.

　그들이 벌이는 행사에 서장의 고수들이 얽히는 일이 자주 발생하면서 이북해는 그들과 서장 무림에 대한 연관성에 주목을 했고, 한때는 그들이 야율척이 중원 무림에 침투하기 위해 만든 전초 세력이 아닐까 의심하기도 했다.

하나 조사를 거듭할수록 그들이 야율척과는 다른 노선을 걷고 있음이 드러났고, 이내 야율척과 조익현을 지지하는 자들이 은연중에 서로 대립한다는 사실이 알려지게 되었다.

그때 이북해의 머리에 한 가지 가정이 떠올랐다.

석동은 강호의 정세를 보다 자세히 파악하기 위해 성숙해를 조직했다.

그렇다면 조익현 또한 그와 비슷한 생각을 할 수도 있지 않겠는가?

자신의 본거지인 서장에서 점점 커져 가는 야율척의 세력에 위기감을 느낀 조익현이 자신이 태어난 중원에 새로운 거점을 마련하기 위해 자신만의 친위 세력을 만들려고 하지 않았을까? 그 친위 세력은 중원에 바탕을 두겠지만, 서장에도 일정 수준 이상의 영향력을 발휘할 수도 있을 것이다.

조익현이 만든 친위 세력이 바로 쾌의당이라고 가정한다면 야율척이 등장한 시기에 쾌의당이 세워지고, 그들이 서장 무림과 크고 작은 접촉을 가지면서도 때로는 대립하는 모든 상황이 일목요연하게 설명이 되는 것이다.

이북해는 자신의 이 가정이 맞는 것인지 확인하기 위해 적지 않은 심혈을 기울여 쾌의당의 행적과 수뇌들의 움직임을 추적해 왔다.

하나 좀처럼 확실한 증거를 찾을 수 없었다.

쾌의당의 주축을 이루는 칠대용왕은 일부 정체가 드러나긴 했으나 그들 중 누구에게서도 조익현과의 뚜렷한 연관 관계를 찾을 수 없었다. 두 명의 영주는 신분은커녕 행적도 제대로 파악하지 못했고, 쾌의당주가 누구인지는 아예 짐작조차 할 수가 없었다.

그러다 야율척의 세력이 중원에 본격적으로 모습을 드러내면서 덩달아 쾌의당의 활동 또한 활발해졌고, 자연히 그들의 행사나 정체에 대한 많은 것들이 조금씩 알려지게 되었다.

결정적으로 쾌의당의 내부 기밀들이 본격적으로 누출된 것은 신검무적 진산월과의 싸움 때문이었다.

무슨 이유에서인지 그들은 새롭게 부흥하고 있는 종남파와 충돌을 거듭했고, 결국 서안에서 종남파를 이끌고 있는 신검무적과 칠대용왕의 한 사람이 결전을 벌이기까지 했다. 그때 드러난 검중용왕의 정체는 많은 무림인들을 경악하게 하기에 충분한 것이었다.

그 이후 신검무적과 쾌의당 사이의 싸움은 더욱 치열해져서 피비린내 나는 혈전이 계속되었고, 그 와중에 암중에 꼭꼭 숨어 있던 수뇌부의 정체 또한 하나둘씩 드러나기 시작했다.

이북해가 다시 강호에 모습을 드러내기로 결심한 것도 그 즈음부터였다.

계속 밝혀지는 쾌의당 수뇌들의 정체는 그야말로 강호 전체를 뒤흔들기에 충분한 것이어서 이북해로서는 하루라도 빨리 그들과 조익현 사이의 연관 관계를 밝히고, 아직 드러나지 않은 쾌의당주와 두 명의 영주에 대한 정확한 정체를 알고자 했던 것이다.

그런데 공교롭게도 다시 강호에 출도한 이북해의 앞에 절대로 나타나서는 안 되는 인물이 모습을 드러냈다. 바로 야율척의 행적이 발견된 것이다.

이북해는 야율척이 별다른 호위도 없이 중원을 떠돌고 있는 것을 알게 되자 자연히 그에게 온 신경을 집중시키지 않을 수 없었고, 결국 그의 의중을 알기 위해 우연을 가장하고 그에게 접근하려 했다.

하나 야율척은 완벽하게 분장하고 자신에게 접근해 오는 이북해를 한눈에 알아보았고, 그에게 세 가지 약조를 내걸며 동행을 제안했다.

이미 야율척에게 자신의 정체를 발각당한 이북해로서는 도저히 그의 제안을 거절할 수가 없었다. 한편으로는 이렇게 해서라도 야율척의 심중에 있는 생각을 조금이라도 파악할 수 있게 되기를 간절히 희망하고 있었다.

야율척과의 동행은 의외로 편안하고 흥미로운 것이었다. 야율척은 중원에 대해서는 아는 것이 그리 많지 않았으나, 무공에 관한 한은 해박한 지식과 탁월한 안목을 자랑해서 이북해를 몇 번이나 놀라게 했다.

이북해 또한 명승고적을 비롯한 중원의 속사정과 무림의 고수들에 대해 누구보다 상세히 알고 있기에 야율척의 궁금증을 속 시원히 해결해 주곤 했다.

두 사람은 서로의 동행이 의외로 상당한 재미를 주고 있다는 것을 깨닫고 적지 않은 시간 동안 강호를 주유하며 많은 이야기를 나누었다.

그들의 동행은 구궁보가 있는 안휘성에서 신검무적과 음양신마가 놀라운 결전을 벌였던 융중을 지나 종남파와 형산파가 악산 대전을 벌인 무당산의 우적지까지 이어졌고, 그곳에서 신검무적과 형산파의 육결검객 고진 간의 승부를 보는 것을 마지막으로 끝을 맺게 되었다.

"헤어지기 전에 야율척은 무의식적인 척하며 용 선생이 조익현과 연관이 있음을 알려 주었소. 나에게는 이별 선물이라며 대수롭지 않은 듯 말했으나, 나는 그가 나에게 용 선생과 조익현의 관계에 대해 밝힌 것에는 나름대로 치밀한 의도가 숨겨져 있다고 생각했소."

이북해는 야율척이 지나치듯 알려 준 이 사실을 소홀히 보지 않았다.

정파의 최고 명숙 중 한 사람인 용 선생이 서장 무림의 흑막이며 쾌의당의 배후 인물로 의심하고 있는 조익현과 친분이 있다는 것은 놀라운 일이 아닐 수 없었다. 더구나 조익현이 용 선생의 말 몇 마디에 신검무적마저 위기에 빠뜨리게 할 정도의 가공할 절학이 담긴 비급을 전해 주었다는 것은 그들 사이의 친분 관계가 단순한 것이 아님을 시사하는 것이었다.

만약 이북해의 가정대로 조익현이 쾌의당의 창시자라면 그와 용 선생과의 이러한 친분은 무엇을 의미하는 것이겠는가?

야율척과 헤어진 후 이북해는 많은 고심을 한 끝에 비밀리에 용 선생을 찾아갔다. 그에게 저간의 사정을 설명하고 솔직한 답변을 듣고자 한 것이다.

이북해의 이야기를 묵묵히 듣고 난 용 선생은 한동안 깊은 생

각에 잠겨 있다가 이윽고 긴 한숨과 함께 무겁게 닫혀 있던 입을
열었다.

"세상에 영원한 비밀은 없다는 말이 새삼 가슴에 사무치는군.
자네가 그것을 어떻게 알았는지는 모르겠지만, 자네의 짐작은 모
두 사실일세. 나는 쾌의당에서 천기령을 맡고 있네."

이북해는 용 선생의 성격상 거짓을 말하지는 못하리라고 생각
했으나, 막상 그가 너무도 순순하게 사실을 인정하자 약간의 당혹
감과 놀라움을 느껴야 했다.

그가 강호의 명문정파인 형산파의 최고 어른의 신분으로 흑도
의 청부 집단으로 알려진 쾌의당에 속해 있다는 것은 확실히 당혹
스러운 일이었으며, 그의 신분이 그동안 누구도 정체를 알지 못했던
쾌의당의 천기령주라는 것은 놀라움을 주기에 충분한 일이었다.

이북해는 빠르게 마음을 가다듬고 한결 차분해진 음성으로 물
었다.

"용 선배께서 어떻게 쾌의당과 연(緣)을 맺게 되었는지 알아도
되겠습니까?"

용 선생의 주름진 노안에 말로 형용하기 어려운 씁쓸한 빛이
떠올랐다.

"이렇게 된 마당에 말하지 못할 게 무엇이 있겠는가? 이십여
년쯤 전이었던가? 깊은 밤에 누군가가 나를 찾아왔네. 그는 머리
가 허옇게 센 노인이었는데, 보는 순간 나는 그가 일찍이 만난 적
이 없는 절세의 고수임을 알아차렸네. 그에게서 나로서는 도저히
상대할 수 없는 어떤 벽(壁)을 느꼈던 거지."

용 선생의 입에서 그동안 누구에게도 말하지 못했던 아주 오래된 고사(故事)가 흘러나왔다.

"그는 나에게 가벼운 일식(一式)을 선보였는데, 그 순간 나는 압도당해서 아무런 움직임도 할 수 없었네. 그의 손에서 흘러나온 것은 나로서는 상상해 본 적도 없는 개세(蓋世)의 절학이었지."

당시를 회상하는 듯 용 선생의 두 눈은 가늘어졌고, 그 안에서는 복잡하기 이를 데 없는 눈빛이 끊임없이 흔들리며 흘러나오고 있었다.

"경악하여 아무 말도 못 하고 있는 나에게 그는 자신이 하나의 협의체를 만들고 있다며, 그 협의체에 가입해 줄 것을 요청했지. 간신히 정신을 수습한 나는 어떠한 조직에도 가입할 의사가 없다고 말했고, 그는 내 의견을 존중한다는 듯 고개를 끄덕이고는 떠나 버렸네. 떠나기 전에 마지막으로 말하더군. 무엇이든 간절히 원하는 것이 있으면 자신을 찾아오라고. 소원의 대가는 오직 협의체에 드는 것뿐이며, 다른 어떠한 제약도 없을 것이라고 했지."

괴노인과의 만남은 놀라운 것이었으나, 용 선생은 그의 마지막 말에는 그다지 신경을 기울이지 않았다.

그는 이미 형산파의 최고 어른이었고, 가문의 오랜 숙원이었던 월광지를 완성하여 무공에도 아무런 여한이 없었다. 자신의 이상(理想)을 굽힐 만한 간절한 소원 같은 것이 있을 리 없었다.

용 선생의 그러한 확신이 깨어진 것은 불과 일 년 후였다.

자신의 외조카이며 커다란 기대를 가지고 있던 고진이 같은 오결검객인 사견심과의 승부에서 거듭된 패배를 당하며 폐인에 가까운 몸이 되어 버린 것이다.

그를 위로하기 위해 찾아갔던 용 선생은 아끼던 외조카의 피폐한 모습을 보고 커다란 충격을 받았다. 그는 외조카를 위해 무언가를 해 주고 싶었으나, 그가 아는 어떤 무공으로도 사견심에게서 승리를 보장할 수 없었다. 특히 형산파의 무공으로는 절대로 사견심을 꺾을 수 없었다.

며칠 동안 고민에 고민을 거듭하던 용 선생이 괴노인을 찾아간 것은 어쩌면 정해진 운명과도 같은 일이었다. 괴노인의 그 일초를 보지 않았다면 용 선생은 결코 그를 찾지 않았을 테니까.

괴노인은 용 선생의 부탁에 순순히 무공비급 하나를 내놓았다.

"온전한 비급을 줄 수는 없소. 그건 내게도 생명과 같은 것이니까. 이건 절반의 비결이 담겨 있는 것이오."

용 선생은 무림인에게 무공이 어떠한 것인지 너무도 잘 알고 있었다. 그 또한 무림인이었기 때문이다.

더구나 자신이 보았던 괴노인의 절학은 능히 천하제일을 논(論)할 수 있는 것이었기에 아무리 반쪽이라고 해도 무림의 어떤 보물에 못지않은 것이었다. 용 선생이 스스로 고매한 머리를 잠시 숙이는 것과는 비교도 할 수 없는 값진 물건이라고 할 수 있었다.

결국 용 선생은 괴노인과의 약속대로 그가 만든 협의체에 들어가게 되었으며, 그곳에서 자신과 비슷한 사연을 지닌 몇 사람을 만나게 되었다. 그리고 그들의 면면에 경악을 금치 못했다.

용 선생이 만난 사람은 세 명에 불과했으나, 그들 중 누구도 무공이나 지명도 면에서 그보다 못한 인물이 없었다.

"그때 내가 만난 자들은 화산파의 매장원과 소수마후, 그리고 수룡신군 황충이었는데, 강호에서의 명성과는 별개로 그들 개개인의 실력은 결코 나보다 뒤떨어지지 않는 뛰어난 것이었네."

매장원은 화산파의 장문인이자 무림구봉 중 검의 최고봉인 용진산에 버금가는 실질적인 화산파의 이인자였고, 소수마후는 천수관음과 함께 여중제일고수를 논할 때 늘 거론되는 최고의 여고수였다. 또한 황충은 자타가 공인하는 수공의 제일인자이자 강호에서 다섯 손가락 안에 꼽히는 뛰어난 도객이기도 해서 어느 한 사람 만만히 볼 인물이 없었다.

그런 무서운 고수들이 정체 모를 괴노인이 만든 조직에 포섭되어 있다는 것만으로도 용 선생은 커다란 놀라움과 경각심을 갖지 않을 수 없었다.

용 선생은 그들이 자신과 마찬가지로 괴노인과 협약을 맺고 조직에 가입했음을 알게 되었다. 용 선생이 외조카에게 전할 최고의 무공 때문에 협의체에 들어온 것처럼 매장원과 소수마후, 황충 또한 각각 원하는 것을 얻기 위해 괴노인의 제안을 받아들인 것이다.

그들과 같은 고수에게 간절히 원하는 것이 있다는 것도 놀라웠지만, 그들의 소원을 들어줄 능력을 괴노인이 가지고 있다는 것은 더욱 놀랍고 두려운 일이었다.

그 후로도 잊을 만하면 강호를 주름잡는 무서운 고수들이 한 명씩 새롭게 합류해 왔다. 그들의 면면 또한 기존의 다른 인물들에 조금도 못하지 않은 것이었다. 특히 그중에서도 용 선생과 함께 강호의 최절정고수로 군림해 온 무림구봉 중의 도봉 양천해의 가입은 용 선생의 마음속에 한 가닥 남아 있던 망설임마저 깨끗하게 제거해 주는 파격적인 일이었다.

양천해는 강호 무림에서 누구나가 인정하는 제일도객(第一刀客)일 뿐 아니라 인물됨이 진중하고 행동거지가 무거워서 외부의 일에 휩쓸리거나 쉽게 경동하는 인물이 아니었다. 그런 양천해가 대체 무엇이 부족해서 괴노인의 제안을 받아들였단 말인가?

나중에야 용 선생은 양천해가 자신의 도를 더욱 무섭게 단련하기 위해 괴노인에게 비무를 청했음을 알고 그의 승부욕에 새삼 감탄을 금치 못했다. 도에 관한 한 강호의 제일고수 반열에 올라와 있는 양천해는 자신의 도를 전력으로 펼칠 만한 상대를 찾지 못해 애를 태우다가 세 명의 호적수를 찾아 주겠다는 괴노인의 말에 고개를 숙이고 말았던 것이다.

그중 한 명은 괴노인이었으며, 다른 한 명은 괴노인의 제자였고, 마지막 한 명은 협의체에 제일 마지막으로 합류한 중년의 검객이었다. 놀랍게도 양천해는 그들과 차례로 싸워 단 한 번도 승리를 거두지 못했다.

자신의 도법에 절대적인 자신감을 가지고 있던 양천해로서는 그야말로 하늘이 무너지는 것 같은 거대한 충격을 주는 일이 아닐 수 없었다.

그들과의 비무에서 모두 패한 양천해는 자신의 도법을 단련하는 데 더욱 심혈을 기울였고, 그 결과 그의 무공은 비무를 벌이기 전보다 훨씬 더 발전되어 있었다.

그런 양천해가 향상된 자신의 도법을 처음으로 무림인들 앞에 선보였던 순간이 바로 신검무적 진산월과의 결전이었고, 그 싸움의 결과 그는 누구보다 화려한 최후를 맞고 말았다.

아마 양천해는 죽는 순간에도 단 한 점의 여한이 없었을 것이다.

그도 그럴 것이 양천해는 승부에 자신의 모든 것을 건 진정한 무인(武人)이었고, 그를 쓰러뜨린 검초는 지금까지도 강호인들 사이에서 천하제일의 절학이라고 칭송받고 있는 검정중원이었다. 그와의 싸움 이후 진산월이 검정중원을 단 한 번도 펼치지 않은 것을 알았다면 양천해는 오히려 지하에서 흐뭇한 미소를 짓고 있을지도 몰랐다.

양천해의 가입 이후에도 협의체에 속하는 절세고수들의 수는 계속 늘어났으며, 결국 아홉 명의 수뇌부들이 모두 자리를 잡자 그때 비로소 그들은 쾌의당이라는 이름하에 본격적으로 강호 무림에 그 위세를 떨치게 되었던 것이다.

용 선생이 괴노인의 정체에 대해 알게 된 것도 그 즈음이었다.

괴노인의 이름은 조익현이며, 놀랍게도 이미 백 년 전의 인물이었다. 그가 자신과 비슷한 연배이지 않을까 생각했던 용 선생으로서는 그의 나이가 백 세가 훨씬 넘은 것을 알고는 그저 벌린 입을 다물지 못할 뿐이었다.

그 전에는 그의 존재조차 몰랐던 용 선생은 조익현이란 인물에 대해 알면 알수록 그에 대한 두려움을 느끼지 않을 수 없었다. 조익현의 무공은 용 선생으로서도 추측하기 어려운 가공할 것이었으며, 심기 또한 뛰어나서 감히 그를 상대로 다른 마음을 먹을 엄두도 내지 못할 정도였다.

막상 쾌의당이 활동을 시작하자 조익현은 자신의 제자에게 쾌의당을 맡기고는 그 자신은 좀처럼 모습을 드러내지 않았다. 그를 보기 위해서는 조익현의 제자를 통하는 수밖에 없었으나, 그 일은 결코 쉽지가 않았다.

그동안 묵묵히 그의 말을 듣고만 있던 이북해가 모처럼 입을 열었다.

"용 선배께서는 방금 조익현의 제자가 쾌의당을 맡고 있다고 했는데, 그렇다면 그가 현재 쾌의당을 실질적으로 이끌고 있다는 겁니까?"

용 선생은 주저 없이 고개를 끄덕였다.

"그렇다네. 처음 협의체를 제안한 사람은 조익현이었지만, 실제로 그 협의체를 완성시켜 쾌의당이라는 하나의 조직으로 만든 자는 그의 제자였네. 다시 말해서 그가 바로 쾌의당의 당주일세."

"그의 이름은 무엇입니까?"

"아쉽게도 그자의 이름은 알지 못하네. 우리는 그저 당주라고 불렀을 뿐이네."

이북해는 쾌의당의 수뇌 중 한 사람으로 천기령을 맡고 있던 용 선생이 당주의 이름조차 모른다고 하자 내심 놀라움과 실망감을 금치 못했다.

그동안 쾌의당주의 신분과 정체는 신비로만 점철되어 있어서 성숙해의 집요하고 꾸준한 조사로도 밝혀진 바가 별로 없었다.

이번에 용 선생을 만나면서 비로소 쾌의당의 전모에 대해 알 수 있겠다고 기대하고 있었는데, 용 선생조차도 쾌의당 당주에 대해 제대로 알지 못한다고 하니 실망스럽지 않을 수 없었다.

용 선생은 자신이 알고 있는 쾌의당주에 대해 최대한 소상하게 말해 주었다.

"그를 처음 본 것은 협의체에 가입한 후 얼마 되지 않아서였네. 조익현이 자신의 제자라며 복면인 한 사람을 데려왔네. 목소리로 보아 대략 이십 대 후반에서 삼십 대 초입의 젊은 청년으로 추측되는 인물이었지."

용 선생은 당시의 기억을 되살리려는 듯 눈을 가늘게 뜬 채 허공을 응시했다.

"처음에는 대수롭지 않게 생각했었는데, 언제부터인가 조익현 대신 복면인이 우리를 상대할 때가 점점 더 많아지더군. 나중에야 양천해 이후에 들어온 자들은 모두 그가 직접 섭외하여 데려온 것임을 알게 되었지. 그때부터 본격적으로 쾌의당이 조직되고 그가 핵심적인 일을 맡게 되었고, 자연스레 모습을 보기 힘든 조익현 대신 그가 쾌의당의 당주로 행세하게 되었지."

이북해는 용 선생이 처음 복면인을 만난 시기를 저울질해 보고는 신중한 음성으로 입을 열었다.

"그렇다면 그자는 지금은 거의 오십에 가까운 나이겠군요."

"그 후로도 계속 복면을 하고 있어서 정확한 나이는 알 수가 없지만, 아마 그쯤 되었을 걸세."

"그는 어떤 인물입니까?"

단도직입적인 이북해의 물음에 용 선생의 입가에 고졸한 미소가 떠올랐다.

"솔직히 말하면 잘 모르겠네. 처음 본 것은 이십 년이 넘었지만 실제로 만난 횟수는 예닐곱 번밖에 되지 않았네. 그중에서 직접 대화를 나눈 것은 두세 번에 불과했지. 다만 몇 가지, 분명하게 말할 만한 것이 있네."

"그게 무엇입니까?"

"그가 무척 치밀한 성격에 좀처럼 말이 없는 과묵한 인물이라는 것이지. 꼭 필요한 말 외에는 내뱉는 법이 없어서 협의체의 인물들 중에는 의중을 알기 힘들다며 불평을 토하는 자들도 있었네."

"치밀한 성격에 과묵한 인물이라……."

강호 무림에서 그러한 인물을 찾아보자면 수백 명도 넘게 볼 수 있을 것이다.

"또한 그는 살검(殺劍)의 고수일세. 그중에서도 최고의 수법이라는 탈혼검을 익히고 있지."

탈혼검은 강호에 퍼져 있는 수많은 살인 수법 중에서도 가장 무시무시한 것으로, 일단 발출되면 반드시 상대의 숨통을 끊어 놓는다고 알려져 있었다.

하나 이북해는 탈혼검이란 말에도 별반 놀라는 표정을 짓지 않았다.

용 선생 또한 내심 짐작하는 게 있는지 덤덤한 눈으로 그를 쳐다보았다.

"자네도 이미 짐작하고 있었던 모양이군."

"일전에 천수관음 옥 선배에게서 천수나타가 어떻게 쾌의당에 들어가게 되었는지 그 내막에 대해 들은 적이 있습니다."

"그렇군. 이미 적지 않은 인물들이 쾌의당에 대해 조금씩 알고 있었던 거로군. 확실히 이십 년이란 아무리 무거운 비밀이라도 완벽하게 묻어 두기에는 너무도 긴 세월이지."

그렇게 말하는 용 선생의 얼굴에는 무어라 형용하기 어려운 씁쓸한 빛이 스치고 지나갔다. 형산파의 최고 어른으로 일신의 명예를 저버리고 일개 청부 집단인 쾌의당에 속하게 된 자기 자신에 대한 혐오와 그 사실이 드러났을 때 일어날 파문에 대한 우려가 그의 주름진 두 눈에 그대로 드러나 있었다.

이내 용 선생은 흔들리는 마음을 수습하고는 한결 차분해진 음성을 내뱉었다.

"내가 자네에게 말해 주고 싶은 것은 정체도 잘 모르는 쾌의당의 당주에 대한 것이 아닐세. 그보다는 칠대용왕 중의 몇 사람에 대한 이야기를 하고 싶었네."

이북해는 그 어느 때보다 안광을 밝게 번뜩였다. 칠대용왕의 상당수는 이미 그 정체가 드러났으나, 아직도 몇 사람에 대해서는 자세히 밝혀진 것이 없었다.

"칠대용왕 중 자네가 아직 정체를 모르는 자들은 누구인가?"

용 선생의 물음에 이북해는 즉시 대답했다.

"산중용왕(山中龍王)과 운중용왕, 그리고 인중용왕입니다."

"그러리라 짐작했네. 그들 세 사람은 칠대용왕 중에서도 좀처럼 행적을 알기 어려운 자들이라 외부인들은 정확한 정체를 파악하기 힘들지. 산중용왕의 정체는 자네도 대충 예상은 하고 있었을 듯한데, 그렇지 않나?"

잠시 생각에 잠겨 있던 이북해는 확신에 찬 음성으로 되물었다.

"혹시 그는 녹림의 총표파자인 십절산군 사여명이 아닙니까?"

"정확히 알고 있군. 바로 그일세."

"산중용왕이란 이름에서 혹시 그가 아닐까 추측했을 뿐입니다."

산중용왕이라는 이름과 녹림의 총표파자는 확실히 누가 생각해도 잘 어울려 보였다.

"운중용왕은 누굽니까?"

용 선생은 의외로 살짝 눈썹을 찌푸렸다.

"그의 정체는 나도 모르네. 처음 나타났을 때부터 당주와 마찬가지로 늘 검은 복면으로 얼굴을 가리고 있었기 때문이지."

"그렇다면……."

"그래도 목소리나 행동거지로 보아 의심되는 인물이 있기는 하네. 처음에는 긴가민가했는데, 세 번째쯤 만났을 때 의식적으로 나를 피하는 것을 보고는 심중을 굳혔지."

"정파의 인물이군요."

이북해의 단정적인 말에 용 선생은 고개를 끄덕였다.

"사파라면 굳이 얼굴을 가릴 필요가 없었겠지. 자기 딴에는 구름 속의 신룡처럼 신비스러움을 나타내고 싶었겠지만, 내가 보기에는 그저 대명천지에 스스로의 얼굴을 드러내기가 부끄러운 겁쟁이의 치졸한 변명일 뿐일세."

용 선생의 가혹한 혹평이 이어졌다.

"칠대용왕과 두 명의 영주는 서로 독립적인 관계로, 사안마다 자신의 책임하에 일을 진행할 수 있지. 그런데 그자가 끼어드는 일마다 유독 좋지 않은 일이 벌어지거나 의문의 변고(變故)가 자주 발생하곤 했네. 아무리 스스로 몸을 굽혀 협의체에 들어왔다고 해도 자신은 물론 자신을 믿는 주변 사람들의 얼굴까지 먹칠을 하는 그런 위인을 누가 좋아하겠는가? 그래서인지 같은 칠대용왕들 사이에서도 그다지 좋은 평가는 받고 있지 못하네."

"그가 누굽니까?"

"내가 그의 복면을 벗겨 얼굴을 내 눈으로 본 것은 아니므로 직접적으로 이름을 말해 줄 수는 없네."

"다만 추측이라도 좋습니다."

용 선생은 잠시 허공을 응시하다가 천천히 입을 열었다.

"그는 강호에서 나에 못지않은 명성을 쌓은 인물일세. 뿐만 아니라 누구보다 높은 지위에 올라 있기도 하지. 아랫사람에게 적지 않은 존경을 받고 있으며, 또한 수단이 좋아서 자신이 가진 권력을 적절하게 사용하는 법을 알고 있는 것 같더군."

"……!"

"자네의 얼굴을 보니 떠오르는 인물이 있는 모양이군."

"선배님께서 말씀하신 자는 혹시……."

이북해가 무어라고 말하기도 전에 용 선생은 고개를 가로저었다.

"조금 전에도 말했다시피 내가 보지도 않은 인물의 이름을 함부로 거론할 수는 없네. 나는 추측을 말했을 뿐이고, 자네도 한 사람을 추측했을 뿐이네. 그걸로 만족하게."

이북해로서는 용 선생의 단호한 말에 흉중에 떠오르는 이름을 속으로 삼킬 수밖에 없었다.

"알겠습니다."

이북해의 아쉬움을 짐작이라도 한 듯 용 선생은 재빨리 다음 말을 이었다.

"이제 인중용왕에 대해 말해 주겠네."

이북해는 다시 용 선생의 말에 귀를 기울였다.

인중용왕은 칠대용왕 중 유일하게 그동안 강호에 단 한 번도 제대로 모습을 드러낸 적이 없는 인물이었다. 하나 이북해는 오랜 조사 끝에 그가 칠대용왕 중에서도 가장 강한 무공의 소유자이며, 쾌의당주를 제외하고는 실질적인 쾌의당의 이인자라는 사실을 입수할 수 있었다.

"이미 알고 있겠지만 쾌의당에서 칠대용왕과 이대영주는 상하 관계가 아니라 수평 관계로, 각기 자신만의 세력을 가지고 독자적인 영역을 구축하고 있네. 그래도 그중에서 굳이 우열을 가르자면 인중용왕이 한발 앞서 있다고 할 수 있지. 대다수의 사람들이 그를 칠대용왕 중의 첫째로 꼽는 것도 바로 그런 이유에서일세. 심지어 오만하고 도도한 칠대용왕의 다른 사람들도 그가 자신들의 가장 앞에 있다는 것을 부인하지 못했네."

강호의 무림인들은 뛰어난 실력만큼이나 자존심이 강했고, 쉽게 남에게 머리를 숙이거나 약세를 인정하려 하지 않는 족속들이었다.

칠대용왕 정도 되는 고수들이라면 그 자존심과 스스로의 무공에 대한 자부심은 더 말할 나위도 없을 것이다. 더구나 칠대용왕 중에는 무림의 최고 고수들인 무림구봉에 속해 있는 인물도 있었다.

그럼에도 그들 중 누구도 인중용왕이 칠대용왕의 수좌(首座)라는 것을 부인하지 않았다는 건 그만큼 인중용왕이 그들을 압도하는 실력의 소유자임을 나타내는 방증이라고 할 수 있을 것이다.

"인중용왕은 쾌의당에 가장 늦게 합류했네. 그래서 처음에는 그를 무시하거나 그에게 의혹을 가진 자들도 있었지. 하지만 그는 그런 주위의 우려를 단숨에 씻어 버렸네. 바로 양천해와의 일전을 통해서 말일세."

인중용왕의 등장은 칠대용왕을 비롯한 쾌의당의 수뇌들을 격동시키기에 충분한 것이었다.

이제 갓 중년에 접어든 듯한 나이에 한 자루 검을 손에 들고 있을 뿐인 그 검객은 양천해의 가공할 구절마도를 완벽히 막아 냈을 뿐 아니라 오히려 번갯불 같은 반격으로 그를 격퇴시키기까지 했다. 당시 그가 사용한 검법은 그야말로 빛살처럼 빠르고 강력했으며, 몸놀림은 한 마리 비응(飛鷹)을 보는 듯 현묘하고 경쾌하기 그지없었다.

당시 양천해는 조익현과 쾌의당주와의 비무에서 연거푸 패하며 다소 의기소침해 있었다. 그러다 다시 마음을 잡고 무공 수련에 미친 듯이 매진해서 자신의 도법에 미흡한 점을 보완하고 구절마도의 최절초인 오선절(五仙截)을 육선절(六仙截)로 발전시켜 자신의 무공에 상당한 자부심을 가지고 있는 상태였다.

오선절은 양천해가 가장 자신하는 일섬절을 다섯 번 연거푸 펼치는 수법으로, 조익현을 만나기 전만 해도 양천해는 강호에서 이 초식을 감당해 내는 고수를 본 적이 없었다. 하나 조익현과 쾌의당주에게 연패하면서 이를 보강할 필요성을 느끼고 상당한 기간 동안 고련한 끝에 마침내 하나의 변화를 더 추가할 수 있게 되었던 것이다.

양천해의 육선절은 정말 가공할 위력을 가지고 있었다. 하나 그럼에도 중년 검객의 섬전과도 같은 검법과 신묘한 몸놀림을 당해 낼 수는 없었다.

육선절마저 무너진 후 심기일전하여 고련에 고련을 거듭해 온 양천해가 다시 두 개의 변화를 추가하여 팔선절을 완성한 것은 그로부터 십 년이 넘는 세월이 흐른 후의 일이었다. 양천해는 팔선절로 네 명의 절정고수들을 연파하면서 자신의 도법에 절대적인 자신감을 가지게 되었으나, 결국 마지막 순간에 신검무적의 검정중원에 꺾이고 말았다.

"인중용왕의 얼굴은 처음 보는 것이었으나, 그가 사용한 무공이 무엇인지는 누구나가 쉽게 알아보았지. 강호에서 그처럼 빠르고 사나운 검법과 표홀하면서도 예측을 불허하는 독보적인 움직임을 보이는 신법을 가진 문파는 오직 하나뿐이니 말일세."

이북해의 얼굴이 딱딱하게 굳어졌다.

"점창파로군요."

"바로 그렇다네. 양천해를 꺾을 때 그가 사용한 것은 바로 사일검법과 응조칠식경공이었지."

이북해의 뇌리에 한 사람의 이름이 떠올랐다.

십여 년 전에 혜성처럼 강호에 나타나 뭇 고수들을 연파하여 무림을 경동시키고 홀연히 사라진 절세의 검객. 일부 사람들에게는 점창파 사상 최고의 고수라고까지 불렸던 희대의 풍운아!

"십방랑자 사효심……!"

이북해의 입에서 흘러나오는 신음 같은 음성에 용 선생은 고개를 무겁게 끄덕였다.

"바로 그였네."

인중용왕의 정체가 사효심이라는 것은 침착하고 냉정한 이북해에게도 적지 않은 충격을 주는 일이었다.

오랫동안 실종되었던 사효심이 강호에 다시 나타나 무림맹의 무단을 맡은 것이 불과 얼마 전의 일이었다. 그런 그가 사실은 쾌의당의 용왕 중 한 명이라고 하니 아무리 용 선생의 입에서 나온 말이라 할지라도 쉽게 믿기지 않을 수밖에 없었다.

이북해는 과거에 사효심을 직접 만난 적이 있었다.

그때의 사효심은 그야말로 보는 것만으로도 눈이 부실 정도로 빛나는 재질과 뛰어난 기상을 지닌 인걸(人傑) 중의 인걸이었다. 누구라도 그를 보고 반하지 않을 수 없었고, 적지 않은 강호의 미녀들이 그에게 연정을 품기도 했다.

그런 사효심이 막상 강호에서 활약한 시기는 불과 몇 년밖에 되지 않았다. 그것은 사효심의 명성이 너무 갑작스럽게 상승한 것을 경계한 점창파 일부 고수들의 시기와 한곳에 머물러 있지 못하는 그의 방랑벽을 경계한 점창파 수뇌들의 의견이 일치하여 그에게 갑작스러운 소환령이 내려졌기 때문이었다.

그 소환령 이후 사효심의 모습은 더 이상 강호에서 보이지 않았다. 그가 소환령을 받아들여 점창파로 돌아갔는지, 아니면 소환령을 피해 강호의 외진 곳으로 숨어 들었는지는 의견이 분분해서 누구도 정확한 내막을 알지 못했다.

이북해 또한 사효심의 그 후 행적이 궁금하여 비밀리에 알아본 적이 있었다. 하나 점창파에까지 사람을 파견하였지만 사효심이 있는 곳을 알아내지는 못했다.

자신에게 소환령이 떨어진 것을 알아차린 사효심이 끝내 점창파로 돌아오지 않고 잠적했을 거라는 게 당시 그의 행적을 조사하던 자의 최종 의견이었으나, 이북해는 사효심에게 무언가 그만의 깊은 속사정이 있을 것이라고 생각했다.

그만큼 그는 단 한 번 만났을 뿐인 사효심에게서 깊은 인상을 받았던 것이다.

사효심이 실로 오랜만에 무당파에서 다시 공개적으로 모습을 드러내고 무림맹의 가장 중추적인 핵심인 무단의 단주를 맡게 되었을 때, 이북해는 몇 번이나 그를 찾아가려 했다. 하나 결국 동행하고 있던 야율척 때문에 포기해야 했다.

그런데 용 선생의 입을 통해 그가 쾌의당에 속해 있음을 알게 되자 이북해는 왠지 믿었던 자에게 배신당한 듯한 기분에 입맛이 씁쓸할 수밖에 없었다.

이제 이북해는 칠대용왕을 비롯한 쾌의당 수뇌들의 정체를 모두 알게 되었다. 알면 알수록 그런 절세의 고수들을 하나의 조직으로 끌어모은 조익현의 능력이 두려워졌고, 그의 의중에 짙은 의구심을 느끼지 않을 수 없었다.

"조익현이 선배님을 비롯한 고수들을 모아 쾌의당을 만든 목적이 무엇인지 아십니까?"

이북해의 물음에 용 선생은 가벼운 한숨을 내쉬었다.

"나도 늘 그가 무슨 의도로 그런 협의체를 만들었는지 궁금했네. 그래서 한번은 그에게 직접 물어본 적도 있었지."

"그가 무엇이라고 답했습니까?"

용 선생의 얼굴에 쓴웃음이 떠올랐다.

"원하는 것을 찾기 위해서라더군."

"원하는 것이라면?"

"하나의 작은 조각상이라고 했네."

이북해의 눈이 번쩍 뜨였다.

"취와미인상 말이로군요."

용 선생은 고개를 끄덕이며 말을 이었다.

"나중에야 우리도 알게 되었지만, 처음 그 말을 들었을 때는 황당하기도 하고 화가 나기도 했네. 나로 하여금 그토록 많은 고민과 불면의 나날을 보내게 만든 것이 기껏 조각상 하나를 얻기 위해서였다니 어찌 그러지 않겠나? 나뿐 아니라 다른 자들도 마음속으로는 적지 않은 불만과 의혹을 느끼고 있었을 걸세. 한참 후에 그 조각상에 담긴 것이 무엇인지를 알고 나서야 비로소 의문이 풀렸지."

쾌의당에 가입한 고수들은 대부분이 조익현과 쾌의당주가 펼치는 대라삼검의 가공할 위력을 뼈저리게 느낀 인물들이었다. 뒤늦게 조익현이 찾고 있는 취와미인상이 그러한 대라삼검의 절학을 담은 것임을 알게 되자 그들은 크게 경동하지 않을 수 없었다.

"그들 중 일부는 틀림없이 취와미인상에 욕심을 가졌을 걸세. 하지만 누구도 공개적으로 그것을 드러내거나 훼방 놓는 자는 없었지. 그건 조익현에게는 일종의 역린(逆鱗)과도 같은 것이어서 잘못 건드렸다가는 그의 노여움을 피할 수 없다는 걸 다들 잘 알고 있기 때문이었네."

용 선생은 물론이고 쾌의당의 수뇌들은 모두 조익현에 대한 두려움을 가지고 있었다.

조익현은 비록 몇 번 모습을 드러내지 않았으나, 그가 얼마나 놀라운 무공의 소유자이며 치밀한 심계와 잔인한 손속을 가지고 있는지는 모두들 너무도 잘 알고 있었다.

더구나 그의 제자인 쾌의당주 또한 결코 호락호락한 인물이 아니었다. 오히려 그들 중 무공으로 쾌의당주를 이긴다고 자신할 수 있는 사람은 아무도 없었다.

취와미인상은 모두 세 개가 있으며, 하나는 조익현이 가지고 있고 또 하나는 석동에게 있다. 그리고 마지막 남은 취와미인상은 조익현의 동생인 철혈홍안 조여홍의 수중에 있었다.

조여홍은 그 취와미인상을 천룡궤에 담아 놓았고, 그 천룡궤를 열기 위해서는 봉황금시가 필요했다.

자연히 쾌의당의 이목은 그 두 물건에 집중될 수밖에 없었다. 그로 인해 강호에 얼마나 많은 소요와 크고 작은 사건들이 벌어졌던가?

"최근에 조익현이 천룡궤를 열고 그토록 원하던 세 번째 취와미인상을 얻었다는 말을 들었네. 백 년에 걸친 그의 숙원(宿願)이

마침내 이루어진 것이지."

이북해는 임영옥이 가지고 있던 봉황금시가 강일비를 통해 조익현에게 전해진 사실을 전혀 모르고 있었기에 용 선생의 그 말에 적지 않은 놀라움과 당혹감을 느꼈다.

하나 그가 그에 대한 자세한 내막을 묻기도 전에 용 선생의 묵직한 음성이 뒤를 이었다.

"취와미인상이 조익현의 수중에 들어간 것은 어찌 보면 당연한 섭리라고 할 수 있네. 시기상의 문제였을 뿐, 그것은 결국 그의 손에 들어갈 수밖에 없는 상황이었지. 중요한 건 앞으로 쾌의당이 어떻게 움직일까 하는 것일세."

이북해는 누군가에게 머리를 맞은 것처럼 정신이 번쩍 들었다.

쾌의당은 조익현이 취와미인상을 얻기 위해 만든 것이었다. 물론 쾌의당의 수뇌들은 각기 다른 목적과 의도를 가지고 있겠지만, 실질적인 우두머리인 조익현의 원래 목표가 이루어진 상태에서 앞으로 쾌의당이 어떤 목표를 가지고 움직일 것인가 하는 것은 강호 정세에 커다란 영향을 끼칠 수도 있는 굉장히 중요한 일이 아닐 수 없었다.

"사실 칠대용왕 중 상당수와 천살령주까지 없어진 마당에 쾌의당이 지금과 같이 활발한 활동을 할 수는 없을 걸세. 하지만 조익현과 쾌의당주가 멀쩡하고, 야심이 많은 몇몇 용왕들이 건재해 있는 한 언제든 강호에 커다란 풍파를 일으킬 가능성은 존재하네. 인중용왕이 다시 모습을 드러낸 것이 바로 그 증거일세."

"용 선배의 말씀은 사효심이 다시 등장한 것이 혼자만의 생각이 아니라는 뜻입니까?"

"인중용왕은 칠대용왕 중 유일하게 조익현에게 직접 가르침을 받은 인물일세. 나는 그가 십여 년의 은둔을 깨고 강호에 다시 나타나 정식으로 무림맹의 중책을 맡은 것에는 조익현의 입김이 닿아 있을 것이라고 확신하고 있네."

"......!"

"조익현과 쾌의당주는 칠대용왕 중 절반 가까이가 목숨을 잃는 와중에도 전혀 흔들림이 없었네. 그런 그들이 천살령주마저 사라진 지금 인중용왕을 다시 움직이기 시작했네. 그들에게는 반토막이 난 쾌의당을 활용할 새로운 복안이 있는 게 틀림없네. 자네는 그 점에 주목해야 하네."

그 말을 할 때의 용 선생의 모습은 지금까지와는 달리 한없이 진지하면서도 결연한 것이었으며, 그것은 강호 무림의 앞날에 대한 우려와 걱정을 가득 안고 있는 무림명숙(武林名宿) 본연의 모습이었다.

용 선생은 이북해를 똑바로 바라보며 한 마디 한 마디 신중한 음성으로 입을 열었다.

"조익현은 취와미인상을 얻기 위해서 쾌의당을 만들었다고 했지만, 나는 그의 말을 전적으로 믿고 있지는 않네. 누구보다 야심이 크고 심계가 치밀한 그가 단순히 취와미인상 하나 때문에 쾌의당을 조직했을 리는 없네. 그가 수십 년 동안 장악해 온 서장을 떠나 중원으로 온 것에는 필시 곡절이 있을 것일세. 나는 그것이 그가 쾌의당을 만든 진실한 목적이라고 생각하네."

이북해는 용 선생의 마지막 말을 토씨 하나 빠뜨리지 않고 진산월에게 그대로 전해 주었다.

"지금까지의 쾌의당이 칠대용왕과 이대영주의 무대였다면, 앞으로의 쾌의당은 그동안 모습을 드러내지 않았던 쾌의당주와 인중용왕이 전면으로 나서는 전혀 다른 무대일세. 또한 그들의 배후에서 몸을 숨기고 있던 조익현이 이제 비로소 본격적으로 몸을 움직일 거라는 신호탄이기도 한 셈이지. 그들의 행적에 대해 자네는 더욱더 촉각을 곤두세워야만 하네."

용 선생과 나누었던 이야기를 모두 마친 이북해는 자신의 견해를 밝히는 것으로 진산월과의 만남을 마무리 지었다.

"야율척이 나에게 용 선생과 조익현의 관계에 대해 알려 준 것은 바로 조익현의 이러한 의도를 알게 하려는 것이 아니었을까 생각하오. 야율척과의 세력 경쟁에서 밀린 조익현이 쫓기듯 서장을 떠나 중원에 자리 잡기 위해 쾌의당을 만들었으며, 이제 대라삼검을 모두 완성한 그가 본격적으로 자신의 야망을 떨치기 위해 몸을 일으키려 한다는 걸 나에게 경고하려 했던 것 같소."

이북해의 마지막 말은 화살처럼 날아와 진산월의 귓전에 꽂혔다.

"그것은 또한 진 장문인에게 전하는 경고일 수도 있소. 강호에서 쾌의당과 가장 큰 원한을 맺고 있는 사람은 다름 아닌 진 장문인이 아니오? 조익현으로서는 어떤 식으로든 자신의 앞길을 가로막는 진 장문인을 가만두려 하지 않을 것이오."

제 366 장
이중함정(二重陷穽)

제366장 이중함정(二重陷穽)

오늘 서안의 석양은 미치도록 아름다웠다.

조금씩 붉은빛으로 물들어 가는 하늘이 처처히 늘어선 지붕과 처마 사이로 번져 가면 주위는 어느새 화염의 바다를 이루게 된다. 그 불타오르는 화염 사이로 우뚝 솟은 고루거각들과 멀리 보이는 진령(秦嶺)의 산자락은 한데 어우러져서 한 폭의 절경을 이루고 있었다.

노해광은 자신의 집무실에서 저물어 가는 석양을 바라보고 있다가 문득 한숨을 내쉬었다.

"오늘따라 석양이 정말 피처럼 붉군. 이런 날에는 왠지 좋지 않은 일이 벌어지곤 하는데, 그래서인지 자꾸 불길한 생각이 든단 말이야."

노해광의 뒤에 서 있던 지일환이 갑자기 한 걸음 앞으로 나서며 제법 당찬 음성을 내뱉었다.

"무당산에서 벌어진 악산대전에서 형산파를 물리쳤고, 이제 화산파마저 꺾었는데 누가 감히 종남파에 대항할 수 있겠습니까? 적어도 장안 일대에서 우리를 위협할 수 있는 세력은 없을 겁니다."

노해광은 슬쩍 그를 돌아보았다. 차갑고 날카로운 눈초리에 지일환은 황급히 입을 다물었다.

"늘 입을 조심하라고 그렇게 당부했거늘 또 함부로 놀리는구나. 넌 언제고 그 입 때문에 호되게 경을 칠 때가 있을 것이다."

지일환은 찔끔하다가 이내 어색한 웃음을 흘렸다.

"헤헤. 이곳에는 대형과 저밖에 없는데, 굳이 말 한 마디 한 마디에 신경 쓸 필요가 있겠습니까? 저도 대형 앞이니 마음 놓고 떠드는 겁니다."

"정보를 취급하는 놈은 절대로 입이 가벼워서는 안 된다. 무심코 놀린 입으로……."

"언제 귀중한 정보를 흘릴지도 모르기 때문이란 말씀이지요? 잘 알고 있습니다."

지일환이 자신이 할 말을 먼저 해 버리자 노해광의 눈초리가 험악하게 치켜 올라갔다.

'요새 일 몇 번 잘했다고 칭찬해 줬더니 이놈이 간덩이가 너무 커졌군.'

그렇다고 지일환이 엉뚱한 말을 한 것은 아니었다.

회람연에서 화산파를 격파한 데 이어 종남산에서 벌어진 혈겁 때문에 서안은 물론이고 섬서성의 모든 문파들이 종남파의 일거수일투족에 촉각을 곤두세운 채 눈치를 보기에 급급해 있었다. 자칫 잘못하여 종남파에 찍히기라도 하면 어떤 참변을 당할지 몰라 전전긍긍하고 있는 것이다.

그것은 그만큼 종남파의 위상이 대단하다는 증거이기도 했지만, 자칫하면 그들로 하여금 종남파에 반감을 가지게 할 수도 있는 일이었다. 원래 인간이란 잘되는 쪽에 시기와 질투를 느끼는 법이고, 특히 자존심이 강한 무림인들일수록 그런 경향이 더욱 심했다.

노해광은 이럴 때일수록 처신을 잘해야 앞으로의 일이 수월해진다는 걸 잘 알고 있기에 가급적이면 주위의 세력들을 자극하지 않으려고 많은 신경을 기울이고 있었다. 그렇지 않았다면 사라진 검단현을 찾기 위해서라도 서안 일대를 발칵 뒤집어 놓았을 것이다.

검단현이 서안에 있는 것은 분명한데, 벌써 며칠째 그의 행방을 알아내지 못해 노해광은 잔뜩 예민해진 상태였다.

회람연 이후 적어도 서안 일대에서 종남파를 등에 업은 노해광의 말을 거역하는 세력은 없었다.

노해광은 서안의 크고 작은 방파에 사람을 보내 앞으로 검단현과 조금이라도 연관이 되는 자는 종남파의 원수가 될 것이며 피의 복수를 당할 것이라는 점을 넌지시 밝혔다. 검단현에 대한 일은 앞으로도 전혀 타협의 여지가 없다는 것을 분명하게 주지시켰기에 적어도 서안에 존재하는 세력이나 인물들 중 검단현을 숨겨 줄

곳은 없을 거라는 게 많은 사람들의 일치된 생각이었다.

또한 적류문이 멸망한 후 서안의 흑도는 흑선방이 완전히 장악한 상태였다. 지금 흑선방은 방주인 최동까지 나서서 서안의 뒷골목을 이 잡듯이 뒤지고 다니며 검단현의 행방을 알아내기에 혈안이 되어 있었다.

그럼에도 오 일이 지나도록 검단현은커녕 그의 흔적조차 찾지 못하고 있으니 노해광이 초조해하는 것도 무리는 아니었다.

때마침 한 사람이 안으로 불쑥 들어왔다. 노해광은 들어온 사람이 흑선방의 최고 살수이며 최동의 최측근인 강표임을 알고 눈을 번쩍 빛냈다.

"무슨 일이냐?"

강표는 소리 없는 걸음으로 다가와 머리를 조아리며 조용한 음성으로 말했다.

"의심스러운 곳 두 군데를 찾아냈습니다."

"어디냐?"

"한 군데는 용사혈의 십이목(十二目) 부근에 있는 고택입니다. 사 일 전에 상당량의 약재와 광목천이 그곳으로 유입된 것을 알아냈습니다."

약재상을 주목한 것은 당연한 수순이었다. 검단현은 치명적인 상처를 입고 있기에 그를 구출해 간 자가 누구이든 그의 부상을 치료하기 위해서는 적지 않은 약재를 필요로 할 것이다.

또한 광목천은 피를 흡수하고 상처를 감싸기 위한 물건이었다.

흑선방의 최동은 그동안 수하들을 풀어 은밀히 서안의 약재상과 포목점을 뒤지고 다녔는데, 마침내 처음으로 성과를 거두게 된 모양이었다.

용사혈은 서안의 뒷골목에 미로처럼 복잡하게 형성된 좁은 골목길을 가리키는 것으로, 수십 개의 길목 사이로 뻗어 있는 수많은 갈림길이 마치 뱀 구멍을 연상시킨다고 하여 붙여진 이름이었다.

노해광은 모처럼 얻은 소식에 기뻐하기보다는 오히려 더욱 신중한 표정이 되었다.

"단순히 약재와 광목천을 구입했다는 것만으로 그곳을 의심하진 않았을 텐데……."

"약재들이 하나같이 부러진 뼈를 잇게 하고 심맥과 내상을 치료하기 위해 꼭 필요한 것들이었습니다. 게다가 사 일 전에 한 차례 약재와 광목천을 구입한 후에는 누구도 고택을 드나드는 사람이 없었습니다."

노해광은 잠시 생각에 잠겨 있다가 다시 물었다.

"고택의 주인은?"

"이시영(李始榮)이라는 인물입니다."

"뭐 하는 자냐?"

"젊었을 때는 남전(藍田)에서 관리로 지냈다고 합니다. 십여 년 전에 낙향해서 서안 남로에 살다가 몇 년 전에 그곳으로 왔다고 하더군요."

"관리까지 했던 인물이 용사혈로 기어 들어왔다는 게 어쩐지 미심쩍군. 그곳은 누가 지키고 있지?"

"초 대협께서 조일당의 형제들과 함께 그곳 일대를 비밀리에 에워싸고 있습니다."

강표가 말한 초 대협이란 삼묘의 셋째인 소혼묘랑 초희의 오빠인 초력을 가리키는 말이었다.

초력은 비록 뒤늦게 노해광의 무리에 합류했으나, 무공이 고강하고 성격이 충직해서 노해광의 상당한 신임을 받고 있었다. 조일당 또한 흑선방에서도 상당한 실력을 지닌 고수들이 모인 곳이기에 초력과 그들이 지키고 있다면 설사 하늘을 나는 새라 할지라도 쉽사리 빠져나갈 수 없을 것이리라.

"다른 한 곳은 어디냐?"

강표는 웬일인지 평소의 그답지 않게 순간적으로 머뭇거리다 입을 열었다.

"화월루입니다."

노해광의 눈초리가 꿈틀거렸다.

화월루는 서안에서 제일 큰 기루로, 화대부인이 그 주인이었다. 화대부인은 서안 일대에서 소문난 여걸이었고, 노해광도 감히 무시하지 못하는 실력과 배경을 지니고 있었다.

노해광은 그동안 몇 번이나 그녀를 만난 적이 있었으나, 그렇다고 특별히 친밀한 관계라고 할 수는 없었다. 화대부인은 서안 일대 귀부인들의 모임인 만방루의 실무를 담당하고 있었고, 서안 최고의 부자인 손노태야와도 친분이 두터워서 노해광으로서도 쉽게 접근하지 못하고 있었다.

그렇다고 노해광이 그녀를 두려워하는 것은 아니었다. 노해광은 이미 섬서성 제일의 문파로 급부상한 종남파의 어른이었고, 당대 제일의 고수인 신검무적의 사숙이었으며, 서안의 흑도를 장악하고 있는 최고의 실력가였다. 그는 다만 여인들과 문제가 생기면 더없이 시끄러워진다는 걸 잘 알고 있기에 은연중에 그녀를 경원시했을 뿐이었다.

하나 그렇다고 그녀와의 다툼을 꺼리거나 피할 리는 없었다.

노해광은 상대가 여인이라고 해서 사정을 봐주거나 양보를 하는 사람이 아니었다.

"화월루를 의심하는 이유는 무엇이냐?"

"화대부인이 화산파의 집법이었던 곡수와 비밀 회담을 해서 화산파를 뒷배경으로 삼으려고 했던 것은 대형께서도 알고 계실 겁니다."

노해광은 고개를 끄덕였다.

"그런 일이 있었지. 하지만 곡수가 죽고 난 후 화대부인은 화산파와 일정 거리를 두고 더 이상 접근하지 않았고, 그 후로도 화산파의 인물들과 접촉한 흔적은 없었다."

"하지만 방주께서는 달리 생각하셨던 모양입니다. 조금이라도 의심의 소지가 있는 인물은 무조건 철저히 조사해야 한다고 말씀하셨지요."

"확실히 최 방주가 남달리 집요한 구석이 있긴 하지."

"그동안 방주께서는 적지 않은 인원을 풀어 화대부인을 감시했는데, 이상하게도 이틀 전부터 그녀의 모습이 보이지 않았습니다. 대형께서도 아시다시피 화대부인은 그동안 단 한 번도 화월루를 순시하지 않은 적이 없었습니다."

"그렇지. 그녀는 자신이 세운 화월루에 대한 애착이 누구보다 강해서 하루에 한 번은 꼭 주루와 도박장, 기루를 돌아보곤 했지."

"그런데 이틀 전부터 순시하는 그녀의 모습을 본 적이 없었습니다. 처음에는 그녀에게 급한 일이 생겼거나 몸이 심하게 아픈 게 아닐까 생각했지만, 어제도 그녀가 나타나지 않자 방주께서 본격적으로 화월루를 주목하기 시작했습니다."

화대부인이 이틀 동안 모습을 나타내지 않았다는 말에 노해광 또한 의문을 품었다. 그가 아는 화대부인이라면 몸을 운신하지 못할 정도로 아프다 할지라도 다른 사람의 등에 업혀서라도 자신의 구역을 돌아보았을 것이다. 그만큼 화월루에 대한 그녀의 애착은 대단한 것이었다.

"어젯밤에 방주께서는 직접 화월루를 찾아가 화대부인을 만나려 했습니다. 하지만 볼 수가 없었습니다. 기껏 기루를 담당하고 있는 포희만 나왔다고 하더군요."

기루를 운영하는 사람의 입장에서 가장 두려운 존재는 흑도문파였다. 아무리 화대부인이 서안 일대에서 영향력이 크다고 할지라도 서안의 흑도를 완벽하게 장악하고 있는 흑선방주를 무시할수는 없을 것이다.

"포희는 무어라고 했더냐?"

"돌아가신 부모님의 제사가 머지않아서 화대부인이 고향으로 잠시 돌아갔다고 했습니다."

포희의 답변 자체는 이상할 것이 없었다. 그럼에도 최동이 화월루를 의심한 것은 다른 이유가 있을 것이다.

강표는 그 이유를 말해 주었다.

"방주께서는 예전에 서안 일대의 유력자들의 신상 명세를 최대한 조사해 놓은 적이 있었습니다. 그 기록에 따르면 화대부인의 부모 제사는 매년 이 월 오 일이라고 하더군요."

지금은 유월 하순이었다. 그러니 화대부인이 부모의 제사를 위해 고향으로 갔다는 포희의 말은 거짓이 분명하다. 대체 포희는 왜 최동에게 거짓말을 한 것일까? 그리고 화대부인은 어디로 사라진 것일까?

"최 방주는 어떻게 했느냐?"

"방주께선 알았다며 자리에서 일어나 화월루를 나오셨습니다. 그리고 삼묘 세 분을 모셔 오라 하셨습니다."

노해광은 고개를 끄덕였다.

"적절한 조치로군."

삼묘는 노해광의 의제들로, 섭혼묘군 가휘와 천면묘객 하웅, 소혼묘랑 초희를 말한다. 그들은 각기 한 방면에 특이한 재주를 가지고 있었는데, 그 때문에 어떤 일을 꾸미거나 조사할 때 더할 수 없이 적합한 인물들이었다.

"초삼랑께서 포희의 시녀 한 사람을 유인해 오셨고, 가노대께서 그녀에게 미혼술을 펼쳐 정보를 알아냈습니다. 그녀의 말로는 화대부인이 사라지기 전날 밤에 누군가가 찾아왔다고 하더군요."

"그가 누구냐?"

"체구가 왜소한 노인이라고 하더군요. 시녀도 힐끗 본 게 전부라 더 이상은 알아낼 수 없었습니다."

"그 노인을 만난 후 화대부인이 모습을 감춘 것이란 말이지?"

"시녀는 그렇게 알고 있었습니다."

노해광은 냉소를 날렸다.

"전형적인 술수로군."

강표는 주저 없이 고개를 끄덕였다.

"방주께서도 그렇게 말씀하셨습니다."

화산파의 고수인 검단현의 행적을 찾을 때 하필이면 화산파와 친분이 있는 화대부인이 모습을 감추어서 주목을 받고, 우연히 시녀가 그 광경을 보게 되고, 화대부인의 실종에 의심을 품은 사람들이 시녀를 찾아가 그 사실을 확인하게 되기까지의 확률은 얼마나 될까?

노해광은 확률 따위는 믿지 않는 사람이었다.

이건 누군가가 짜 놓은 함정이 분명했다.

문제는 그 함정이 너무도 알기 쉽고 노골적이라는 것이었다.

"그래서 더 의심이 드는군. 이건 마치 여기 함정이 있으니 어서 찾아오라고 손짓해 부르는 격이 아닌가?"

노해광은 잠시 생각에 잠겨 있었다.

최동 또한 이 일에 의구심을 느꼈음이 분명했다. 그래서 강표를 보내 노해광에게 자세한 사정을 알리고 어떻게 대처할 것인지를 지시받고자 한 것이다.

화대부인의 실종에 검단현이 관련되어 있다는 증거는 어디에
도 없으나, 실종된 시기가 너무 공교로웠고 화대부인이 화산파와
상당 기간 동안 밀착 관계에 있었기에 의심해 볼 여지는 충분히
있었다.

용사혈의 고택 또한 사람이 몸을 숨기기에는 더할 나위 없이
적합한 곳으로, 약재와 광목천을 구입하고 아무도 출입하지 않는
등 전후 사정이 수상쩍기 그지없었다.

이런저런 생각에 골똘해 있던 노해광은 문득 피식 웃음을 흘렸
다.

그토록 노력을 기울였음에도 오 일 동안 아무런 흔적도 발견할
수 없었는데, 갑자기 하룻밤 사이에 두 군데의 의심스러운 장소가
나타났다.

한 곳은 서안의 가장 복잡하고 후미진 뒷골목이고, 다른 한 곳
은 서안에서 가장 번화하고 화려한 기루였다. 이것이 과연 단순한
우연일 뿐일까?

'우연 따위는 없다.'

노해광은 이번 일에 누군가의 흑심이 개입했음이 분명하다고
확신했다. 그리고 그 누군가의 의도가 무엇인지도 어렵지 않게 유
추할 수 있었다.

'선택하라는 거군. 둘 중 어느 곳을 택할지 나보고 결정하라는
거야.'

선택을 한다면…… 그곳에는 과연 무엇이 기다리고 있을까?

그리고 자신을 그곳으로 유인하는 누군가의 진정한 목적은 과

연 무엇일까?

누군가 자신을 노리고 있다!

생각이 거기에 미치자 노해광의 전신에는 짜릿한 감흥이 퍼져 나갔다. 그것은 다가올 위험에 대한 인간 본연의 본능일 수도 있고, 살기에 반응하는 무림인의 천성일 수도 있다.

어찌 되었건 검단현의 행방을 몰라 짜증에 가득 찼던 노해광의 온몸에서는 그 자신도 알 수 없는 활력이 감돌기 시작했다.

노해광의 입가에 한 줄기 스산한 미소가 걸렸다.

'나를 유인하여 사냥이라도 하고 싶다는 건가? 과연 누가 사냥 감이고 누가 사냥꾼이 될지는 나중에 알게 될 것이다.'

허공을 응시하는 그의 눈빛은 그 어느 때보다 날카롭게 번뜩이고 있었다.

화월루의 후원은 여러 채의 크고 작은 전각들이 처처히 늘어서 있었다. 그중 상당수는 다른 곳과 시각적으로 완전히 분리된 별채들이었다.

짙은 어둠이 천지 사방을 무겁게 짓누르고 있는 이경(二更) 무렵.

화월루의 별채들 중에서도 가장 깊숙한 곳에 있는 야월각(夜月閣) 앞에 세 개의 인영이 나타났다.

중앙의 인물은 준수한 얼굴에 구레나룻을 기르고 체구가 건장한 중년인이었다. 주위를 둘러보는 태도나 자세에서 당당한 여유와 자신감을 느낄 수 있어 한눈에 보기에도 범상치 않은 신분임을 알 수 있었다.

그의 오른쪽 옆에는 비쩍 마른 말상의 중노인이 따르고 있었고, 왼쪽으로는 험상궂은 얼굴에 사나운 눈빛을 지닌 흑의인이 있었다.

그들 세 사람은 아무런 말이 없이 야월각의 앞까지 다가와서 잠시 어둠에 잠긴 야월각을 올려다보고 있었다.

야월각은 모두 이층으로 된 작은 누각이었는데, 크고 작은 창문 십여 개가 누각을 에워싸듯이 뚫려 있어 날씨가 좋을 때면 활짝 열린 창문 사이로 누각 안을 훤히 들여다 볼 수 있는 곳이었다.

지금은 야심한 시각인지라 창문들은 모두 닫혀 있었고, 중앙에 뚫려 있는 출입구마저 문이 굳게 닫혀 있어 인적을 찾아볼 수 없었다.

평상시라면 아무리 깊은 밤이라 할지라도 몇 개의 유등(油燈)이 켜 있을 텐데, 오늘은 어찌 된 일인지 등이라고는 눈을 씻고 보아도 찾을 수 없어 주위는 그야말로 칠흑 같은 어둠에 휩싸여 있었다. 어찌 보면 기루가 아니라 인적이 끊긴 폐가(廢家)를 연상하게 할 정도였다.

중앙의 중년인이 창문조차 잠겨 있는 야월각을 올려다보고는 냉소를 날렸다.

"흥! 초대치고는 너무 성의가 없군. 사람을 불러 놓고 불조차 켜 놓지 않다니 이건 그냥 돌아가라고 부추기는 격이 아닌가?"

그의 말이 끝나자마자 갑자기 야월각이 훤하게 밝아졌다. 출입구에 두 개의 유등이 내걸렸을 뿐 아니라, 야월각 안에도 적지 않은 수의 등이 켜졌는지 창문 사이로 환한 불빛이 흘러나와 어둠이 씻은 듯이 사라져 있었다.

등불로 밝아진 야월각은 아름답게 단장된 처마와 창문의 정교한 장식이 그대로 드러나 서안 제일의 기루에 있는 후원다운 모습을 보여 주고 있었다.

중년인은 조금도 놀라지 않은 채 담담한 눈으로 밝아진 야월각을 바라보고 있더니 다시 혼잣말처럼 나직한 음성을 내뱉었다.

"이 정도를 성의라고 할 수 없지. 어렵게 이곳까지 걸음을 했는데, 그래도 안내하는 사람은 있어야 할 게 아닌가?"

그의 말을 듣기라도 한 듯 굳게 잠겨 있던 야월각의 정문이 소리도 없이 열리며 한 사람이 모습을 드러냈다.

그를 보자 침착하기 그지없던 중년인은 물론이고 그의 양옆에 있던 자들까지 모두 놀란 표정을 금치 못했다. 나타난 사람은 뜻밖에도 그토록 이를 갈고 찾아 헤매던 철심혈수 검단현이었던 것이다.

서안 일대를 샅샅이 뒤져도 찾을 수 없던 검단현의 모습을 눈앞에서 보았건만 중년인은 오히려 믿기지 않는 듯 한동안 아무 말도 하지 않고 검단현을 쳐다보기만 했다.

검단현은 아직도 부상의 후유증 때문인지 혈색은 창백하기 그지없었고, 살짝 드러난 소맷자락 사이로 보이는 팔에도 붕대가 감겨 있었다. 그럼에도 그의 눈빛은 여전히 한 자루 검을 보는 듯 날카로웠고, 자세 또한 꼿꼿해서 한 점의 흐트러짐도 보이지 않았다.

검단현은 중년인과 시선이 마주치자 고개를 살짝 까닥거렸다.

그러고는 다시 안으로 들어가 버렸다.

의미를 알기 힘든 그 동작에 중년인의 눈썹이 처음으로 살짝 찌푸려졌다.

중년인은 검단현이 사라진 야월각의 입구를 뚫어지게 보고 있다가 결심을 한 듯 성큼 걸음을 내디뎠다. 그의 양옆에 있던 자들도 그를 따라 몸을 움직이기 시작했다.

가까이 다가갈수록 야월각의 입구는 커다랗게 입을 벌린 정체모를 괴물처럼 사람의 마음을 무겁게 짓누르는 묘한 분위기를 풍기고 있었다.

활짝 열린 문 너머로 실내의 광경이 들여다보일 법도 한데, 이상하게도 밖에서는 안의 풍경이 제대로 보이지 않았다. 다만 환하게 밝혀진 몇 개의 유등만이 이리저리 흔들리고 있을 뿐이었다. 꼭 두각시처럼 움직이는 유등의 그림자가 왠지 괴기스러워 보였다.

야월각의 입구에서 중년인은 잠시 걸음을 멈추었다. 그때 안에서 검단현의 목소리가 들려왔다.

"나를 보러 이곳까지 온 것이 아닌가? 이제 와서 망설이다니 철면호답지 않군."

그 음성을 듣자 중년인은 질끈 입술을 깨물고는 서슴없이 야월각의 안으로 들어갔다.

입구를 들어서자 화려하게 단장된 넓은 대청이 시야에 들어왔다.

대청의 사방에는 여러 개의 유등이 걸려 있었고, 한쪽에는 몇 개의 탁자와 의자들이 질서 정연하게 늘어서 있었다.

대청의 중앙에 있는 의자에 두 사람이 나란히 앉아서 실내로 들어오는 중년인 일행을 바라보고 있었는데, 그들의 모습이 실로 대조적이었다.

한 사람은 왜소한 체구에 머리가 유난히 큰 중노인이었다. 흰머리가 듬성듬성 나 있는 더벅머리에 얼굴에는 잔주름이 가득 나 있어 얼핏 보기에도 나이가 적지 않음을 알 수 있었다. 그럼에도 무엇이 그리도 좋은지 활짝 웃고 있는 얼굴의 혈색이나 표정은 젊은이의 그것처럼 싱싱해 보였다.

그의 옆에 있는 사람은 반대로 우람한 체구에 흑발의 중년인이었다.

얼굴 전체에 수염이 덥수룩해서 용모를 제대로 알아보기 힘들 정도였는데, 그럼에도 부리부리한 두 눈에서 흘러나오는 눈빛은 강렬하기 이를 데 없어서 거칠고 사나운 성격임을 어렵지 않게 짐작할 수 있을 정도였다.

두 사람은 체구나 외모뿐 아니라 얼굴의 표정과 전신에서 흘러나오는 기운까지 판이해서 전혀 어울릴 것 같지 않았다. 그럼에도 어깨를 나란히 한 채 중년인 일행에게 시선을 주고 있는 그들의 모습은 왠지 썩 잘 어울려 보였다.

중년인은 그들을 둘러보고는 고개를 갸웃거렸다. 분명 검단현이 이곳으로 들어오는 것을 보았을 뿐 아니라 조금 전에는 그의 목소리까지 들었는데 이상하게도 그의 모습을 찾을 수 없었던 것이다.

중년인이 주위를 두리번거리자 왜소한 체구의 괴노인이 클클 거리며 웃었다.

"흐흐. 찾을 필요 없네. 자네가 원하는 사람은 이 층에 있으니 말일세."

그의 말마따나 그들이 앉아 있는 의자 뒤편으로 이 층으로 올라가는 계단이 보였다. 문제는 이 층으로 가기 위해서는 어떤 식으로든 그들을 지나야 한다는 것이었다.

중년인은 여전히 의자에 앉아 있는 두 사람은 번갈아 쳐다보다가 이내 고개를 끄덕였다.

"그를 보기 위해서는 두 분을 넘어서야 되겠구려."

괴노인은 여전히 괴이한 웃음을 흘렸다.

"흐흐. 눈치가 빠른 친구로군. 과연 서안을 주름잡고 있는 철면호다워."

"두 분은 나를 알고 있는데, 나는 두 분이 누구인지 전혀 모르니 면목이 없소. 두 분의 고명한 이름을 알 수 있겠소?"

"듣던 대로 말을 번지르르하게 잘하는군. 내 이름은 별로 고명하지 않네. 대형, 대형은 자신의 이름이 고명하다고 생각하시오?"

괴노인이 묵묵히 앉아 있는 흑의 중년인을 향해 묻자 흑의 중년인은 퉁명스러운 음성을 내뱉었다.

"고명은 무슨 얼어 죽을. 이름이란 그저 그놈이 염라대왕 앞에 갔을 때 자신이 누구 손에 뒈졌는지 알려 주는 데 필요한 것일 뿐이야."

거칠고 투박한 음성만큼이나 그 안에는 살기가 뚝뚝 흘러넘치고 있어 듣는 이의 모골을 송연하게 만들었다.

중년인은 겉으로 보이는 외모와는 달리 흑의 중년인이 괴노인의 윗사람인 것을 알게 되자 표정이 무겁게 굳어졌다. 괴노인만으로도 범상치 않아 보였는데, 흑의 중년인은 더욱 상대하기 어려운 존재라는 생각이 들었던 것이다.

괴노인은 손뼉을 치며 웃었다.

"하하. 정말 옳은 말씀이오. 대형의 말은 하나같이 정말 들으면 들을수록 귀에 쏙쏙 들어오는 명언들뿐이오."

"쓸데없는 말은 그만하고 어서 후딱 일이나 마무리 짓도록 하자. 밤이 길면 어차피 뒈질 놈들이라도 헛된 꿈을 꾸게 될지 모르니 말이다."

"역시 멋진 말씀이시오. 기꺼이 따르겠소."

괴노인은 다시 한 차례 손뼉을 치며 자리에서 벌떡 일어났다.

그때 두 사람의 행태를 가만히 지켜보고만 있던 중년인이 무언가를 알아차린 듯 놀란 음성을 내뱉었다.

"두 분은 혹시 소문삼살 중 괴살 도인수와 막살(莫殺) 적화승(狄火承)이 아니오?"

괴노인이 의외라는 눈으로 중년인을 바라보았다.

"용케도 우리가 누구인지 알아차렸구나. 그렇다면 우리가 이제 무슨 일을 할지도 알고 있겠구나? 크하하!"

괴노인, 도인수는 잔주름 가득한 얼굴이 잔뜩 일그러지도록 활짝 웃었다. 살기로 범벅이 된 그 얼굴은 지금까지와는 달리 살 떨리도록 무섭고 잔인해 보였다.

소문삼살은 마도의 최고 고수인 우내사마 중 일인이며 천하제일살성으로 알려진 소마 신지림의 제자들이었다. 그들 중 막내인 악살 장병기는 얼마 전에 종남파를 습격하는 무리에 섞여 있다가 한 줌의 고혼으로 사라지고 말았다.

악살 장병기는 물론이고 둘째인 괴살 도인수도 사용하는 수법이 하나같이 잔인하고 괴기해서 무림에 악명이 자자했지만, 소문삼살 중 강호인들이 가장 두려워하는 자는 첫째인 막살 적화승이었다.

닥치는 대로 살겁을 일삼는다고 해서 막살이라는 별호가 붙었을 정도로 적화승은 피에 굶주린 살인마였다. 그래서 혹자들은 그의 사부이자 천하제일살성인 소마에 못지않다고 하여 소소마(小笑魔)라고 부르기도 했다. 소마 신지림이 웃으면서 사람을 살해하는 데 비해 적화승은 웃지도 않고 막무가내로 사람을 죽인다는 것이 그들 사제 사이의 유일하게 다른 점이라고 할 수 있을 것이다.

도인수와 적화승을 앞에 두고 두려움에 떨지 않을 무림인은 별로 없을 것이다.

그런 점에서 중년인은 찬사를 받아 마땅했다.

도인수가 금시라도 달려들 듯 질펀한 살기를 잔뜩 흘리고 있음에도 그는 전혀 표정의 변화가 없이 침착한 모습을 유지하고 있었다.

막 중년인을 향해 몸을 날리려던 도인수가 중년인의 그런 모습을 보고는 고개를 갸웃거렸다.

"놀라지 않는군. 나 정도는 충분히 감당할 자신이 있단 말인가?"

중년인은 정색을 했다.

"충분히 놀라고 있고, 두려움도 느끼고 있소. 다만 철면호라는 이름처럼 내 얼굴이 남들보다 두꺼워서 겉으로 드러나지 않을 뿐이오."

도인수는 그의 의중을 파악하려는 듯 눈도 깜박이지 않고 그의 얼굴을 무서운 눈으로 쏘아보았다.

"이상해. 마치 우리가 이곳에 나타날 것을 알고 있기라도 한 듯 느긋한 표정이야. 지금 너와 네 옆의 두 머저리로는 우리 손 아래에서 벗어날 수 없다는 걸 알고 있을 텐데도 전혀 당황하거나 겁을 먹고 있지 않아."

"조금 전에도 말했다시피 내 낯짝이 두꺼워서……."

"게다가 농담까지 지껄일 정도로 여유가 있군. 확실히 이상해. 대형은 어떻게 생각하시오?"

도인수가 계속 중년인에게 시선을 고정시킨 채 불쑥 묻자 적화 승은 생각할 것도 없다는 듯 거친 음성을 내뱉었다.

"무슨 수작을 꾸미고 있는지는 모르지만 어차피 목 위에 달린 머리통을 떼어 버리면 그런 건 신경 쓸 필요 없다. 뒈진 놈은 수작 따위를 부릴 수 없으니 말이다."

도인수는 세 번째로 손뼉을 탁 쳤다.

"역시 대형의 말씀은 예리하기 그지없구려. 이 아우는 대형의 혜안에 그저 탄복할 뿐이오."

도인수는 성큼 중년인을 향해 다가가기 시작했다. 한 걸음 한 걸음 옮길 때마다 그의 전신에서는 맹렬한 살기가 꿈틀거리며 피어올라서 점점 더 주위를 잠식해 들어가기 시작했다.

그럼에도 중년인은 피하거나 물러서지 않고 그 자리에 우뚝 서 있었다. 오히려 그의 양옆에 서 있는 중노인과 흑의인이 한 발 앞으로 나와 중년인과 어깨를 나란히 했다.

그 모습은 얼핏 보기에는 중년인을 보호하려는 것 같았는데, 도인수의 눈에는 조금 다르게 보인 모양이었다.

도인수의 눈이 가늘어지며 섬광같이 예리한 빛이 번뜩이고 지나갔다.

"내 초마기(焦魔氣)를 뚫고 오히려 앞으로 나섰단 말이지? 너희들 단순한 철면호의 수하들이 아니로구나?"

도인수가 뿜어낸 살기는 그가 익힌 초마신공(焦魔神功)의 기운을 유형화한 것이어서 상당한 실력의 고수라 할지라도 제대로 감당하지 못하는 강력한 것이었는데, 두 사람은 오히려 그 기운을 뚫고 몸을 움직였으니 그것은 도인수도 미처 예상치 못한 것이었다.

'두 놈의 인상착의가 철면호의 의제라는 가휘라는 놈과 흑선방의 방주인 최동이라는 놈과 비슷하여 그놈들인 줄 알았는데…… 설마 놈들의 무공이 이 정도였단 말인가?'

도인수는 소문삼살 중에서도 두뇌가 뛰어나고 계산이 빠른 인물이었다. 그래서 오늘 철면호 노해광을 제거하기 위해 함정을 파는 과정에서 노해광의 측근 세력에 대해 상세한 조사를 마친 상태였다.

노해광의 세력은 다양한 계층에 재주가 비상한 인물들이 다수

포진해 있었지만, 한 가지 치명적인 약점이 있었다. 그것은 일정 수준 이상의 무공을 지닌 절정고수가 거의 없다는 것이었다.

심지어 노해광 본인도 절정고수라 하기에는 부족함이 있는 인물이었다.

그래서 노해광은 몇 번이나 주위의 도움을 적절하게 이용하여 그 약점을 보완하고는 했다. 장성제일검객인 나력지와 마검 조일평, 풍시헌 사제가 그들이었다. 최근에는 소마의 숙적이라고 할 수 있는 검마의 제자들도 노해광의 편에서 힘을 보탠 적이 있었다.

하나 도인수는 그들에 대해 별다른 두려움을 가지고 있지 않았다.

나력지는 자신들의 사부인 소마와 비슷한 항렬이라 특별한 일이 없는 한 자신들의 일에 개입하려 하지 않을 게 분명했다. 그리고 그의 제자라는 마검 조일평이나 풍시헌은 충분히 감당할 자신이 있었다.

설사 검마의 제자들이 나타난다 해도 마찬가지였다. 검마 본인이 아닌 다음에야 그들 중 누구도 적화승의 상대는 되지 못할 것이다.

오히려 도인수가 우려하는 것은 전혀 다른 것이었다.

노해광의 수하들 중에는 천면묘객이라는 자가 있었다. 변장술의 천재로 알려진 그의 존재가 도인수의 신경을 거슬리게 하고 있었다.

천면묘객의 분장술은 그야말로 뛰어나서 겉으로는 전혀 차이를 발견할 수 없다고 했다.

노해광은 약삭빠르고 잔머리가 뛰어난 인물이기에 이번 화대부인의 실종이 누군가의 함정임을 알아차렸을 게 분명했다. 그렇다면 노해광이 위험천만한 함정이 도사리고 있을 게 뻔한 화월루로 자신 말고 다른 자를 분장시켜 내보낼 가능성이 적지 않았다.

더구나 수하에 천면묘객 같은 분장술의 고수가 있다면 그럴 확률은 더욱 높다고 해야 옳을 것이다.

그러니 도인수는 노해광이 나타난다 해도 그가 진짜 노해광인지 아니면 천면묘객의 분장인지를 알아내야 했다. 그렇지 않고서는 기껏 함정을 파고 노해광을 유인한 의미가 없어지기 때문이다.

그런데 지금 이 순간까지도 도인수는 눈앞의 노해광이 진짜인지 아닌지 확신하지 못하고 있었다.

언뜻 보기에는 말로만 듣던 노해광의 모습 같았으나, 그렇다고 노해광이라고 믿고 무작정 살수를 쓰기에는 왠지 망설여졌다. 특히 노해광의 최측근이라는 천면묘객의 모습이 보이지 않는다는 것이 더욱 신경 쓰이기도 했다.

노해광의 양옆에 있는 자들은 삼묘의 우두머리인 섭혼묘군 가휘와 흑선방주 최동이 분명해 보였다. 그렇다면 천면묘객은 과연 어디에 있는 것일까?

눈앞의 노해광의 정체에 대해 의구심을 가지고 있기에 도인수는 계속 살기만 뿌려 댈 뿐 본격적으로 손을 쓰지 않고 있는 것이다.

진짜 노해광이라면 함정이 있을 게 뻔한 이곳에 단지 수하 두 사람만 대동하고 왔을 리는 없었다. 위기에 처하게 된다면 숨겨둔 수를 드러낼 게 분명했다.

그리고 가짜 노해광이라면 결정적인 순간에 반드시 숨어 있던 진짜 노해광이 모습을 나타낼 것이다.

하나 이미 적지 않은 시간이 흘렀음에도 노해광은 여전히 별다른 움직임을 보이지 않았다.

이렇게 된 이상 도인수도 언제까지 망설이고 있을 수만은 없었다.

'진짜든 가짜든 일단 눈앞의 이놈을 해치워야겠다. 세 놈 모두 제거한다면 어떤 식으로든 반응이 있겠지.'

마음을 결정한 도인수가 앞으로 성큼 나서며 잔뜩 오므린 오른손을 빠르게 휘둘렀다.

쿠아악!

마치 살쾡이가 우는 듯한 날카로운 음향과 함께 주위의 공기가 격하게 요동치며 노해광의 목덜미 쪽으로 빠르게 움직여 갔다.

마치 보이지 않는 무형의 칼날이 회오리치며 날아드는 듯한 이 무공은 날표탐조(辣豹貪爪)라는 수법으로, 소마의 절학인 탈명조 중의 한 초식이었다.

노해광은 자신의 눈앞에 있는 허공이 일그러지며 세찬 경기가 몰아쳐 오는 광경을 보면서도 꼼짝도 않고 그 자리에 가만히 있었다. 대신에 그의 오른쪽에 서 있던 비쩍 마른 노인이 재빨리 그의 앞을 가로막으며 양손을 세차게 앞으로 내뻗었다.

쾅!

귀청이 찢어지는 듯한 음향과 함께 거센 경력이 사방을 한 차례 휩쓸고 지나갔다.

도인수는 우뚝 선 채 자신의 발 앞을 내려다보고 있었다. 먼지가 수북이 쌓인 바닥에 발자국 하나가 선명하게 찍혀 있었다.

놀랍게도 조금 전의 격돌에서 도인수는 한 걸음 물러서고 말았던 것이다.

도인수의 눈자위가 거세게 실룩거렸다. 그는 천천히 고개를 쳐들고는 노해광의 앞을 막아서 있는 중노인을 바라보았다. 중노인 또한 도인수와 마찬가지로 한 걸음 물러나 있는 상태였다.

자신과 팽팽한 한 수를 교환한 인물이 한낱 노해광의 수하일리가 없었다.

"너는 섭혼묘군인지 하는 놈이 아니구나."

도인수의 씹어뱉는 듯한 음성에 중노인은 묵묵히 고개를 끄덕였다.

도인수는 한동안 사나운 눈으로 중노인을 쏘아보더니 이내 노해광을 돌아보며 주름살 가득한 얼굴이 일그러지도록 웃었다.

"그래. 이 정도 한 수는 숨기고 있을 줄 알았지. 이제 알겠구나. 너는 진짜 철면호로구나."

노해광은 어깨를 으쓱거렸다.

"내가 철면호가 아니면 누구란 말이오? 싱거운 말이로군."

도인수는 노해광의 비아냥거리는 말에도 여전히 웃음을 멈추지 않았다.

"가짜라면 굳이 이런 고수를 옆에 대동할 필요가 없겠지. 네 정체가 분명해진 이상 넌 오늘 살아서 이곳을 나가지 못할 것이다.”

“자꾸 이상한 헛소리를 하는구려. 오늘 살아서 이곳을 나가지 못할 자가 누구인지는 내일이 되어 봐야 아는 거요.”

“흐흐. 언제까지 그렇게 자신만만한지 두고 보자.”

나직한 괴소와 함께 도인수는 노해광을 향해 달려들었다. 자연히 노해광의 앞을 막아서고 있는 중노인이 그에 맞서게 되었다.

파파팡!

도인수와 중노인은 번개 같은 속도로 십여 번의 공방을 주고받았다. 그들이 내뻗은 경력 하나하나가 상당히 위력적이어서 노해광은 뒤로 물러설 수밖에 없었다.

그때 한 차례 공기가 일렁이는 것 같더니 느닷없이 가공할 경력이 그의 옆에서 몰아닥쳐 왔다.

그 경력이 어찌나 갑작스럽고 빠르게 다가왔는지 노해광이 이를 알아차렸을 때는 이미 경력이 그의 코앞까지 다가와 도저히 피할 수 없는 상태였다.

그 순간 뒤에서 누군가가 그의 몸을 잡아당기며 앞으로 주먹 하나를 내뻗었다.

노해광은 물러나는 자신의 목 뒤에서 커다란 주먹이 불쑥 튀어나와 자신을 향해 몰아쳐 오는 경력과 정면으로 마주쳐 가는 광경을 그저 두 눈을 부릅뜬 채 지켜보아야만 했다.

콰아아앙!

폭풍노도 같은 경기가 사방을 휩쓸고 지나가며 주위를 폐허처럼 만들어 버렸다.

노해광은 그 경기의 소용돌이 중심에서 아슬아슬하게 벗어나 있었지만 여파를 이기지 못하고 휘청거리며 뒤로 다섯 걸음이나 물러나야 했다.

"으음."

그 격돌이 어찌나 강력했던지 한쪽에서 치열한 싸움을 벌이고 있던 도인수와 중노인마저 손을 멈춘 채 이쪽을 쳐다보고 있었다.

노해광의 앞에는 어느새 흑의인이 우뚝 서 있었다.

그리고 그에게서 조금 떨어진 곳에서 적화승이 어깨를 들썩인 채 거센 숨을 몰아쉬고 있었다.

"크흐흐! 정말 짜릿하군."

적화승은 왼손으로 자신의 오른 손목을 주무르며 붉게 상기된 얼굴에 살기로 물든 안광을 번뜩거렸다.

"내 금마선(禁魔禪)을 단 일권으로 막아 내다니 강호에 이런 권법의 고수가 있었던가?"

흑의인은 여전히 노해광의 앞을 철탑처럼 우뚝 막아선 채 아무런 대답이 없었다.

적화승의 두 눈은 시뻘건 핏발이 이리저리 곤두서 있어 심약한 사람은 제대로 쳐다보지도 못할 정도였다. 그야말로 살기가 넘치다 못해 흘러내리는 듯한 모습이었다.

적화승은 그런 눈으로 흑의인을 노려보다가 이내 다시 괴소를 날렸다.

"흐흐. 어설프게 변장을 했군. 최동이란 놈은 아닌 것 같고, 졸장부가 아니라면 이름부터 밝혀라. 내 손으로 찢어 죽일 놈이 누구인지는 알아야 하니까."

아닌 게 아니라 조금 전의 충돌로 인해 흑의인의 얼굴 일부가 벗겨졌는데, 그 사이로 한결 새하얀 피부가 살짝 드러나 있었다.

한쪽에서 이 광경을 보고 있던 도인수의 얼굴에 한 줄기 낭패 어린 표정이 스치고 지나갔다.

그제야 도인수는 자신이 한 가지 미처 생각지 못한 것이 있음을 깨달았다. 천면묘객이 진정한 변장술의 고수라면 자신뿐 아니라 다른 사람도 얼마든지 변장시킬 수 있다는 것을 미처 예상치 못한 것이다.

'변장한 자는 노해광이 아니라 양옆의 두 놈이었구나.'

흑의인은 찢어진 자신의 피부를 만져 보더니 이내 천천히 얼굴에서 한 장의 얇은 가죽을 벗겨 냈다. 험상궂게 생긴 중년의 모습이 사라지고 눈부시도록 빛나는 젊은 얼굴이 모습을 드러냈다.

주위가 갑자기 훤해지는 것 같았다.

너무도 젊고 준수한 모습에 적화승은 물론 도인수마저 순간적으로 당혹스러운 빛을 감추지 못하고 있을 때, 흑의인의 입에서 당당하면서도 낭랑한 음성이 흘러나왔다.

"종남의 낙일방. 당신을 염라대왕에게 보내 줄 사람의 이름이지."

(군림천하 36권에서 계속)

환상이 숨쉬는 공간 **파피루스** www.ipapyrus.co.kr

옥타곤의 제왕

필립 스포츠 판타지 장편 소설

『옥타곤의 왕자』작가 필립
종합 격투기의 전설이 돌아왔다!

『옥타곤의 제왕』

뭐든 포기하고 도망치기에 바빴던 이휘성
하지만 그가 옥타곤에 오르는 순간
누구도 예상 못 했던 화려한 비상이 시작된다!

[장담컨대, 오늘 이 경기를 지켜본 모두는
이휘성 선수의 이름 석 자를 잊지 못할 겁니다!]

손에 땀을 쥐게 하는
역사적인 경기의 서막
MMA계의 역사가 새로 쓰인다!